Y Stafell Ddirgel

MARION EAMES

Llyfrau'r Dryw Newydd

ARGRAFFIAD CYNTAF 1969
AIL ARGRAFFIAD 1970
TRYDYDD ARGRAFFIAD 1973
PEDWERYDD ARGRAFFIAD 1976
PUMED ARGRAFFIAD 1979
CHWECHED ARGRAFFIAD 1981
SEITHFED ARGRAFFIAD 1983
WYTHFED ARGRAFFIAD 1984
NAWFED ARGRAFFIAD 1987

Cyhoeddwyd gan
Christopher Davies (Cyhoeddwyr) Cyf.,
Blwch Post 403, Sgeti,
Abertawe, SA2 9BE.

ISBN 0 7154 0635 3

*Argraffwyd gan
Wasg Dinefwr,
Heol Rawlings,
Llandybïe, Dyfed.*

I
MAM

DIOLCH

Mae fy niolch yn fawr i Syr Thomas Parry-Williams ac Aneirin Talfan Davies am eu hawgrymiadau gwerthfawr ar gyfer yr ail argraffiad hwn.

'Dos i mewn i'r Stafell Ddirgel yr hon yw goleuni Duw ynot.' — *Morgan Llwyd*.

Daeth y canu a'r dawnsio yn ôl i Ffair Dynewid y flwyddyn
honno. Dyna rywbeth tebyg i ffair, meddai'r hen bobl, a dechrau
sôn am eu dyddiau ifainc yn amser y Brenin Siarl (Duw gadwo'i
enaid) cyn i Olifar a'i griw esgymuno chwerthin o'r tir.
   Taech chi'n gweld y fedwen haf anferth ar lawnt Dolgellau
yn yr amser hwnnw, meddent, a'r dawnswyr Morus o Amwythig
yn neidio ac yn chwifio'u cadachau, a'r ymladd ceiliogod, a'r
arth fwya'n y byd, a'r byddigions yn dod lawr o Nannau a'r Hen-
gwrt i daflu ceiniogau i'r plant. A ninnau hefyd, o ran hynny, er
na choeliech chi fyth wrth edrych arnon ni rwan, yn dawnsio ac
yn canu'r Cadi Ha gyda'r gorau. Chwith meddwl iddyn nhw
'rioed golli gafael, y dawnsio a'r rhialtwch . . .
   Er, meddai'r rhai a fu'n teithio dros y gororau i Gaer, bu
pethau'n waeth yn Lloegr. Diolch i Dduw, doedd y Piwritaniaid
ddim wedi cydio fawr yng Nghymru yr ochr yma i Wrecsam
Ychydig o groeso a gawsai dynion Olifar yma yn eu hamser, y
nhw efo'u gwepau hir a'u taranu yn erbyn chwaraeon a hwyl
gyfiawn gwŷr diniwed.
   Wel, perthyn i hanes yr oedd Olifar yr Arglwydd Amddi-
ffynnydd bellach, a'i fab bondigrybwyll ar ei ôl. A Morgan
Llwyd a Maesgarnedd hwythau. Bu Siarl arall, y Brenin Llawen,
ar yr Orsedd ers deuddeng mlynedd, dyn o'r iawn ryw yn
gwybod sut i'w fwynhau ei hun, ac am i bawb arall fwynhau
bywyd mewn tangnefedd. A dyma ni'n awr yn y flwyddyn 1672,
wedi adfer y Brenin Chwerthin.
   A'u traed yn symud i rithm y dawnsio, gloywai llygaid yr hen
ddynion wrth glywed yr hen eiriau cyfarwydd

Hwp Ha Wen, Cadi Ha,
Morus Stowt, dros yr uchlen neidio,

Hwp dyna fo.
A chynffon buwch a chynffon llo
A chynffon Rhisiart Parry'r Go,
Hwp dyna fo . . .

Safai'r merched mewn cylch o gwmpas y dawnswyr yn curo'u dwylo, a'u peisiau o wlanen goch yn chwyrlïo yma ac acw. Ambell waith byddai un o'r dawnswyr yn torri rheng i geisio cydio yn un o'r merched, a dyna sgrechian a chwerthin yn llenwi'r awyr, yn byddaru am y tro gyfeiliant-tôn-gron Siôn Ffidlar.

Ar fin y dorf yn gwylio'r miri safai tri dyn. Amlwg oddi wrth eu gwisg eu bod nhw ychydig yn wahanol i'r cyffredin. Eto dynion o'r ardal oeddan nhw, fel y profai eu cyfarchion i hwn a'r llall. Fe wydden eu bod nhw'n tynnu sylw, ac yr oedd yr adwaith o wybod hynny'n wahanol ar bob un o'r tri.

Sythodd un ei ysgwyddau, cododd ei ben a siaradodd â llais awdurdodol oedd yn fwy treiddgar nag eiddo'r ddau arall. Yr oedd llawer blwyddyn yn hŷn na nhw. Cododd hances sidan i'w drwyn gyda gorystum.

'Trueni fod y werin yn ogleuo cymaint. Neu ar 'y ngwir mi fyddai awydd arna' i roi tro amdani efo'r dawnsio.'

Amneidiodd ei ben i gyfeiriad merch ifanc aeddfed ei chorff a fu'n ei lygadu ers tro. 'Efo'r llances acw, er enghraifft. Be wyt ti'n ddeud, Rowland, hei?' A rhoes bwniad awgrymog yn ystlys yr ieuengaf o'r tri. 'A wel, fe ddaw cyfle'n ddiau. Pwy ydy hi, Robin?'

Edrychodd y ddau arall ar y ferch, Robin yn cilwenu, Rowland â golwg trwblus yn ei lygaid.

'Nans. Merch y Goetre.'

Teimlai Robert Lewis yn falch ei fod yn adnabod y ferch a dynnodd sylw Hywel Vaughan. Edmygai, a cheisiai efelychu, bob ystum a gair o eiddo'r gŵr ffasiynol hwnnw. Fe fuasai'n hoffi bod yn debyg iddo ym mhopeth, yn ei wisg, yn ei awdurdod, yn ei eiddo, yn ei ffordd gyda merched, yn ei wawdio diofal. Roedd i Robert fod yn gwybod enw merch y Goetre yn ei osod am eiliad ar yr un lefel â'i gyfaill.

Daeth i feddwl Rowland fod Nans y Goetre yn debyg i Meg.

Gyda bod y syniad yn ei ben, ffieiddiai ato. Meg efo'i gwallt du a'r llygaid duach — a'r hogan acw'n gochen. Ar ei waethaf edrychodd yn graff arni. Gwefusau — dyna lle roedd y tebygrwydd Gwefusau llawn fel mefus. A rhywbeth yn yr osgo . . . Gwthiai'r syniad o'i feddwl. Rhyfyg oedd meddwl am ei wraig ifanc ar yr un pryd â'r hoeden acw. Y gwir oedd nad oedd Meg fyth allan o'i feddwl. Cofiodd am y rubanau yn gorwedd yn ei boced, ac anwesodd y sidan main efo'i law. Roedd Meg yn hoff o wisgo'n ffasiynol. Wel, pam lai? Roedd hi ei hun o dras uchel, a doedd hi ddim wedi ei llaesu ei hun wrth briodi gŵr Brynmawr. Sylweddolodd yn sydyn ei fod wedi diflasu ar ei gwmni ac ar y ffair, a dyheai am fod allan o'r dre ac ar ei ffordd adre.

'Dydy'n cyfaill ni ddim o'r un farn.'

Daeth chwerthin mulaidd Robert Lewis i ganlyn llais sarrug Hywel Vaughan. Synhwyrai Rowland natur ei ffraethineb heb fod wedi clywed y geiriau. Fe'i gorfododd ei hun i ofyn:

'Am beth?'

'Hidia befo. Nid geiriau i glustiau gŵr newydd briodi.'

Nid am y tro cynta, amheuai Rowland Ellis a oedd o'n hoffi Hywel Vaughan. Cwmni da, ie, dyn diwylliedig pan oedd yr hwyl arno fo. Hoffai Rowland drafod llyfrau gyda fo a chlywed ganddo hanes Llundain a'r byd y tu allan. Yr oedd hefyd yn gefnder pell iddo.

Ond roedd rhywbeth amdano, anodd ei ddiffinio, yn blino Rowland, rhywbeth yn ymwneud ag agwedd Hywel tuag at bobl. Doedd ganddo air da am neb. Gwelai ddynion bob amser yn eu bychander, synhwyrai eu cymhellion isaf, ni ddisgwyliai ond y gwaethaf oddi wrth ei ffrindiau. Ac yr oedd o'n falch pan brofwyd o'n iawn.

Ar ôl iddo weld Siôn Dafydd y porthmon, fe fyddai'n barod i'w throi hi am adre, a'i fusnes yn y ffair wedi ei gwblhau. Gwelodd fod yr haul ar fachlud. Tynnodd ei glogyn yn dynnach amdano wrth glywed ias gyntaf yr hydref yn chwythu i lawr o'r Gader.

Peidiodd y dawnsio ac ymlusgai'r dorf o gwmpas yn chwilio

am ddifyrrwch amgenach. Rhedai corrach bach o ddyn heibio gan weiddi rhywbeth.

'Be ddeudodd hwnnw?' gofynnodd Hywel.

'Chlywais i mono fo'n iawn,' ebe Robert Lewis. 'Rhywbeth am hen wrach yn afon Wnion, am wn i.'

Trodd Hywel at y ddau arall.

'Hei-ho, fe ddaeth yr hen ddyddia dedwydd nôl mewn gwirionedd. Hwyl iach y werin, welwch chi. Canu, dawnsio, slotian, gwreica — ac os bydd pall ar y sbort, a sur yn y grawnwin — boddi gwrach. Dewch. Allwn ni ddim fforddio colli hyn.'

Ceisiai Rowland ymesgusodi, ond ni fynnai Hywel ddim o hyn.

'Mi wnaiff ychwanegu at dy addysg di. Prun bynnag. Fe ddeudaist ti fod yn rhaid iti weld Siôn Dafydd Porthmon cyn iti fynd adre. Fanna bydd hwnnw yn siŵr iti — ar y blaen hefyd mi wranta.'

Clywodd Rowland ei galon yn suddo. Cas ganddo'r hen arferion hyn pan droai sbort yn rhywbeth dychrynllyd, cyntefig. Ond waeth heb â dadlau efo Hywel Vaughan, ac roedd o'n wir ei fod o am weld Siôn Dafydd. Gwell iddo ddilyn y lleill a dianc gynted ag y medrai. Gwyddai fod Hywel yn ei wylio gyda gwên.

'Rhaid iti ddysgu mwynhau dy hun yn y byd hwn, Rolant. Llawn bryd iti fod yn ddifrifol yn y byd nesa pan fydd y fflamau'n dechrau llyfu dy draed.'

Gerllaw pont Wnion yr oedd pwll dwfn o ddŵr, ac yma yr arferid trochi gwragedd tafodrydd a rheibesau yn y Gadair Goch. Pe llwyddai'r wraig i gadw ei phen uwchben y dŵr, prawf oedd hynny fod ei henaid wedi gadael ei chorff a bod y diafol yn gofalu am ei eiddo ei hun. Pe suddai hi o dan y dŵr, prawf oedd hynny ei bod hi'n ddieuog. Ond yn aml iawn fe ddaeth y dystiolaeth yn rhy hwyr i achub ei bywyd.

Erbyn i'r tri gyrraedd yno, roedd torf fawr wedi ymgasglu ar y marian. Gwthiodd Hywel drwyddyn nhw gan wneud ffordd iddo'i hun gyda'i gleddyf, ac roedd pawb yn barod i ildio lle i ŵr yr Hengwrt. Byddarwyd clustiau Rowland gan y gweiddi croch a'r chwerthin aflafar. Erbyn machlud haul fe wnai'r cwrw a'r medd eu gwaith yn drylwyr.

Bu bron iddo faglu ar draws coes bren hen filwr a wthiodd ei ben meddw i'w wyneb. Cydiodd dynes ifanc yn ei gôt a sgrechiodd yn ei glust, yna gollwng ynddo gyda chwerthiniad afreolus. Ddaliodd o mo'i geiriau. Cripiai bechgyn bach y dre rhwng coesau pobl i'w pryfocio, ond fe'u sathrwyd dan draed a chlywodd neb mo'u gweiddi.

Yn sydyn syrthiodd rhywbeth tebyg i ddistawrwydd ar bawb. Yna, fel pe bai yno ryw arweinydd cudd, gwaeddai'r naill ar ôl y llall — 'Y rheibes! Dyma hi . . . i afon Wnion â'r rheibes!' Ymrannodd y dorf a gadael i ryw hanner dwsin o lanciau fynd trwodd. Yn eu canol yn cael ei llusgo gan freichiau cryf yr oedd hen wreigan. Parodd dychryn i'w llygaid sefyll yn ei phen fel llygaid iâr. Un dant yn unig oedd ganddi a hwnnw yn y golwg i gyd gan gymaint ei gweiddi. Hongiai ei gwallt brith fel cortynnau seimllyd ar ei hysgwyddau. Rhyw lwyd di-liw oedd y carpiau amdani, a cheisiai dynnu'r naill gadach dros y llall i guddio ei chnawd noeth. Cododd ton o chwerthin i'r awyr pan afaelodd un o'r dynion yn ei chrys a'i rwygo i ddangos bronnau melyn, crybychlyd.

Clywodd Rowland y cyfog yn dod i'w wddw wrth weld ei thrueni. Trodd ei wyneb i ffwrdd dan gywilydd, a chwiliodd yn frysiog am olwg o Siôn Dafydd iddo gael mynd oddi yno.

O'r diwedd fe'i gwelodd. Safai'r porthmon wrth ochr y pwll yn chwifio'i chwip. Roedd o'n feddw iawn. Gwaeddai nerth ei ben:

'Tyrd yma'r sguthan! Gawn ni weld pwy ydy dy feistr, myn uffern i!'

Llachiodd wyneb y dŵr yn wyllt efo'r chwip gan wlychu pawb o fewn cyrraedd. Parodd hyn gryn hwyl. Dyma'n union beth y chwiliai'r llanciau amdano i chwanegu at y sbort.

'Siôn Dafydd Porthmon i fod yn farnwr,' gwaeddodd un.

'Ymlaen â'r carcharor!' llefai un arall.

'Tyrd, Siôn,' wrjiai'r dynion o gwmpas. 'Dŵad ydy Betsan Prys yn euog.'

Gwthiwyd yr hen wraig i sefyll yn grynedig o flaen y porth-
mon. Syllodd yntau arni drwy lygaid hanner caeedig a'i wefusau
llac yn sgleinio yn ei wyneb coch tew.

'Be-be ydy'r c-cyhuddiad?' gofynnai'n floesg â thafod tew.
Rhoes grac ar ei chwip i beri i bawb chwerthin drachefn. Atebodd
llais o'r dorf —

'Witsio gwartheg Tynymynydd a'u gwneud yn hesb.'
'Dawnsio'n noethlymun efo'r diafol nos g'lanmai diwethaf.'
Adlais o'r pen arall —
'Gwrthod mynd i'r eglwys.'
'Gwenwyno maip Tomos Caerau.'
Cododd Siôn ei law am osteg.

'B-Betsan Prys,' meddai, gan bwyntio'i chwip yn wyneb yr hen
wraig. 'G-Glywest ti'r cy-yhuddiada difrifol 'na? B-be sy genti i
ddeud — y?'

Agorodd Betsan ei genau, nid i sgrechian y tro hwn, eithr i
felltithio Siôn Dafydd Porthmon yn glir a diamwys. Roedd mil-
einrwydd dychrynllyd yn y geiriau isel a greodd arswyd ar ei
gwrandawyr. Torrwyd ar firi aflafar y bobl fel llen yn disgyn yn
sydyn. Camodd Siôn Dafydd yn ôl fel pe bai wedi ei daro, a
gwelwyd rhai yma ac acw yn gwneud arwydd yn gyflym ac yn
gyfrinachol.

Yna dechreuodd y sisial ymledu fel sŵn gwynt yn yr hesg:
sŵn pobl ofnus yn ymgolli yn eu dychryn. Chwyddai'n uwch ac
yn uwch nes mynd o'r diwedd yn floedd bytheiaid gwaedlyd. Pe
bai trugaredd at Betsan Prys wedi llechu ym mronnau rhai ar y
dechrau, feiddiai neb ddangos hynny yn awr. Seliwyd ei ffawd.

Codwyd hi fry gan y llanciau. Daliwyd hi, y bwndel byw o
garpiau, rhwng nefoedd a daear. Yna fe'i taflwyd hi i ganol y pwll
fel llygoden aflan, heb i neb ymdrafferthu i'w rhoi hi yn y gadair
goch. Rhwygwyd yr awyr gan floedd o ollyngdod. Pwysodd pawb
ymlaen i weld canlyniad y drochfa.

'Mae hi wedi suddo!'
Clywyd 'O!' fawr siomedig.
'Na. Dacw hi.'
'Rhowch gynnig arni eto.'

Fedrai Rowland ddim dal rhagor. Ceisiodd â'i holl nerth wthio ymlaen i ochr y pwll, ond fe'i gwasgwyd i mewn ar bob ochr, nes ei fod yn hollol ddiymadferth yn erbyn y mynydd symudol o gnawd o bob ochr iddo.

'Mae'n well i chi adael i bethe fod fel y maen nhw.'

Daeth y llais tawel, clir i'w glustiau. Trodd ei ben i weld Doctor Ellis, Rheithor Dolgellau, yn ei ymyl.

'Mae'n rhy hwyr i wneud dim, rŵan, beth bynnag.'

Gwelodd Rowland fod y Person yn dweud y gwir. Faint mae hi'n gymryd i foddi gwraig? Roedd wyneb Betsan Prys i'w weld uwchben y dŵr, ei llygaid ynghau, ei cheg yn agored.

Caeodd ef ei lygaid yntau. Clywodd nerfau ei stumog yn carlamu. Daeth tonnau o iselder i orchuddio'i ysbryd, a theimlai fel dyn yn cael ei rewi'n araf gan gaddug oer, didosturi. Crynai o'i gorun i'w draed gan hunan-gasineb.

Roedd Doctor Ellis yn dal i siarad.

'Gresyn i'r ffair orffen fel hyn,' meddai yn ei lais main ysgol-heigaidd. 'Ond dyna fo. Does neb yn fwy creulon na gwerin anwybodus wedi dychryn.'

Ond b'le roedd achos dychryn mewn hen greadures fel Betsan? Rheibes neu beidio, hwyl fu'r tormentio ar y dechrau. Roedd hi wedi melltithio Siôn Dafydd Porthmon, a dyna'r hwyl yn troi'n ffyrnigrwydd. Casineb yn creu casineb.

Edrychodd ar Doctor Ellis — y llygaid addfwyn pell, y corff main. A flinwyd o, bugail ei braidd, am i rai o'i ddefaid brofi mai bleiddiaid oedden nhw? Agorodd ei geg i ofyn iddo, ond roedd Doctor Ellis eisoes ar ei ffordd yn ôl i dawelwch ei Reithordy, ei feddwl ar Lyfr Coch Hergest a bucheddau'r saint . . . a beth arall?

O un i un fe oleuwyd y canhwyllau yn ffenestri'r tai. Wrth gerdded allan ac i fyny o'r dre fe'u gwelodd fel sêr wedi syrthio o'r nefoedd. Yn ara deg cododd ei ysbryd gyda phob cam a gymerai i fyny o'r dyffryn.

Roedd gwrid cynta'r hydref yn dechrau meddiannu'r coed,

ond erbyn iddo gyrraedd Penybanc roedd y lliwiau rhydlyd wedi diflannu yn llwydni'r hwyr. Clywodd arogl y rhedyn newydd yn miniogi gyda'r nos, ac anadlai'n ddwfn o leithder y tir. Oddi tano daeth niwl o afon Wnion i orchuddio tre Dolgellau ac erchylltra'r noson.

Meddyliodd am Siôn Dafydd Porthmon, a'r neges gydag o heb ei chyflawni. Gwelodd y wên wirion, y diferion gwlyb yn dylifo o'i enau fel un o wartheg Siôn Dafydd ei hun. Clywodd sgrech-iadau Betsan, a cheisiodd anghofio ei bronnau truenus. Eistedd-odd ar foncyn a phwysodd ei ben ymlaen ar ei bennau gliniau Caeodd ei lygaid a cheisio gwacáu ei feddwl, a'i holl ewyllys yn ymgropian am dawelwch ysbryd. Ond daeth y gwacter heb y tawelwch. Cododd yn llesg a blinedig, trodd ei gefn ar oleuadau'r dyffryn ac ailddechrau ei ddringo tua Brynmawr.

Roedd hi'n hwyrhau. Byddai Meg yn aros yn eiddgar am y rubanau — ac amdano fynta siawns. Cas oedd ganddi golli'r ffair. Roedd hi mor hoff o ddawnsio, dawnsio a chanu'r delyn. Fe'i gwelai hi'n awr yn eistedd ar y stôl drithroed, ei sgertiau sidan yn anwesu bwrdd y delyn deir-res. Gwelai ei bysedd main na fwriad-wyd iddyn nhw wneud dim amgen na thynnu'r tannau, a brodio, a charu . . .

Y mis diwethaf fe fu'n anodd ganddi eistedd yn gysurus wrth ei thelyn hoff. Erbyn Ffair y Blodau yn Ebrill fe fyddai'r cyfan drosodd, a siawns na fyddai'r bychan yn ddigon mawr erbyn hynny i gael ei gludo i lawr i'r dre am dro.

Beth petai Meg . . .? Bu'r ofn yn gymysg â'i falchder byth oddi ar y clywodd y newydd ganddi. Oes dichon cael llawenydd pur, digymysg? Ynghanol gwynfyd cynta serch daw pigiadau o amheu-aeth — ydy hi'n caru un arall? Ynghanol hapusrwydd priodas — pa hyd y pery ei chariad? Wrth aros geni plentyn daw cysgod angau fel hunllef i ffrwyno'r gorfoledd.

Tybed a gawsai Hywel feddyliau felly? Efallai mai dyna pam y bachai ef bob profiad fel y deuent, a'u troi i'w felin ei hun. Wrth feddwl am Hywel daeth cysgod Betsan yn ôl. Diolchodd fod llidiart Brynmawr yn y golwg, a'r lamp groesawus yn y ffenestr.

Gorweddai Meg ar y gwely yn cnoi afal. Dyma'r trydydd iddi ei fwyta o fewn awr. Roedd gwragedd beichiog yn cael y dyheadau hyn, medden nhw, a doedd 'na ddim byd arall i'w wneud. Roedd Malan yn hwylio bwyd i Rowland erbyn y dôi adre o'r ffair. Mefus y bydde ar Siân Tynclawdd eu heisiau o hyd, ac fe anwyd Morgan bach a marc coch ar ei law a fydde'n dyfnhau bob adeg y byddai'n dymor mefus. Beth pe genid ei phlentyn hi efo lwmpyn fel afal ar ei dalcen neu ar ei ên? Gwthiodd y syniad yn frysiog o'i meddwl, fel y gwnâi bob amser efo syniadau annymunol.

Dyna fo wedi rhoi cic iawn iddi'r tro yna. Cawsai fraw cynhyrfus y tro cynta i'r peth ddigwydd, ond erbyn hyn pleser synhwyrus oedd clywed y plentyn yn llamu y tu mewn iddi.

Edrychai ar ei chorff â diflastod. Roedd hi wedi hen flino ar ei drwsgledd di-siâp. Diwedd Medi, meddai'r apothecari. O'r annwyl! Caeodd ei dannedd ar yr afal, a'i grensian yn swnllyd. Roedd hi am gael gŵn melfed ar ôl geni'r plentyn — melfed glas wedi ei frodio o lâs lliw hufen. Gallai fynd i'r Hengwrt yn hwnnw wedyn ac edrych cystal bob blewyn â Lowri Vaughan a gwraig Corsygedol. Tai hi ddim ond yn gallu perswadio Rolant i symud i dŷ mwy teilwng o'u safle. Fe allen nhw wedyn roddi croeso i bendefigion y fro, ac mi fydde Rolant cyn pen dim yn ustus, a hwyrach yn siryf . . .

Ysgydwodd y glustog yn ddiamynedd. Roedd o wedi gwirioni am y lle. Faint o siawns oedd ganddi hi i'w berswadio?

Anelodd fywyn yr afal at y ffenestr agored — a cholli. Ond nid ymdrafferthodd i'w godi o'r llawr lle y disgynasai. Gorweddodd ar ei chefn a gwrando.

Mor dawel oedd hi yma. Dim sibrwd heno, dim hyd yn oed gan y dderwen fawr na'r pinwydd ar y twmpath y tu ôl i'r tŷ. Safai fflam y gannwyll yn syth ac yn llonydd. Cododd ar ei heistedd yn sydyn. Daeth i'w chlyw sŵn crensian traed ar y llwybr caregog cul yn arwain at y llidiart.

Rolant, o'r diwedd. Gwrandawodd ar y camu ysgafn, cyfarwydd, sŵn codi'r glicied a gwichian yr hen ddrws derw. Yna'r alwad:

'Meg!'

Chwaraeodd hanner gwên foddhaus ar ei gwefusau. Gadawodd iddo weiddi eilwaith, a chododd oddi ar y gwely yn araf. Cerddodd at y drych wrth y ffenestr ac wedi ymestyn ei chorff fel y gwna cath ar ôl cysgu, fe dwtiodd y ringledi yn ei gwallt du. Daeth llais Malan o'r bwtri.

'Chi sy 'na, meistir? Mae'r llymru'n barod gen i.'

Ond roedd Rowland hanner ffordd i fyny'r grisiau.

'Meg! Wyt ti'n iawn?' gofynnai, a'i wynt yn ei ddwrn.

Roedd hi ar ben y grisiau yn ei gyfarfod, y gannwyll yn ei llaw. 'Paid â bod mor nerfus drosta'i, Roli. Wrth gwrs mod i'n iawn.'

Dododd y gannwyll ar gist gerllaw, a lapiodd ei dwyfraich am wddw ei gŵr. Cydiodd yntau a'i chofleidio'n angerddol nes iddi ochneidio'n dawel.

'Ffei, Roli. Sut galla'i fod yn iawn os ei di 'mlaen felna?'

Ar ôl ysbaid gofynnodd mewn llais bach:

'Roli — gest ti'r rubana?'

Sythodd yntau'n sydyn a rhoi ei law yn ei boced.

'Oeddet ti ddim yn disgwyl imi anghofio, nag oeddet ti? Hwda, tyrd at y golau i ti gael 'u gweld nhw'n iawn.'

'Coch . . . a melyn . . . a gwyn . . . a glas,' anadlai Meg yn hapus gan ddal y rubanau o dan y gannwyll.

'Tyrd imi gael eu clymu nhw yn dy wallt . . . Fel hyn?'

'Na, y gwirion. Nid ar fy nhalcen i!'

Rhedodd yn llawen yn ôl i'r llofft i edrych yn y drych. Gosodai'r ruban coch ychydig yn uwch na'i chlust a'i glymu yno.

'Mae gen i hwn iti hefyd.'

Tynnodd Rowland siôl o sidan allan o'r boced arall. Roedd hi mor ffein, doedd hi fawr fwy na hances poced cyn ei hagor allan. Ond ysgydwodd Rowland y defnydd euraid allan o'i blygiadau, fel consuriwr yn creu rhywbeth newydd o ddim, a gosododd y siôl liwgar am ysgwyddau ei wraig.

'O . . . Roli . . . mae'n berffaith!'

Daeth rhywbeth i'w wddw wrth edrych arni. Roedd hi mor agos ato, ac eto mor bell — mor gaeth yn ei phrydferthwch. Daliai hi'r gannwyll uwch ei phen a thaflodd honno ei goleuni ar y trwyn syth, main, y talcen o farmor a'r aeliau fel adenydd gwennol, a'r gwallt du yn hongian ar y fantell aur ar ei hysgwyddau. O'r diwedd trodd hithau ato.

'Fi ydy — Br-r-renhines Br-r-rynmawr!' Llanwyd y tŷ â sŵn ei chwerthin. 'Y Frenhines Feichiog!'

O ddrws y gegin syllodd yr hen Falan ar y ddau yn dod lawr y grisiau law yn llaw. Blwyddyn o briodas — felna roedd hi ar bawb bron. Cawn weld ar ôl pum mlynedd, ebe'r hen wraig wrthi'i hun. Neu lai, gan gofio (fel y gwnâi yn bur anaml bellach) am Guto Parri a gladdwyd ers deugain mlynedd, ac fel y newidiodd ei serch o i ymgecru a bygylu cyn gynted ag y newidiodd ei chorff hitha ei siâp am y tro cynta.

Trodd ar ei sawdl ac aeth i alw ar y gweision. Safai Cadi, y forwyn fach, wrth y tân yn codi'r llymru o'r crochan i'r llestri, a'u cario at y bwrdd hir ar ganol y gegin.

Gosodwyd dwy fainc o boptu i'r bwrdd, a chadair wrth bob un o'r ddau ben. Taflodd y canhwyllau brwyn eu cysgodion hir ar draws y stafell, a disgleiriai'r cwpwrdd tridarn yn fflamau'r tân. Safai'r gweision a'r morynion wrth y meinciau i aros i Rowland Ellis a'i wraig gymryd eu lle wrth y bwrdd. Plygodd Rowland ei ben i ymofyn bendith, a chyda sŵn symud meinciau ar y llawr cerrig, eisteddwyd i lawr a bwriwyd yn eiddgar i'r llymru.

Tri gwas a dwy forwyn oedd gan Frynmawr y dyddiau hynny, arwydd allanol o safle cymdeithasol Rowland Ellis fel mân sgweiar. Yn araf iawn y bu Cymru'n bwrw ei ffiwdaliaeth a'i dwy radd mewn cymdeithas — yr uchelwr a'i daeogion. Ond ar ôl blynyddoedd cyntaf y Rhyfel Cartref dechreuodd patrwm cymdeithasol newydd ymddangos, fel tapestri y buwyd yn gweithio arno ers blynyddoedd o'r diwedd yn amlygu yn y gwahanol liwiau.

Er i'r rhelyw o Gymry ochri gyda'r brenin, collodd yr uchelwr ei afael tyn yn y wlad yn amser Cromwell, a dyrchafwyd y meistri newydd — y dynion busnes, y ffermwyr cyfoethog. Am y tro cyntaf erioed fe wnaed y dynion hyn yn ustusiaid, a phrofasant o win meddwol y gallu i reoli eu bywydau eu hunain — a bywydau dynion eraill.

Profasant rywbeth arall hefyd — y gallu i ofyn cwestiynau a

dadlau a beirniadu. Nid y brenin na'i uchelwyr, na, nid yr eglwys
chwaith oedd piau'r ateb i bopeth. Fe glywsant am William
Harvey a thelisgob Galileo a'r Gymdeithas Frenhinol a'i dargan-
fyddiadau gwyddonol. Fe gawsant ddarllen y Beibl a dehongli ei
ystyr drostynt eu hunain, a beth os oedd eu dehongliad yn bur
wahanol i'r syniadau traddodiadol? Am y tro cyntaf fe gawsant
ddewis un ai glynu wrth eu hen feistres neu ddilyn yr un newydd.

Gofynnai Rowland Ellis iddo'i hun pam na allai fodloni ar
dderbyn yr hen arferion, ie, hyd yn oed pe tai hynny'n golygu
goddef boddi gwrachod. Ond ni wyddai'r ateb. Wrth y bwrdd
swper llifai ei wewyr drosto unwaith eto. Symudai ei lygaid yn
araf dros y pennau o'i amgylch. Sylweddolodd yn sydyn fod pawb
yn ymwybodol o'i iselder, oblegid fe hongiai distawrwydd llethol
fel hugan ddu dros y stafell. Hoeliai Cadi ei llygaid yn dynn ar ei
bwyd. Chwiliai hen lygaid tanbaid Malan wyneb ei meistr yn
ddibaid. Ciledrychai'r tri gwas arno — Dafydd, yr hen ŵr, Huw
Morris, a'r llencyn newydd o Benrhos, Ellis. Dim ond Meg oedd
fel petai'n anymwybodol o unrhyw beth allan o'r cyffredin yn yr
awyrgylch. Bwytâi ei bwyd gyda blas, a chwaraeai gwên fechan
ar ei hwyneb bob tro yr anwesai ei siôl newydd â'i dwylo.

Bu bron iddo anghofio mai hon oedd noson gyntaf Ellis y gwas
newydd o dan do Brynmawr. Gwenodd ar y bachgen gan sylwi
ar ei wyneb main a'i edrychiad swil.

'Croeso, Ellis Puw. Mi ddylwn fod wedi deud hynny'n gynt.
Mae'n ddrwg gen i. Mi fyddi'n hapus ym Mrynmawr efo Dafydd.
A Huw . . .' ychwanegai'n frysiog wrth weld crych sydyn ar
dalcen Huw Morris.

Rhaid bod Ellis yn un ar bymtheg. Bu'n gweithio am saith
mlynedd yn Nhyddyn Garreg gyda Lewis Owen. Ac o nabod ei
gefnder, fe syniai Rowland iddo gael ei drwytho yng ngwaith
ffarm er mor ifanc ydoedd. Roedd Lewis yn ffarmwr da ei hun
ond yn hawlio llawn gwerth ei geiniog gan ei weision — a rhagor.

'Mae Ellis Puw yn sgolor, meistir.'

Sylwodd Rowland ar y gwrid anesmwyth a lifodd dros wyneb
y bachgen, ac nid oedd heb sylwi chwaith ar y nodyn sarug yn
llais Huw Morris.

'O . . . da iawn.' A'i lais mor ddidaro ag y gallai. Ond doedd Huw ddim am ollwng gafael.

'Tase chi'n gweld y llyfra yn ein llofft ni rŵan. Cystal â chell ffeiriad bob blewyn.'

'Gad lonydd i'r hogyn, wsi,' ebe'r hen Ddafydd dan ei wynt.

Nid am y tro cyntaf gofidiai Rowland am iddo ailgyflogi Huw Morris am dymor arall. Bob tro yr agorai ei geg roedd ei eiriau fel neidr yn barod i daro. Ond roedd o'n weithiwr da ac yn anterth ei nerth yn gorfforol. Ar yr un pryd amharod iawn oedd Rowland Ellis i adael i neb darfu ar dawelwch ei deulu. Amlwg oddi wrth ymateb anghysurus y bachgen fod Huw wedi bod yn ei ben cyn hyn.

Roedd Meg yn chwerthin.

'Wel dyna beth newydd. Chawson ni 'rioed was o'r blaen oedd yn gallu darllen. Pwy ddysgodd iti, Ellis?'

Llyncodd y bachgen ac aeth ei wrid yn ddyfnach.

'Wel dywed wrth dy feistres, Ellis Puw,' wrjiai Huw a'i lygaid yn dawnsio.

'Fedrai'i ddim.'

Prin y clywodd neb o gwmpas y bwrdd y geiriau myglyd, a syllai Ellis druan ar smotyn ar waelod ei fowlen wag.

'Ond tyrd, Ellis Puw,' meddai Meg yn ddigon caredig ond yn gwenu ar Huw. 'Pam na fedri di ddeud wrtha 'i?'

'Dim hynny.' Cododd y bachgen ei ben ac edrych yn syth i wyneb Meg. 'Fedra'i ddim darllen, feistres.'

Ar ôl ennyd o ddistawrwydd edrychodd Meg o gwmpas mewn ffug syndod. 'Wel, 'neno'r tad, be di'r holl stŵr 'te?'

'Dyna ddigon ar blagio.' Trodd Rowland yn bwrpasol at Dafydd. 'Gest ti beth o'r ffair, Dafydd Jôs?'

Neidiodd hwnnw i'r adwy.

'Rhyw gymint, meistir, ond dim llawer. Mae'r crydcymala'n dwad nôl fel hen ffrind gyda throad lliw'r dail, ac mae'r daith lawr i'r dre'n deud ar yr hen fegin erbyn hyn.'

Aeth y sgwrs ymlaen ar linellau newydd a'r gwas ifanc yn edrych yn ddiolchgar ar ei feistr. Ond fe wyddai'n burion mai dros dro oedd y llonydd a gawsai oddi wrth blagio Huw Morris.

Roedd y gweision yn gadael y gegin fawr ac yn cychwyn am eu llofft eu hunain pan alwodd Rowland Ellis ar ei was newydd.

'Aros am funud, wnei di?'

Trodd Ellis yn ôl. Edrychodd Rowland ar Meg. 'Dy bardwn, nghariad i. Mi hoffwn i gael gair efo Ellis ar 'i ben 'i hun.'

Cododd Meg ei haeliau, ac roedd goslef ei llais yn datgan ei hanfodlonrwydd.

'O'r gore.'

'Fydda'i ddim yn hir.' Safodd wrth y drws a'i ddal yn agored i'w wraig fynd drwodd. Caeodd y drws a cherddodd yn araf at yr aelwyd. Yna trodd i edrych yn dreiddgar ar y bachgen.

'Fyddi di'n hoff o lyfra, Ellis Puw?'

'Byddaf, syr.'

'Ond fedri di ddim darllen.'

'Ddim. . . ddim eto, syr.'

'Oes gen ti lyfra?'

'O, oes . . . un neu ddau.'

'Wyddost ti beth ydyn nhw?'

'O, gwn. Llyfra Morgan Llwyd — hwnnw am yr adar yn ymddiddan. Y Beibl Bach. A Llyfr y Resolusion.'

Gwenodd Rowland. 'Does dim llawer o neb sy'n medru darllen yn deall rheiny'n iawn.'

'Na. Dydw inna ddim yn 'u deall nhw'n iawn chwaith. Ond os bydd rhywun yn darllen i mi, rhywsut mi rydw i'n gallu cofio. Ac wrth adrodd y darn drosodd a throsodd i mi fy hun, mae rhyw ystyr yn dwad o rywle. Wn i ddim ydy'r ystyr yn iawn ai peidio. Ond mi rydw i'n dechra dysgu darllen ffor'na hefyd.'

'B'le gest ti'r llyfra 'ma, Ellis Puw?' gofynnai Rowland yn chwilfrydig.

Daeth newid dros wyneb y bachgen. Cochodd at ei glustiau unwaith eto, ond aeth ei wefusau'n dynnach.

'M-ae arna'i ofn na fedra'i ddim deud wrthoch chi, Rowland Ellis.'

'Pam? Be di'r gyfrinach fawr n'eno'r annwyl? Does dim rhaid i neb fod â chywilydd o hyn.' Chwarddodd, ond teimlai'n anghysurus yn sydyn. Doedd y bachgen erioed wedi *dwyn* y llyfrau?

Fel pe bai'n amau'r hyn oedd ym meddwl Rowland, prysurodd Ellis i ddweud:

'Does dim byd o le, meistr. Dim ond . . . falle na fyddech chi ddim yn deall.'

Barnodd Rowland mai gwell fyddai gadael i Ellis egluro yn ei amser ei hun.

'O'r gore 'te. Gadawn ni hi'n fan'na. Dywed wrtha'i. Beth am waith Morgan Llwyd? Wyddost ti rywbeth amdano?'

'O, gwn.' Roedd y llanc yn eiddgar. 'Fe fu farw ryw ddeuddeng mlynedd yn ôl, ac roedd o'n bregethwr mawr yn amser y werin-lywodraeth. Wyddoch chi ddim am ei waith, meistir?'

'Mi glywes sôn,' atebodd Rowland yn ofalus.

'Gwrandewch ar y darn yma. Dyma i chi un o'r pethe rydw i wedi dwad i ddeall yn well wrth 'i ailadrodd.' Cymerodd y bachgen anadl hir, hoeliodd ei lygaid byw ar y dresal y tu cefn i Rowland, a dechreuodd adrodd mewn llais isel, cynhyrfus.

'Nid rhaid wrth na Beibl na phregethwr. Mae gennym y gwir Bregethwr yn sefyll ym mhwlpud ein calonnau, a Llyfr ynom a wasanaetha os dilynwn ef, ac os daliwn sylw arno fel Gair neu Gannwyll yn llosgi ynom mewn lle tywyll. Ac yn lle pob llais oddi allan, dilynwn ni ac ufuddhawn i'r Llais a'r Goleuni sydd o'r tu fewn.'

Teimlodd Rowland ias anghysurus yn mynd drosto. Doedd o ddim am glywed rhagor. Geiriau peryglus, a syniadau peryglus oedd y rhain y dyddiau hyn. Tybed oedd Ellis Puw yn sylweddoli hynny? Trwy'r drws clywodd Meg yn tynnu ar y tannau a'i llais ysgafn pêr yn canu

> *I ba beth y byddaf brudd?*
> *Ie, pam y byddaf brudd?*
> *I ba beth y byddaf brudd*
> *A throi llawenydd heibio?*

'Ydach chi ddim yn teimlo fod yna ryw ryddid mawr, rhyw addewid, fel 'tae, yn y geiriau hyn, meistr? Ydach chi?'

Roedd llygaid Ellis yn dal i ddisgleirio a dau smotyn coch

anarferol ar ei fochau yn peri i Rowland feddwl am ei frawd Guto yn nyddiau cynnar ei ddiciâu. Ceisiodd siarad yn ysgafn.

'Geiriau Morgan Llwyd, ddwedest ti? Maen nhw'n debycach i eiriau Cwacer. Cymer ofal, Ellis Puw, neu fe gei di dy hun yn dilyn pobl Dolserau i jêl Caetanws yn y dre.'

Edrychodd Ellis fel pe bai Rowland wedi ei daro.

'Mae'n ddrwg gen i. Row'n i'n meddwl . . . mi glywes fod eich tad, Ellis Rees, yn ei ddydd yn pledio achos y Cyfeillion.'

Sylwodd Rowland iddo ddefnyddio'r enw gwreiddiol ar y sect ryfedd honno a enillodd yr enw dirmygus Cwaceriaid, neu Grynwyr.

'Doedd nhad 'rioed yn un ohonyn nhw, Ellis Puw,' ebe ef yn finiog. 'Fe glywodd Vavaswr Powell yn pregethu yn Nolgellau slawer dydd, ac fe effeithiodd hynny'n arw arno, ond am yr eithafwyr eraill — o, na.'

Symudodd Ellis o un droed i'r llall gan aros yn anghysurus am y gair i ymadael.

'Dyna ddigon 'te,' ebe Rowland yn swta. Ond yn sydyn daeth cywilydd drosto. 'Na. Aros funud. Faset ti'n hoffi dysgu darllen?'

Nid yn fuan y byddai Rowland yn anghofio ateb isel ond angerddol ei was.

'Yn fwy na dim yn y byd.'

Clywodd ei hun yn dweud bron cyn iddo gael amser i feddwl: 'O'r gore. Fe ddechreuwn ni ar ein gwers gynta nos fory ar ôl 'swylio. Tyrd â'r llyfra i lawr yma.'

Roedd y diolch ar wyneb y bachgen yn fwy na geiriau. Bu bron i Rowland ddifaru ei addewid byrbwyll, mor agored oedd llawenydd Ellis. Gobeithio nag ydw i wedi dechrau rhywbeth a fydd yn fagl imi yn y pen draw, meddyliai. Ond pa fagl allai ddeillio o ddysgu llanc i ddarllen? Yr oedd yntau wedi cael addysg dda, cystal iddo wneud defnydd ohoni y ffordd yma ddim. Fodd bynnag, arhosodd yr anniddigrwydd annelwig gydag ef. O'r stafell arall daeth geiriau'r alaw i'w glyw:

> . . . *Minnau'n ieuanc ac yn llon*
> *Rhof hwb i'r galon eto* . . .

II

Ar y noson cyn Nadolig 1672 roedd Ann, merch Rowland a Margaret Ellis, Brynmawr, yn dri mis oed, bwriadai ei mam ei gadael am y tro cyntaf i fynd i Blygain yr Hengwrt gyda'i gŵr.

Ni hoffai Rowland y syniad o adael ei ferch fach hyd yn oed efo'r hen Falan driw a dibynnol, ond fe wyddai fel y bu Meg yn edrych ymlaen ers rhyw chwe mis bellach at ailymaflyd yn y bywyd cymdeithasol y buasai hi'n ei fwynhau gymaint. Dyfal iawn y bu hi'n paratoi ei gŵr ar gyfer y syniad, byth er geni'r plentyn, a doedd gan Rowland mo'r galon i'w gwrthwynebu.

Ond y bore oedd hi rŵan, a digon o waith i'w wneud cyn y byddent yn barod ill dau i neidio ar gefn Barnabas a Ned i farch-ogaeth drwy'r dre i'r Hengwrt. Yn un peth, roedd o am i Ellis Puw fynd â throl o goed gwern i lawr i dŷ'r clocsiwr. Aeth Rowland allan i'r buarth i chwilio amdano.

Diolch i'r drefn ei bod hi'n sych, a heb fod yn rhy oer hyd yn hyn, er bod llwydrew yn wyn ar frigau'r coed. Bu raid iddo aros i syllu ar brydferthwch y bore. Da yr enwyd ei hen gartref. Safai ar godiad tir, yn gadarn fel y Gader y tu cefn iddo, tŷ cerrig a godwyd gan ei daid, Rhys Lewis, hanner can mlynedd ynghynt. Rhyfeddai bob amser at wastadrwydd y cerrig anferth a gasglwyd gan yr hen ŵr at y gwaith. Rhyfeddod arall oedd mynyddoedd y rhan hon o Gymru. O'i flaen syrthiodd y tir yn ffridd ar ôl ffridd i lawr i Ddolgellau, ac fel caerau o amgylch — Moel Offrwm, Aran Fawddwy a'r Gader Fawr ei hun. Ond heddiw doedd Dolgellau ddim yn y golwg, dim ond niwl yn hofran uwch ei phen ac yn ei gorchuddio â dirgelwch Tir y Dyneddon. Goleuwyd Moel Offrwm gan lewyrch glas, ac yn bell rhwng dwyrain a gogledd taenodd y Rhobell Fawr ei chysgodion ar draws y cymoedd. Yn nes at y môr a'r gorllewin tyrrai mynyddoedd gwerthfawr Diffwys gydag aur a chopr a manganis a phwy ŵyr beth arall yn ei fynwes. Rhoes y barrug disglair fin i'w ddychymyg, a llanwyd ei fron â chariad poenus at y fro lle magwyd ef.

Ac fel megis pob tro yr edrychai ar ei etifeddiaeth, meddyliodd am ei dad, ac am ei daid, Rhys Lewis ap Siôn Gruffydd. Gallai adrodd ei achau cystal ag unrhyw fonheddwr yn y gymdogaeth — yn ôl at Siôn Gruffydd, Nannau, a Hywel ap Siencyn, Ynysmaengwyn, yn oes Elisabeth: ie, yn ôl at Syr Roger Kynaston, a thrwy linell fenywol y teulu hyd at Wmffra, Duc Caerloyw, a mab Harri'r Pedwerydd. Ar yr ochr arall gallai ymfalchïo yn y ffaith i'w achau fynd yn ôl at Feurig, Arglwydd Dyfed.

Rhyfedd meddwl fod gwaed Seisnig yn ei wythiennau. Eto, pa ryfedd, a chymaint o Gymry wedi heidio i Loegr yn ystod y canmlynedd a hanner diwethaf. Teimlasai'n bur wahanol i'r bechgyn eraill, y Saeson, yn yr ysgol yn Amwythig. Coffa da am Dr. Harlow, yr athro hanes, yn ei gyfarch: *'Captain Fluellen, I peseech you now, will you voutsafe me, look you, a few disputations with you?'* Ac yntau'r gwirion yn methu â deall pam roedd pawb yn chwerthin am ei ben.

Ond ar ôl blwyddyn o ddysgu hanes a llên Lloegr a Rhufain a Gwlad Groeg fe ddaeth i ddeall yn dda, a dechreuodd y gwrthryfel rhwng y Cymro a'r Sais yn ei enaid a oedd i barhau hyd ddiwedd ei oes.

Pell iawn oedd dyddiau Amwythig yn awr. Torasid ar ei addysg yn sydyn gan farwolaeth ei dad. Ym Mrynmawr roedd ei le bellach, ac yn ôl y daeth yn fachgen dwy ar bymtheg oed, wedi cael blas ar ddysg, a'r blas hwnnw heb ei ddiwallu. Câi bleser rhyfeddol yn awr o ddysgu Ellis Puw i ddarllen. Gwir fod y bachgen yn ddisgybl parod a dim trafferth, ond roedd cael rhannu ei wybodaeth a gweld meddwl Ellis yn blaguro ac yn aeddfedu yn rhoi boddhad neilltuol iddo.

Ond y coed i'r clocsiwr oedd y peth pwysicaf ar hyn o bryd. Gan gwpanu ei ddwylo o amgylch ei geg, bloeddiodd 'Holo! Ellis!' nes bod y waedd yn atsain ar draws y caeau. Yn fuan gwelodd y gwas ifanc yn rhedeg i'w gyfarfod.

Croesawai Ellis y cyfle i fynd i'r dre. Yn un peth cawsai lonydd am ryw ddwyawr oddi wrth blagio parhaus Huw Morris. Byth er iddo ddarganfod fod y 'giaffar ifanc' yn dysgu i'r gwas newydd ddarllen ni bu pall ar ei wawdio. Doedd fawr o awch dysgu 'darllen ar Huw ei hunan. Roedd bywyd yn rhy fyr, meddai, a phleserau amgenach iddo yn ei amser hamdden. Ni fu ar ôl chwaith yn adrodd manylion rhai o'r pleserau hyn wrth Ellis a mwynhau gweld y diniweityn yn cochi hyd at fôn ei wallt coch. Fe wnâi fwy o les iddo fodio Nans y Goetre na bodio llyfre byth a beunydd, meddai Huw, a chwerthin yn afreolus ar ei ffraethineb ei hun.

Ond roedd gan Ellis reswm arall dros fod yn falch o'r cyfle i fynd i Ddolgellau y bore hwnnw. Yn y gist haearn wrth ei wely yr oedd cadach coch wedi ei glymu ymhob pen. Pryderai Ellis rhag i Huw weld ei gynnwys, yn arbennig gan nad oedd ganddo glo ar y gist.

Cymerodd y bwndel yn ofalus i'w ddwylo a'i roi ar ei wely. Yna caeodd y gist yn dawel. Yn rhy dawel efallai. Roedd ar fin ailafael yn y cadach pan glywodd lais Huw Morris y tu ôl iddo.

'Pam rwyt ti'n chware'r cadno heddiw, Ellis Puw? Wedi dwyn rhagor o lyfre wyt ti?'

Safai Huw yn nrws y llofft yn llabwst o ddyn cnodiog. Megis amryw eraill o ddynion mawr, gallai symud yn ysgafn, a'i ddileit pennaf oedd dilyn pobl heb yn wybod iddynt. Weithiau byddai hwyl i'w gael o floeddio'n sydyn nes bod y creadur o'i flaen bron neidio allan o'i groen. Dro arall fe dalai'n well iddo wylio'n ddyfal heb gael ei weld . . .

Erbyn hyn roedd Ellis yn dechrau deall sut i'w drin. Fe wyddai'n bur dda pe tai o'n ceisio cuddio'r cadach, fe fyddai ar ben arno i gadw ei gyfrinach. Mor naturiol ag y gallai, ac yn gwbl hamddenol, cydiai yn y bwndel ac eistedd ar y gwely, y cadach ar ei liniau.

'Mae'r meistir am imi fynd â choed gwern i'r clocsiwr yn y dre.'

'Be sy genti yn y cadach 'cw?'

'O, hwn?' Cododd Ellis y cadach yn ei law yn ddidaro, ond roedd ei galon yn carlamu. 'Rhyw damaid o fara a chaws roeddwn i wedi 'i adael y bore 'ma. Bydd o'n rhywbeth i'w gnoi ar y ffordd i lawr.'

Ond roedd Huw eisoes wedi colli diddordeb.

'Wyt tithau'n mynd i'r Plygain efo gweision Brynrhug heno? Jaist i, mi rydw i'n edrych ymlaen at gyfarfod yr hogia yn Nhafarn y Carw. Mae Parri wedi gaddo jwgiad o fedd poeth i bawb am un ar ddeg, cyn i ni gychwyn efo'r canhwylle am yr eglwys. Pryd rwyt ti'n meddwl mynd?'

Fu Huw erioed mor gyfeillgar.

'Dydw i ddim am fynd i'r Plygain, Huw Morris.'

'Wel, myn uffern-i, be nesa? Mae *pawb* yn mynd i'r Plygain ar y Nadolig hyd yn oed hen lyfrbry fel titha. Wyt ti'n rhy swil neu be?'

'Nag ydw.'

'Rwyt ti'n annaturiol 'te . . . ac anghristionogol, wsi.'

Crychodd ei dalcen yn sydyn, ac aeth ei lygaid yn fach ac yn wyliadwrus. Daeth yn nes at Ellis a gofyn yn araf:

'Pam dwyt ti ddim am fynd?'

I Huw, un o'r pethau mwyaf doniol ynghylch Ellis oedd ei onestrwydd poenus. Ni allai gredu y byddai neb yn ddigon twp i ddweud y gwir petai celwydd yn hwylusach. Daeth syniad rhyfedd iddo yn awr. Beth petai . . .

Roedd Ellis yn ei ateb yn ansicr ond yn ddiffuant.

'Dydw i ddim yn hollol sicr fy hunan pam. Rhywbeth yno'i yn gwrthod mynd. Fedra'i ddim egluro'n iawn . . .'

Er mawr syndod i Ellis nid aeth Huw ymlaen gyda'i holi. Mwmiodd rywbeth am fynd i'r sgubor, ac aeth allan o'r llofft. Anadlodd Ellis yn rhydd ac aeth i baratoi'r drol i fynd i'r dre.

Ni fu fawr o dro yn cyflawni ei orchwyl gyda Dwalad y Clocsiwr. Wedi cael gwared â'i lwyth, trodd ei geffyl a'r drol o'r Lawnt i gyfeiriad Cae Tanws, heibio'r eglwys a'r Siop Goch a thŷ Griffith Tudur y Twrne. Oherwydd iddo frysio i'r dre, barnodd fod ganddo gryn ugain munud i'w sbario cyn ei throi hi am adre.

Wedi iddo gyrraedd adeilad garw, moel ei olwg, ym mhen pella'r stryd ar lan afon Aran, fe glymodd ei geffyl wrth bostyn cyfagos, a chan ddal ei gadach coch yn ofalus aeth i guro wrth ddrws jêl Caetanws. Ar ôl oedi hir agorwyd iddo gan y ceidwad, dyn hagr, tal, ac wyneb eryr ganddo.

'Hy, ti sy 'ma eto,' oedd y cyfarchiad sych. Fe wyddai o brofiad nad oedd fawr o gildwrn i'w ddisgwyl gan yr ymwelydd ifanc hwn. 'Ie, Siôn Pyrs. Sut mae o heddiw?'

'Sut mae o? Be ti'n feddwl, dŵad? Pwy 'dy o? Hei, wyddost ti faint o bobol sy gen i yn y carchar 'ma, wsi? Deg ar hugain. Deg ar hugain o ddihirod drygionus sy'n gwrthod parchu na brenin na chyfraith. Sut wyt ti'n disgwyl imi wybod pwy ydy dy "o" di?'

Atebodd Ellis yn dawel. 'Ifan Robarts, hwsmon Dolserau. Fe gafodd godwm yr wythnos diwetha, ydach chi'n cofio? Ac fe dorrodd 'i goes. Sut mae o?'

Tynnodd Siôn Pyrs flwch bach o boced ei grys, a chymerodd binsiad o snisin rhwng ei fysedd, yna ei anadlu'n hir ac yn hamddenol i fyny ei drwyn. Ac meddai toc: 'Oes genti rywbeth iddo?'

Agorodd Ellis y cadach yn eiddgar a dangosodd docyn o fara a chaws wedi hanner ei fwyta, a bowlen fach las.

'Rhywbeth blasus?' gofynnai Siôn Pyrs yn farus, gan bwyntio at y fowlen.

'Dim felly.' Tynnodd Ellis y caead a dangos rhywbeth fel hufen melyn tew. 'Eli.'

'Eli!'

'Ia. Mi wnes i o fy hun o lysiau'r cwlwm. Mi fendith hwn 'i goes ynghynt na dim.'

Roedd y syndod a'r siom ar wyneb y ceidwad yn bictiwr.

'Eli!' ebychai eilwaith a'i lais yn chwibsur. Yna dechreuodd chwerthin, os chwerthin y gellid galw ysgwyddau'n ysgwyd a dim sŵn yn dod o'r genau. 'Wel, gwaed swllt! Cer â fo i mewn 'te. Cawn weld pr'un ai dy eli di ynte' 'i bader o fydd yn ei yrru i uffern gynta.'

Agorodd ef y drws led y pen, a llanwyd ffroenau Ellis ag arogl llaith oer. Dilynodd y ceidwad ar hyd y fynedfa gul am ryw hanner canllath at hen res o risiau carreg yn disgyn i groth yr adeilad. Ar waelod y grisiau yr oedd drws a barrau heyrn drosto. Bu Ellis yn y rhan hon o'r jêl o'r blaen, ond daliai'r lle i godi cyfog arno bob tro. Dim ond y sawl a ddygai anrhegion i Siôn Pyrs a bwyd i'r carcharorion a gâi weld eu ffrindiau a'u perthnasau, a chan fod y trueiniaid yn dibynnu am eu cynhaliaeth ar yr hyn a gawsent gan eu hymwelwyr, fe wyddai Ellis beth i'w ddisgwyl gyda bod y drws hwnnw'n agor. Gobaith yn fflachio mewn llygaid wedi pylu, yna siom, dagrau, ymbil, rhegi, melltithio. Roedd agor y drws hwn yn agor fflodiart ar wewyr dyn.

Cymaint oedd ei dosturi wrth yr anffodusion hyn — rhai ohonyn nhw yno am ddwyn dafad neu geffyl ac yn gwybod mai'r crocbren oedd eu hunig yfory; eraill yno am iddyn nhw fynd i ddyled; un ferch heb fod yn llawn llathen yn aros ei diwedd am iddi foddi ei phlentyn siawns — anghofiodd Ellis yr arogl amhur a lanwai'r lle. Daeth yr unig oleuni oddi wrth dwll yn uchel yn y mur wrth y nenfwd, a barrau cryfion ar ei draws yn rhoi pen ar unrhyw fwriad i ddianc. Chwythai'r gwynt oer yn ddidrugaredd drwy'r agoriad hwn, ond heb fod yn ddigon i buro'r awyrgylch. Safai'r troseddwyr hyd at eu fferau mewn llaca drewllyd — glaw a phridd yn gymysg ag ystlomiad dyn. Yma ac acw yr oedd twyni o wellt, a ffodus oedd y sawl a iwyddodd i fachu lle iddo'i hun ar un ohonyn nhw. Pa ryfedd fod ôl cwffio ar ambell un?

Syllai Ellis arnyn nhw o'r tu ôl i'r barrau anferth a wahanai ef a'r ceidwad oddi wrth y carcharorion. Chwiliodd ei lygaid yn ddyfal am ei gyfaill ymhlith y creaduriaid hyn, ond nis gwelai. Camodd Siôn Pyrs yn ei flaen heb gymryd sylw o'r gweiddi a'r llefain, nes dod at stafell arall nad oedd mwy na chaets ond ei bod hi'n gymharol lân a thawel gyda digonedd o wellt ffres ar lawr.

'Mae dy ffrind yn cael gwely moethus i farw ynddo,' grwgnachai gan ddatgloi drws sgwâr yn y barrau. 'Mae'n dda i'r Cwaceriaid fod ganddyn nhw gyfeillion cyfoethog.'

Gorweddai Ifan Robarts â'i wyneb at y mur, ond ceisiodd symud peth pan glywodd ef lais y ceidwad. Brawychwyd Ellis gan y newid yng nghyflwr ei gyfaill er pan welsai ef y tro diwethaf. Dyn mawr cryf tua deuddeg ar hugain oed oedd Ifan Robarts, dyn llawen a llond ei groen. Ai Ifan oedd y gŵr a'r llygaid mawr du a drowyd yn erfyniol ato, a chwys y dwymyn yn torri allan yn ddafnau mawr ar ei dalcen?

Rhuthrodd Ellis i mewn i'r stafell, a daeth cysgod o wên i wyneb Ifan a'i wneud yn fwy cyfarwydd i Ellis.

Anadlai'n llafurus: 'Mae'n dda dy weld di, gyfaill.'

'Rwyt ti'n waeth, Ifan Robarts? Yr hen goes 'na ia?' Ond roedd Ifan wedi cau ei lygaid gan gymaint yr ymdrech i siarad. Syrthiodd Ellis ar ei liniau wrth y claf ac mor ysgafn a chyflym ag aderyn, piliodd yn ôl y carpiau a fu unwaith yn glos pen glin. Tynnodd ei anadl ato yn sydyn. Roedd y goes wedi chwyddo i ddwywaith ei maint a honno'n ddu a choch a glas tywyll. Ac allan o'r cnawd fe ymwthiai darn o asgwrn fel cangen pren a rwygwyd yn frysiog. Trodd Ellis yn wenfflam at y ceidwad.

'Fu neb yn trin y goes yma, ddyn?'

'Trin y goes? Be ddiawl rwyt ti'n feddwl ydw i? Pothecari?'

'Ond fe wyddost o'r gore fod Ifan Robarts wedi torri ei goes am iddo geisio gwahanu dau ddyn a fu'n ceisio lladd 'i gilydd — cadw trefn yn dy garchar di mewn gair, Siôn Pyrs.'

Siaradai Ellis yn isel rhag mennu gormod ar Ifan, ond ysgyrnygai Siôn Pyrs yn ôl:

'Yli'r herlod digwilydd! Wyt ti'n anghofio mai heretig a chableddwr sy'n gorwedd yn fan'na? Os ydy Duw wedi 'i daro fo lawr, myn uffern-i, dydw i ddim yn mynd i roi swci iddo fo.'

Agorodd Ifan ei lygaid yn araf. 'Hidia befo, Ellis. Rwyt ti wedi dod, ac mi rydw i'n falch odiaeth o dy weld di.'

Trodd Ellis ei gefn ar y ceidwad, ac fe sleifiodd hwnnw i ffwrdd. Agorodd y blwch eli.

'Paid â siarad rŵan, Ifan. Dyma i ti eli llysiau'r cwlwm i roi ar dy goes. Ond yn gynta mae'n rhaid imi dreio rhoi'r asgwrn 'na nôl yn 'i le . . . fedri di ddiodde tybed? . . . Mi gyflawnes i wyrth ar yr hen lo bach 'cw ryw fis yn ôl medda meistir . . . yn ara deg rŵan . . . dyna ni . . . mi dynna' i'r goes i lawr . . . fel hyn . . .'

Tra siaradai Ellis yn isel a thyner fel mam wrth ei phlentyn, roedd ei ddwylo 'n brysur. I greadur mor eiddil ei olwg roedd ganddo fysedd cryfion ac ystwyth. Byddai wedi hoffi gofyn i Siôn Pyrs am ddŵr i olchi'r briw ond roedd arno ofn gadael Ifan rhag ofn iddo fethu â chael caniatâd i ddod yn ôl.

Crynai Ifan drosto o'i gorun i'w draed fel petai'r acsus arno, ond ddaeth yr un ochenaid o'i enau. Chwiliodd Ellis am gadach

i rwymo'r goes, ond doedd dim golwg am yr un cerpyn yn unman.
Cofiodd yn sydyn am y cadach coch. O leiaf fe'i gwnaed o wlanen
pur. Rhwygodd y cadach yn stribedi mân a chlymodd nhw'n dynn
am y goes o'r clun i'r ffêr. Suddai'r eli yn ddwfn i'r briw ac ar
unwaith fe deimlai Ifan ei hun yn cael esmwythâd.

'Fe wnei di feddyg purion,' meddai, a'i lais eisoes yn gryfach.
Edrychodd Ellis o'i amgylch. 'Mae hwn yn well lle na'r llall.
Sut gest ti ddŵad yma?'

Goleuodd wyneb Ifan. 'Daeth Robert Owen Dolsera i ngweld
i, wyddost. Mae o newydd ei ryddhau. Mi dalodd swm go dda i
Siôn Pyrs i mi gael fy symud i fan 'ma. Doeddwn i ddim am gael
fy nhrin yn well na neb arall, ond fe ddwedodd meistir y byddwn
i'n gwella'n gynt ar fy mhen fy hun, 'i bod hi bron yn amser imi
fynd adre p'un bynnag.'

'Ers faint buost ti yma rŵan, Ifan?'

'Wyddost ti, mae'n anodd cofio. Mis bach, goelia i . . . Ond
ta waeth . . . Welest ti Sinai yn ddiweddar?'

Gwenodd Ellis.

'Do. Fe fûm i draw echnos. Mae hi'n iawn — ond yn hiraethu
amdanat ti.'

'A'r plant?'

'Mor nwyfus a direidus a hapus ag y dymunet iddyn nhw fod.
Mae Ellyw fach yn dechrau dwndrio a cherdded ei gorau rŵan.'

'Ydy hi, wir? Be mae hi'n ei ddeud?'

Adroddodd Ellis rai o ddywediadau pert yr ieuengaf o'r naw
bychan a oedd eisoes wedi dechrau anghofio wyneb y tad. Soniodd
o ddim am beswch Steffan, nac am Lisa yn mynd ar goll am dri
diwrnod. Druan o Sinai. Roedd yn anos ganddi hi na chan
wragedd eraill mwy darbodus i gadw trefn ar naw o blant.
Dibynasai gymaint ar ei gŵr i wneud pob pederfyniad drosti.
Hebddo roedd hi fel glas bach y wal wedi colli ei chymar. Ac am
fod ei hanallu yn gymaint o boen a thramgwydd iddi, gymaint yn
fwy yr edmygai Ellis ei gwroldeb.

'Dydw i ddim yn dallt syniadau Ifan Robarts, Ellis bach,'
dywedasai wrtho. 'Ond mi wn i mai dyn da ydy o, ac yn un o
blant yr Arglwydd. Ac mi wn mai yfo sy'n iawn beth bynnag

ddigwyddith . . . Paid â deud wrtho am Steffan, na wnei di?'
erfyniai gan wastatáu gwallt llaith y plentyn a orweddai yn y gwely
di-siâp.

Roedd Ifan wedi cau ei lygaid eto, a gwenodd Ellis arno.
'Wyt ti'n cysgu, Ifan? Paid â chysgu cyn imi ddeud newydd
da wrthot ti. Wyt ti'n fy nghlywed i?'

Agorodd Ifan ei lygaid gydag ymdrech ond daeth gwên araf
i'w wyneb.

'Fyddi di ddim yma'n hir, Ifan Robarts. Mi glywes sôn fod
y brenin wedi rhoi pardwn i bawb sy mewn carchar o achos cyd-
wybod. Mae llawer wedi cael 'u rhyddhau eisoes, ac mae Robert
Owen Dolserau yn gneud ei ora glas drosot ti rŵan.'

Trodd Ifan ei wyneb i'r cysgod, ac roedd hi'n anodd gan Ellis
wybod sut effaith gafodd ei newydd arno. Toc, daeth y llais tawel
ato.

'Da iawn . . . Sut mae'r darllen yn dod yn 'i flaen, Ellis?'
Gloywodd llygaid y bachgen.

'Campus. Dydw i'n cael dim anhawster bellach.'

'A Rowland Ellis — ddoth o'n nes atom?'

'Dwn i ddim, wsti. Mae'n anodd gwybod meddwl y meistir.
Fyddai'n meddwl weithiau'i fod o'n dyheu am gael dod, ond fod
o'n methu'n lân â chymryd y cam cyntaf.'

'Fe ddaw yn amser yr Arglwydd. Gest ti ragor o lyfre gan Jane
Owen?'

'Mae hi'n deud mod i wedi aarllen bron popeth a gyhoeddwyd
yn Gymraeg,' chwarddai Ellis. 'Awgrymodd imi ddechrau dysgu
Saesneg er mwyn medru darllen gwaith y bardd dall Miltwn a
rhai o'r llyfrau crefyddol. Ond rhywsut does gen i fawr o awch
at hynny. Fydd dim angen Saesneg arna'i fyth, goelia i. Mi
hoffwn yn fwy na dim fedru darllen gweithiau'r hen feirdd. Mae
nhw'n deud fod yr hen Robert Vaughan wedi gadael anferth o
gasgliad ohonyn nhw yn yr Hengwrt 'cw. Ac mi glywes hefyd fod
penillion yr Hen Ficer o Lanymddyfri newydd 'u cyhoeddi. Mi
leiciwn i . . .'

Edrychodd ar Ifan, ond roedd hwnnw fel petai ef yn cysgu.
Gwell iddo ei adael yn awr a dod yn ôl cyn gynted ag y caffai esgus

i ddod i'r dre eto. Cododd Ellis yn ddistaw. Yr oedd ar gyrraedd y drws pan glywodd lais Ifan yn sibrwd gydag angerdd brysiog. Yr oedd wedi hanner codi ar ei eistedd, a'i wyneb fel y galchen. Safai ei lygaid yn ei ben fel dau golsyn mawr, a chripiai'r gwellt gyda'i ddwylo nes bod ei gymalau'n disgleirio.

'Ellis . . . rhaid iti wrando. Mi weles i o — George Fox — yn y dre efo Siôn ap Siôn . . . paid â mynd . . . iti gael clywed beth . . . roedd ei lais yn dawel ond yn dreiddgar . . . 'y gwir oleuni sy'n goleuo pob dyn sy'n dyfod i'r byd . . .' dyna be ddeudodd o . . . 'yr unig oleuni nefol a dwyfol a bâr i ddynion . . . weld eu geiriau a'u pechodau drwg . . . Ellis . . . dywed wrth Sinai . . .'

Ond roedd ystyr geiriau eraill Ifan Robarts ar goll yn y dwymyn a'i goddiweddodd. Ni wyddai Ellis beth i'w wneud. Roedd o eisoes yn hwyr, ac roedd o wedi gwneud popeth i wneud Ifan yn gyffyrddus. Nid gwiw iddo ofyn i Siôn Pyrs alw'r meddyg. Gwyddai ba ateb i'w ddisgwyl. Siawns na fyddai'r dwymyn yn cilio toc. Syllodd yn hir ar wyneb dieithr Ifan Robarts, yna trodd i ffwrdd yn ddisymwth ac aeth allan o'r stafell.

III

Dyma'r tro cyntaf iddi fentro ar gefn ei cheffyl ei hun oddi ar geni Ann. I fynd i lawr i'r dre bu hi'n marchogaeth y tu ôl i Rowland hyd yma, ond heno roedd y ffrog felfed las o dan ei chlogyn merino yn rhy gwmpasog iddi fedru rhannu ceffyl â'i gŵr yn gyffyrddus.

Roedd Meg yn farchoges dda. Teimlai fel brenhines a'i chefn yn syth a'i dwy goes yn dynn yn erbyn un ochr i'r cyfrwy yn ôl yr arfer i ferched. Hoffai deimlo cynhesrwydd byw Barnabas yn symud oddi tani, ac ni ofidiai fyth am fod y ffordd i lawr o Frynmawr i'r dre yn rhy arw i gerbyd.

Disgleiriai'r barrug clir ar y coed a'r caeau ac yr oedd pob man yn ddistaw ar wahân i glip-glop y ceffylau. Edrychodd Meg ar ffigur tal Rowland o'i blaen. Fyddai ganddi ddim cywilydd ohono yn yr Hengwrt heno. Roedd o gyn hardded â neb yn yr ardal a'i wallt du a'i lygaid treiddgar. Gobeithiai na fyddai'n rhy drist yn y dawnsio cyn y Plygain, ond doedd dim dichon dweud y dyddiau hyn. Byddai ei ddifrifoldeb weithiau yn ei wneud yn destun sbort. Dyna ddyn ffraeth oedd Hywel Vaughan. Rhaid ei fod yn tynnu at ei hanner cant, ond mor olygus roedd o gyda'i berwig ddu a'i ddillad hardd. Hoffai glywed ganddo hanesion y llys yn Llundain, er bod y pethau a ddywedai weithiau yn tynnu gwrid i'w hwyneb. Diolch ei bod hi'n cael dechrau mwynhau ei hun unwaith eto. Roedd hi'n falch fod ganddi blentyn wrth gwrs — ond, hei-ho, roedd hi'n falch fod yr hen Falan ganddi hefyd. Rhy ifanc a rhy brydferth i'w chau ei hun yn y mynyddoedd — nid ei geiriau hi oedd rhain eithr geiriau Hywel Vaughan ei hunan. Nid ailadroddai wrth Rowland y pethau a ddywedasai ei gâr wrthi o dro i dro. Byddai ef yn siŵr o gamddeall. Roedd o wastad yn pwyso ac yn mesur pob dywediad o eiddo neb. Haeddai sylw ysgafn atebiad ysgafn bob amser, ac yr oedd rhywbeth cyffrous-

þeryglus mewn chwarae deufel lafar gyda gwrthwynebydd mor
finiog a chwim ei feddwl â Hywel Vaughan. Rhywsut ni theimlai
v byddai Rowland yn gwerthfawrogi hyn.

Yn y dref roedd pethau'n fywiog. Rhedai'r bobl yn ôl ac
ymlaen, trwynau'n goch a llygaid yn disgleirio yn yr oerni.
Daw'r eira cyn y bore, meddai'r naill wrth y llall, gan wrando ar
ddolefiad y gwynt a chofio'r gaeaf rhewllyd chwe blynedd ynghynt.
Dyna aeaf oedd hwnnw. Rhewodd afon Wnion o un pen i'r llall
am y tro cyntaf yn ei hanes. Daeth y si drwodd fod afon Tafwys
yn Llundain wedi ei rhewi mor galed fel y gellid codi stondinau
arni i werthu cnau castan poeth i'r rhai oedd yn sglefrio arni. Ym
mhlwyfi Talybont a Phenllyn rhewodd yr hen bobl a'r plant bach
i farwolaeth a daeth llwynogod i lawr o'r Gader i'r dref i chwilio
am fwyd. Na ato Duw i'r fath aeaf ddychwelyd eleni.

Rhedodd y dynion i'r tafarnau i'w cynhesu eu hunain efo cwrw
a medd. Rhedodd y merched o'r naill dŷ i'r llall i baratoi ar gyfer
y cymortha a gynhelid heno ym Mhlasgwyn i helpu gweddw Guto
Pandy. Trotiodd Barnabas a Ned drwy'r cyfan yn ddidaro, a
buan iawn roedd gŵr a gwraig Brynmawr yr ochr draw i'r bont
fawr ar eu ffordd i'r Hengwrt.

Croesawyd y ddau gan oleuadau llachar y siandeliriau yn
neuadd yr Hengwrt. Agorwyd y drws mawr allanol iddynt gan
was mewn lifrai ysblennydd. Ar waelod y grisiau derw llydan
safai Hywel Vaughan a'i wraig Lowri. Daliai Meg ei hanadl mewn
rhyfeddod at yr olygfa.

Roedd Hywel wedi ei wisgo mewn sgarlad, gyda ryfflau gwynion
am ei wddf a'i arddyrnau. Clymwyd y wisg yn dynn i'w gorff
gan wasgod glaerwen â botymau aur arni. O dan ei bennau gliniau
cydiwyd ffriliau ei drowsus gan rubanau gwyrdd. Disgynnodd ei
berwig grychiog ddu fel mantell am ei ysgwyddau.

O'i chyferbynu ag eiddo ei gŵr, syml a phlaen oedd gwisg lwyd
Lowri Vaughan, sylwodd Meg gyda pheth malais, a dygwyd pob
mymryn o liw o'i hwyneb main hir gan y ffisiw brown a fradychai
yn hytrach na chuddio teneurwydd ei bronnau.

Daeth lleisiau llawen o'r stafell fwyta. Yn yr oriel uwchben y
grisiau roedd y gerddorfa fach o bum chwaraewr wedi dechrau

cyfeilio i'r dawnswyr, a daeth yr hen wefr gyfarwydd dros Meg
nes iddi deimlo bod ei thraed eisoes wedi magu adenydd.

'Rowland a Meg, fy ngheraint, fe gyrhaeddoch! Croeso i'r
Hengwrt, foneddiges . . . a chroeso'n ôl i fywyd.' A moes-
ymgrymodd Hywel Vaughan gan ffugio sgubo'r llawr â het
ddychmygol. Gwenodd Lowri'n sur ar y ddau, yna trodd ei chefn
i gyfarch Cyrnol Price, Rhiwlas, a'i wraig. Dyna ein gosod ni yn
dwt yn ein safle cymdeithasol priodol, ebe Meg wrthi'i hun, gan
blannu'r digwyddiad yn ddwfn yn ei chôf. Rywddydd byddai hi'n
talu'r pwyth yn ôl i Lowri Vaughan. Yn y cyfamser gwenodd yn
swynol ar feistr y tŷ, a moesymgrymodd cyn ymadael i fynd i'r
boudoir a neilltuolwyd i'r merched.

Roedd Rowland yn aros amdani pan ddaeth hi'n ôl wedi diosg
ei mantell a'i het, a theimlai Meg bigiad o anniddigrwydd wrth
sylwi ar ei wyneb di-wên.

'Cymer arnat o leiaf dy fod di'n mwynhau dy hun, er mwyn
popeth,' sibrydai wrtho yn biwis, a sylweddoli'n sydyn fod amarch
Lowri Vaughan wedi treiddio'n ddwfn i'w gwneud hi mor ddi-
hwyl.

Ond cyn bo hir fe anghofiwyd am Lowri ac am Rowland hefyd.
Roedd y gerddorfa yn chwarae'r ddawns newydd o Ffrainc, y
Bourrée ac yr oedd Hywel Vaughan yn ei harwain hi, Meg, allan
ar y llawr, y cyntaf i'w dawnsio. Daliai hithau ei phen yn uchel,
a cheisio anwybyddu curiad cyflym ei chalon. Fe'i ganwyd hi i fod
yn foneddiges, ac i fyw mewn plasdy, roedd ei gosgeiddrwydd a'i
hurddas yn addasach i'r Hengwrt na nerfusrwydd gwerinol Lowri.
Aeth y miwsig a'r goleuadau a'r rhialtwch i'w phen fel gwin.
Gwyddai fod pawb yn edrych arni, ac roedd gwybod hynny yn fêl
iddi. Taflodd ei phen yn ôl yn hyderus lawen.

'Dywedwch, gefnder, beth ydy'r hanes diweddaraf o Lundain?'

'Wel, rhoswch. Mae'r Ddeddf Oddefiad wedi ei phasio . . .
Mae'r rhyfel yn erbyn yr Iseldiroedd yn mynd o ddrwg i
waeth . . .'

Roedd o'n ei phlagio hi. Gwyddai yn iawn beth oedd yn ei
meddwl.

'Na nid gwleidyddiaeth — does gen i ddim diddordeb. Y
llys . . . y brenin . . . pwy ydy'r ddiweddara?'
Chwarddodd Hywel Vaughan yn uchel.
'Tae *chi'n* dod i Lundain, feistres, byddai'n rhaid i bob un
ohonyn nhw fod ar 'u gwyliadwriaeth. Cofiwch mai Cymraes
oedd un o'r rhai cynta.'
Cochodd Meg, ond roedd hi wrth ei bodd.
'Lucy Walters, ynte?'
'Ie, ond mae honno wedi mynd ffordd yr holl ddaear ers talwm.
Mae Meistres Palmer newydd gael ei chreu'n Dduges. Ond wrth
gwrs y ffefryn ohonyn nhw i gyd ydy Neli.'
'Neli?'
'Ie, Nel Gwynn.'
'Cymraes arall?'
'Falle wir. Does neb yn gwybod yn iawn o ble y doth hi.
Gwerthu orennau yn Drury Lane fuo hi gynta. Wedyn fe ddaeth
hi'n actores.'
'Yn actores!'
'Peidiwch â dychryn. Roedd hi'n dda, a does fawr o warad-
wydd yn perthyn i fod yn actores heddiw, coeliwch chi fi. Ond
does dim rhaid i Nel ymboeni ag actio bellach. Mae'r brenin wedi
gaddo ducaeth i'w mab, a myn asgwrn i, mae hithau'n cael ei
chyfran o bethau'r byd hwn, yn siŵr i chi.'
'O, mi hoffwn fynd i Lundain,' ochneidiai Meg.
'I fod yn feistres y Brenin?' holai Hywel gyda gwên. A
chwarddodd y ddau fel petaent yn rhannu cyfrinach â'i gilydd.
Roedd Rowland yn sefyll wrth un o'r pileri yn edrych arnynt.
Gwyddai o'r gorau fod y tristwch mawr a oedd yn ei oddiweddyd
y dyddiau hyn yn bygwth troi Meg oddi wrtho, ond doedd ganddo
ddim rheolaeth ar ei deimladau. Flwyddyn neu ragor yn ôl, gyda'r
llawenaf o'r cwmni y byddai Rowland Ellis, ond roedd pethau,
neu yntau, wedi newid. Am ryw reswm meddyliodd yn sydyn
am Ellis Puw, a theimlodd ar y funud ei fod yn nes at ei was yn
ei glos ffustian a'i grys gwlân nag yr oedd at y boneddigion hyn
yn chwyrlïo o'i gwmpas yn eu sidanau a'u melfed a'u lliwiau
llachar, a'u dwndrio a'u chwerthin. Faint wyddai ef am y bobl

38 Y STAFELL DDIRGEL

hyn mewn gwirionedd? Syniad eithaf am eu stad bydol efallai,
faint o ddefaid oedd gan Richard Nannau, Cefndeuddwr, a faint
o weision oedd gan Robert Fychan, Caerynwch. Ond faint *wyddai*
ef am y pethau pwysig amdanyn nhw, pethau fel . . . beth? Beth
y mae'n bwysig i'w wybod am ddyn? Ydy o'n ei adnabod ei hun?
Oes ynddo ynysoedd o unigrwydd ac ansicrwydd? Oes arno fo
ofn henaint neu ofn marw? Oes ganddo fo ddyheadau am gyfoeth,
enwogrwydd, cariad?

Bwriwyd yn ei erbyn gan globen o ddynes ar ei ffordd i'r neuadd
ddawnsio o'r stafell fwyta, lle bu hi'n amlwg yn rhy hir gyda'r
gwin. Ymlwybrai ei phartner ar ei hôl, ffermwr cefnog o ochr y
Bala, yntau'n goch ei wyneb a choch ei lygaid. Pa le y cafwyd
urddas dyn heddiw? Nid yn y neuadd hon er ei gwychder. Ai yn
yr eglwys gyda'i holl ddefodau sanctaidd? Yn nes ymlaen byddai'r
holl gwmni yn gorymdeithio tua'r eglwys pob un a'i gannwyll
ynghynn i ganu moliant i faban bach a anwyd mewn preseb.
Byddai'r miri a'r rhialtwch ar ei anterth. Wel, beth oedd o le ar
hynny? Digwyddiad hapus oedd dyfod Ceidwad i'r byd. Pa
rwystr oedd i wreng a bonedd ddathlu'r Ŵyl yn llon?

Yn ddisymwth daeth wyneb Betsan yn fyw unwaith eto o flaen
ei lygaid, y rhychau melyn yn diferu â dŵr Wnion, yr amrantau
trwm yn cau allan y casineb a'r gwarth a'r crechwenu dieflig o'i
chwmpas. Byth er y dydd hwnnw y bu'n dyst anfodlon i foddi
Betsan, mynnai'r hen wreigan ymwthio i'w ymwybyddiaeth, yn
enwedig pan dueddai i'w gysuro ei hun fod popeth yn llaw Duw.
Nid peth anghyffredin oedd boddi gwrachod. Yn wir, yn amser
yr Archesgob Laud, canmolwyd y sawl a wnâi hyn fel dinesydd
cyfrifol a Christion da. Bu mwy nag un yn y Gadair Goch yn
ystod y flwyddyn ddiwethaf heb ddyfod ohoni'n fyw. Pam Betsan
felly? Bob tro y meddyliai amdani, hyllaf yn y byd y gwelai ef ei
hwyneb a'i chorff hen, fel bod y côf amdani bellach yn hunllef a
dyfai'n ffieiddiach beunydd. Bob tro, ceisiai droi oddi wrthi i
feddwl am y bod byw prydferthaf y gwyddai ef amdano — a'i
wraig ef ei hun oedd y bod hwnnw. Ond drwy wneud hyn
ymdoddodd y ddwy yn un, ac erbyn hyn gwyddai mai Betsan oedd
Meg a Meg oedd Betsan.

Daeth rhywbeth fel cyfog i'w wddf a bron ei dagu. Chwiliodd
â'i lygaid am ei wraig ymhlith y dawnswyr, ond doedd dim golwg
am Meg yn un man. Cyflymodd y dawnsio. Uwchben dechreuodd
un o'r siandelirs sigo yn araf, ond ef oedd yr unig un i sylwi.
Taflodd rhywun siôl sidan un o'r merched tua'r nenfwd, a daeth
sgrechiadau o chwerthin oddi wrth y grŵp bychan o'u cwmpas
yn gwylio'r dilledyn yn hedfan i lawr i'r llawr yn araf. B'le roedd
Meg? Sylwodd fod perwig y ffermwr o'r Bala yn simsan, a'i
wraig — neu bwy bynnag oedd hi — yn ei dyblau yn chwerthin
am ei ben. Nid oedd y gerddorfa yn chwarae na bourrée na minuet
bellach. Trawsant ddawns werin nwyfus *Pwt Ar y Bys*. Ac wrth
ei dawnsio, llaesodd pob un o'r dawnswyr hynny o foesau con-
fensiynol oedd ar ôl ganddynt. Yn ôl ac ymlaen, yn neidio ac yn
prancio, gwalltiau'r merched a grimpwyd mor ofalus yn syrthio
am ben eu dannedd, a chotiau'r bechgyn yn fflio y tu ôl iddynt.

Mewn un cornel o'r stafell y tu ôl i un o'r pileri, roedd mintai
fechan o ddynion wedi troi'u cefnau ar y dawnswyr ac yn crynhoi
eu sylw ar y dis bach du a gwyn a daflwyd gan y naill ar ôl y llall
ar y bwrdd. Symudai'r arian yn gyflym o law i law, a dyna'r unig
grŵp gweddol dawel yn y lle i gyd.

Rhaid iddo chwilio am Meg. Beth petai hi'n sâl? Wedi'r cwbwl
doedd ond ychydig amser er geni Ann. I b'le y gallasai hi fod wedi
mynd? Gwthiodd ei ffordd tua drws ym mhen pella'r stafell.
Oedodd am funud cyn ei agor, ond erbyn hyn aeth ei bryder yn
drech nag ef. Prin ei fod yn barod i gydnabod iddo'i hun paham
yr oedd mor bryderus ond nid oedd Rowland heb sylwi fod Hywel
Vaughan ar goll hefyd.

Agorodd y drws yn araf, a cheisiodd gadw ei lais yn naturiol
wrth alw 'Meg!' Ond doedd dim ateb. Yma roedd tawelwch.
Goleuwyd canhwyllau mawr ymhob pen i'r stafell, ac wrth eu
golau, gwelodd Rowland silffoedd o lyfrau yn ymestyn o un pen
i'r llall, cannoedd ar gannoedd ohonynt. Rhaid mai hon oedd
llyfrgell yr hen Robert Vaughan. Pwysodd a'i gefn yn erbyn y
drws a gadawodd i'r llonyddwch lifo drosto. Diolchodd ar y funud
am gwmni llyfrau yn hytrach na'r cwmni yr ochr draw i'r drws.

Ond roedd yma gwmni arall. Cododd ffigur o'r sedd dderw yn

y cysgodion ger y ffenestr. Am eiliad ni sylweddolodd pwy oedd yno. Gwelodd wraig ganol oed dal a gosgeiddig, ac wedi iddo ei hadnabod, synnodd ei gweld hi yn y tŷ hwnnw.

Ni welsai Jane Owen, chwaer Hywel Vaughan, ers rhai blynyddoedd, ond megis pawb arall yn yr ardal, clywsai gryn dipyn amdani hi a'i gŵr. Bu Robert Owen, Dolserau, yn y carchar fwy nag unwaith. Testun dirmyg oedd y Crynwyr gan mwyaf, ond yn y blynyddoedd ar ôl pasio Deddf y Tai Cyrddau edrychid arnynt gydag ofn hefyd. Pabyddion dirgel oeddynt yn ceisio adfer yr hen grefydd, meddai rhai. Cynllwynwyr yn erbyn y Senedd, meddai eraill, gyda'r bwriad o ddymchwel yr hyn a enillid mor ddrud yn y Rhyfel Cartref. Ac oherwydd fod pobl mor awyddus i brofi eu teyrngarwch i'r Eglwys a'r Wladwriaeth (oni wyddent y gosb os amheuid eu sêl?) roedd pawb am y gorau yn cyhoeddi eu casineb tuag at y Cwaceriaid bondigrybwyll.

Y syndod oedd fod cynifer ohonynt wedi glynu cyhyd wrth y grefydd ryfedd hon, crefydd a waharddai ddynion rhag tynnu eu hetiau, a lle y cyferchid pob ɗyn beth bynnag ei stad fel 'ti' a 'tithau.' Ond ar ôl y cyffro cyntaf a wnaeth George Fox 'y gŵr mewn britsh lledr' ar ei ymweliad â'r hen dref bymtheng mlynedd ynghynt, aeth llawer drosodd at y bobl hyn, ac ni newidiodd na gwaradwydd nac amarch na charchar eu meddyliau hyd yn hyn.

Nid oedd a wnelo gradd mewn cymdeithas ddim â'r peth. Gwehydd, crydd, turniwr, cowper — roedd y mân grefftwyr yn eu plith. Ond ffermwyr oedd y rhan fwyaf ohonynt, yn weision ac yn sgweierod. Er hynny syndod mawr i drigolion Dolgellau oedd deall fod Robert Owen, Dolserau, yn un ohonynt. Un o ddisgynyddion y Barwn Owen a lofruddiwyd gan y Gwylliaid Cochion dros ganrif ynghynt oedd Robert Owen. Seneddwr brwd a Phiwritan ydoedd yn ystod y Rhyfel Cartref, ac fel ustus heddwch dywedwyd iddo drin y Breniniaethwyr yn bur llym. Dywedodd hyd yn oed Maesgarnedd amdano fod perygl i'w lymdra yrru pobl i ragrithio a honni eu bod ym mhlaid y Senedd. Ofnid ef trwy'r sir. A pha ryfedd felly fod pobl yn ofni'r Crynwyr? Oni chysylltwyd enw Robert Owen â Phlaid y Bumed Frenhiniaeth, ac oni bu ef o gwmpas y sir yn casglu arian at fyddin y

Cadfridog Harrison? Treuliodd bymtheng wythnos mewn carchar yn y Bala oherwydd ei waith yn gwneud hyn.

Ni wyddai neb yn iawn beth a ddigwyddodd iddo yno. Ond pan ddaeth Robert Owen o'r carchar, roedd e'n ddyn gwahanol. Lle yr oedd unwaith yn dra-awdurdodol ei lais ac yn llidiog ei dafod, yr oedd yn awr yn ddiymhongar ac yn ddistaw. Gwybuwyd i gyrddau'r Crynwyr gael eu cynnal yn Nolserau o dro i dro a bu'r awdurdodau yn chwennych cael eu dwylo arno unwaith eto. Ond am ryw reswm gadawyd llonydd iddo — tybiai rhai am ei fod yn frawd-yng-nghyfraith i Hywel Vaughan, uchel siryf y sir. Yn hytrach, bwriwyd ei hwsmon Ifan Rôbarts i'r carchar 'am beidio â mynd i eglwys y plwyf.'

Os oedd balchder teuluol Hywel Vaughan yn fodd i rwystro carcharu Robert Owen, roedd ei deimladau personol tuag ato yn hysbys ddigon. Cael a chael oedd i Hywel lwyddo i gael ei greu yn uchel siryf, a phetai'r awdurdodau'n gwybod y cyfan ar y pryd am weithredoedd rhai o'i deulu, cryn dipyn yn llai fyddai'r gallu a feddai Hywel yn awr. Ofnai o hyd gael ei gyplysu â'i geraint od, a gwnaethai bopeth i gadw'r bwlch rhyngddo ef â theulu Dolserau yn un cadarn a didraidd. Dyna pam y synnai Rowland weld Jane Owen yn ei hen gartref heno.

'Mae'n ddrwg gen i, Meistres Owen, wyddwn i ddim . . .'

'Popeth yn iawn,' ebe llais tawel Jane Owen. 'Rowland Ellis ynte? Rydw i'n falch o'th weld.'

Trawodd y cyfarchiad personol yn chwith ar ei glustiau. Purion iddo fe alw 'ti' ar ei was. Nid oedd yntau'n adnabod Jane Owen yn ddigon da i warantu iddi hithau ddweud 'o'th weld' iddo fe. Dyna un o'r pethau annealladwy ynghylch y Crynwyr a grafai'i nerfau. Roedd ei eiriau nesaf braidd yn swta.

'Chwilio am fy ngwraig rydw i. Mae'n well imi fynd.'

'Na paid â mynd o'm hachos i, Rowland Ellis. Mae hi'n dawel yma, ond ydy hi?'

Sylweddolodd Rowland mor flinedig oedd. Trawodd cloc yn rhywle y deg o'r gloch. Awr eto cyn i'r cwmni ymgynnull i orymdeithio i'r Plygain.

'Dyma lyfrgell 'y nhad,' ebe Jane Owen gan anwesu pob

cornel o'r stafell â'i llygaid. 'Fûm i ddim yma ers chwe blynedd — oddi ar ei farw. Rwyt ti'n rhy ifanc i'w gofio, on'd wyt?'

'Mi rydw i'n ei gofio,' atebodd Rowland. 'R ow'n i'n un ar bymtheg adeg ei gladdu.'

Cofiodd yr hynafiaethydd enwog yn dda, ac fel y byddai bechgyn y dref yn rhedeg ar ei ôl i'w blagio am ei fod mor anghofus. Byddai golwg bell yn ei lygaid bob amser. Yn wir, arferai Rowland deimlo nad oedd Robert Vaughan yn byw yn y ganrif hon o gwbl, gyda'i holl helbulon a helyntion. Gydag Aneirin a Thaliesin a'r Tywysogion y trigai'r hen lyfrbryf.

Gwelodd Rowland yn sydyn fod yr un olwg bell yn llygaid ei ferch. Barnai ei bod rhwng yr hanner cant a'r trigain. Clymwyd ei gwallt brith mewn plethen ar gorun ei phen, a doedd dim arwydd o'r cyrliau a'r *fringes* a nodweddai wragedd eraill o'i stâd hithau. Ond yr hyn a drawodd Rowland yn anad dim oedd — tangnefedd ei gwedd. Rhaid bod Jane Owen wedi dioddef gofid mawr, ei gŵr yn y carchar a hithau wedi ei hesgymuno gan ei theulu. Dylai hyn fod yn dangos ar ei hwyneb, ebe Rowland wrtho'i hun. Gwir fod creithiau dwfn uwchben ei haeliau, a bod ei gwddf yn grebychlyd. Ond roedd chwerwder a siom yn gwbl absennol. Megis roedd wyneb y tad yn arall-fydol, felly roedd wyneb y ferch. Perthyn i fyd arall ymhell yn ôl mewn hanes roedd Robert Vaughan. Perthyn i fyd arall yn yr ysbryd roedd Jane Owen.

'Clywais gryn sôn amdanat gan Ellis Puw.'

'Felly. Ydych chi'n nabod Ellis?'

Gwenodd hithau.

'Da iawn y dysgaist iddo ddarllen. Mae Ellis wedi hen ddihysbyddu hynny o lyfra Cymraeg sy gen i yn Nolserau.'

Roedd hyn yn newydd i Rowland.

'Gynnoch chi, felly . . .? Wyddwn i ddim pwy oedd yn rhoi benthyg llyfra iddo fo.'

'Na. Mae Ellis yn credu yn yr hen air — 'Doeth pob tawgar.' Ofni roedd o y byddet ti'n ddig wrtho fo.'

Agorodd Rowland ei lygaid yn llydan.

'Yn ddig? Fi? Pam hynny tybed?'

'Oni wyddost ein bod ni'n deulu peryglus? Ofni roedd Ellis y byddai ei feistir yn ei wahardd rhag dod i Ddolserau mwyach.'

'Ond mae hynny'n —'

'Yn afresymol? Ydy, ond fe ddigwyddodd o'r blaen i eraill. Ac mae gan Ellis gymaint o barch at Rowland Ellis fel mai loes calon iddo fyddai gorfod gadael ei wasanaeth.'

Edrychodd Rowland arni â llygaid miniog.

'Os oes cymaint o berygl i Rowland Ellis ymddwyn felly tuag at ei was, pam mae Jane Owen yn bradychu ei gyfrinach?'

Roedd ennyd o ddistawrwydd.

'Am fod Jane Owen yn synhwyro fod Rowland Ellis eisoes wedi profi drosto'i hun nerth y goleuni oddi mewn,' oedd yr ateb tawel.

Clywodd Rowland ei geiriau yn mynd trwyddo fel saeth. Codai pob cynneddf ynddo i wrthryfela yn erbyn yr hyn a glywsai. Trefnasai ei fyd yn ddestlus. Brynmawr, safle cymdeithasol fel mân sgweiar yn ymhyfrydu yn ei achau nobl, llyfrau, a'r hyn a ddysgasai yn ei ysgol yn Amwythig i ddifyrru ei oriau hamdden, parch ei gymdogion — a Meg. Go brin y cyfaddefai wrtho'i hun mai patrwm a wewyd gan ei briod oedd y byd hwn. Triniodd Meg ei ddymuniadau a'i ddyheadau fel clai yn llaw'r crochenydd. Gwyddai i sicrwydd pe gwyrai ef gam oddi wrth y patrwm hwn, y collid Meg iddo am byth. Ar ben ei bryder presennol yn ei chylch, roedd yr awgrym yng ngeiriau Jane Owen yn fwy nag y gallai ei ddioddef.

'Wn i ddim sut yr honnwch eich bod yn darllen fy meddwl mor dda,' ebe ef a'i lais yn oer. Ac ar yr un pryd roedd ganddo gywilydd o fod mor blentynnaidd. Ond nid oedd ef am gyfaddef hynny wrth y wraig ryfedd hon a safai o'i flaen mor dawel ac mor sicr ohoni ei hun. Ceisiodd feddwl am esgus i droi'r sgwrs neu i ymadael â'r stafell yn foesgar, ond achubodd hi'r blaen arno.

'Bydd y Cyfeillion yn cyfarfod yn Nolserau ar nos calan. Mi fyddai pob un ohonon ni'n falch o'th weld gyda ni.'

Ni chafodd Rowland gyfle i ateb. Agorwyd y drws yn drwsgl gan rywun o'r ochr arall, a chyda chwerthin mawr — chwerthiniad

dwfn dyn penderfynol a chwerthiniad ysgafn gwraig yn hanner
protestio.

'Ym . . . dim ond am eiliad . . .'

Roedd lleferydd Hywel Vaughan wedi tewhau, ond roedd y
brys — a'r blys — yn ei lais yn ddigon huawdl. Tynnodd Meg
ar ei ôl i mewn i'r llyfrgell, a suddodd calon Rowland yn is fyth
o weld ei bod hithau wedi cael mwy na digon i yfed. Roedd ei
llygaid yn ddieithr, a'i gwefusau'n llac. Syrthiasai'r ffrog felfed
las i lawr oddi ar un ysgwydd, ac ni wnaeth hithau ddim i'w chodi
yn ei hôl.

Syrthiodd distawrwydd rhewllyd fel cyllell ar draws y stafell
pan sylweddolodd y ddau yn araf bach nad oeddynt ar eu pennau'u
hunain. Safodd Rowland fel dyn wedi ei droi'n golofn o halen.
Dechreuodd Meg chwerthin yn nerfus. Ceisiodd Hywel ar
unwaith guddio'r sefyllfa drwy weiddi mewn llais annaturiol o
uchel:

'Wel, Rowland, yr hen gena yn cuddio fan 'ma . . .'

Stopiodd yn stond, a diflannodd y grechwen o'i wyneb. Syl-
weddolodd am y tro cyntaf fod ei chwaer yno hefyd. Er ei ofid
synhwyrodd Rowland fod elfen newydd wedi llenwi'r stafell —
casineb iasoer. Am funud anghofiodd ei genfigen a'i anghysur ei
hun. Roedd y teimlad a basiodd o'r brawd i'r chwaer yn rhywbeth
y gellid gafael ynddo bron.

'A beth wyt ti'n ei wneud yma?'

Dyma Hywel Vaughan newydd i Rowland Ellis — ac i Meg
hefyd. Dim sôn yn awr am hyder diofal y dyn ffasiynol. Dim
arwydd yn y llais cras o'r cwrteisi a'r steil bonheddig a swynodd
ac a ddrysodd Meg. Yr un fath â Rowland, parlyswyd hi gan y
geiriau noeth mileinig a'r edrychiad enbyd.

Prin y gallai Rowland godi ei lygaid i edrych ar Jane Owen.
Pan lwyddodd i wneud hyn, fe'i synnwyd gan mor dawel a llonydd
oedd ei hwyneb. Ni ddywedai air, eithr parhaodd i edrych ar ei
brawd â llygaid yn llawn tosturi.

'Ateb fi, y gnawes hurt. Be wnei di yma? Fe wyddost yn iawn
fod drws yr Hengwrt wedi ei gloi iti.'

'Nid ar fy rhan fy hun y dois i yma heno, Hywel. Cais sy gen i iti — ar nos Nadolig.'

Dechreuodd Hywel daeru am ei haerllugrwydd yn meiddio gwneud cais iddo, ond torrodd hithau ar ei draws.

'Os ydy'r Nadolig yn golygu rhywbeth iti, Hywel — os ydy geni Tywysog Tangnefedd yn golygu rhywbeth iti rhaid iti wrando arna'i heno. Ddo'i ddim yma eto rwy'n addo iti. Ond os oes rhyw drugaredd ynot ti heno, rwy'n ei erfyn o ar ran Ifan Robarts, yr hwsmon acw.'

Edrychodd Hywel fel pe bai e'n mynd i dagu.

'Hwsmon, myn uffern-i! Mi gedwais i dy ŵr o'r carchar lle dyla fo fod, er mwyn enw da'r Fychaniaid. A rŵan rwyt ti'n disgwyl imi wneud yr un peth i'w was.'

'Does wnelo safle dyn ddim â hyn. Fe wyddost yn iawn fod y Ddeddf Oddefiad wedi ei phasio. Pam felly mae Ifan Robarts yn dal yn y carchar? Wnaeth o ddim drwg erioed. Ac mae o'n marw, Hywel. Wyt ti'n clywed? Mae'r hawl gen ti i'w ollwng o'n rhydd — mae'n ddyletswydd arnat. Bydd rhaid iti ei ryddhau'n hwyr neu'n hwyrach. Ond mae brys, Hywel. Mae ar Ifan angen gofal ei wraig. Gad iddo fynd ati er mwyn trugaredd.'

Unig ateb Hywel Vaughan oedd agor y drws a'i ddal yn agored yn awgrymiadol, i'w chwaer fynd drwyddo.

'Hywel . . . mae ganddo naw o blant bach —'

'Waeth gen i os oes ganddo gant. Fi yw'r unig un i farnu ydy dyn yn haeddu cael ei ryddhau o'r carchar neu beidio, a does arna'i ddim angen cyngor gan dorwyr cyfraith gwlad fel ti a'th ŵr. Oeddet ti'n meddwl mewn gwirionedd y baswn i'n gwrando arnat ti o bawb?'

'Nag oeddwn,' atebodd Jane Owen a thristwch anobaith yn ei llais.

'Rwy'n aros iti fynd. Mae gen i wahoddedigion yma heno.' Pwysleisiodd Hywel y gair gwahoddedigion.

Cychwynnodd Jane Owen yn araf am y drws, ac wrth fynd heibio i'w brawd, dywedodd gydag eironi nas collwyd arno.

'Gobeithio na fyddi'n hwyr i'r Plygain o'm herwydd i.' Yna gan droi at Rowland, "Duw fyddo gyda thi Rowland Ellis. Hwyrach na ddois i yma'n ofer wedi'r cwbl.'

Roedd yna ddistawrwydd anghysurus ar ôl iddi fynd. Hywel Vaughan oedd y cyntaf i ddod ato'i hun, a bu raid i Rowland ar ei waethaf edmygu ei hunan-reolaeth. Y dyn bydol-ddoeth, rhwydd, ysgafn oedd yno unwaith eto fel petai dewin wedi chwifio hudlath.

'Mae'n ddrwg gen i am y stwrbans yna,' meddai'n ddidaro, yn union fel pe bai'n sôn am forwyn a dorrodd lestr. Brwsiodd smotyn dychmygol o'i lawes, a sythodd y ryffl wrth ei wddf. 'Wel . . . well i ni hel pawb at ei gilydd a'i chychwyn hi am yr Eglwys.' Ond sylwodd Rowland ei fod ef yn dal i anadlu'n drwm, a bod ei wegil yn goch.

Yn sydyn dechreuodd Meg wylo. Bu cynyrfiadau'r noson yn ormod iddi, a daeth y dagrau o ollyngdod o weld yr Hywel dieithr yn rhoi lle i'r Hywel cyfarwydd unwaith eto. Ond am y tro cyntaf yn ei fywyd sylweddolodd Rowland ei fod yn casáu ei gefnder, ac yn casáu'r masg a ddangosai Hywel i'r byd yn fwy nag a gasâi'r creulondeb oer ynddo. Gofynnai iddo 'i hun p'un ai oherwydd Meg y teimlai fel hyn neu oherwydd ymddygiad Hywel tuag at ei chwaer. Gyda syndod sylweddolodd mai'r olaf oedd y gwir reswm y munud hwnnw. Oherwydd hyn, gallai symud at ei wraig a rhoi ei fraich am ei sgwyddau. Gydag ochenaid fach rhoes Meg ei phen ar ei ysgwydd a beichio crio. Trodd Rowland at Hywel gan ddweud yn dawel:

'Gyda'ch caniatâd, gefnder, ddown ni ddim i'r Plygain heno wedi'r cwbwl. Fe welwch fod Meg wedi llwyr ddiffygio. Mae'n well i ni fynd i'n stafell.'

Roedd Hywel yn llawn cydymdeimlad — a rhyddhad, sylwodd Rowland, ei gasineb yn rhoi min i'w ddeall.

'Wrth gwrs, wrth gwrs . . Mae'n ddrwg gen i, feistres, i chi gael eich pendroni gan fy chwaer fel hyn. Gobeithio y gwnewch anghofio'r olygfa anffodus y buoch chi'n dyst iddi.'

Cofiodd Rowland mewn pryd fod Hywel Vaughan yn westeiwr iddo. Tra oedd ar ei aelwyd, rhaid oedd ymatal rhag rhoi'r ateb parod a neidiodd i'w enau — 'Nid dy chwaer oedd yr un a'i pendronodd.'

'Tyrd, Meg,' murmurai wrth ei wraig megis wrth blentyn, ac arweiniodd hi i fyny'r grisiau llydan i'r llofft a baratowyd iddynt. Cyn mynd i mewn drwy'r drws, edrychodd i lawr dros yr oriel, a gwelodd Hywel trwy ddrws y neuadd yn gweiddi gosteg, ac yn gorchymyn ar y gweision i ddod â channwyll bob un i'r gwahodd-edigion cyn iddynt gychwyn gorymdeithio tua'r Eglwys.

Ochneidiodd Rowland yn hir. Diolch am esgus, hyd yn oed esgus digon annymunol, i gael peidio â bod yn dyst i'r un peth ag a ddigwyddodd y llynedd, lle y gwelwyd tua thrigain o bobl hanner meddw yn ymlwybro i'r Eglwys ar ôl y dathlu yn yr Hengwrt, ac yn ymuno â phobl y dre nad oeddynt fawr gwell eu cyflwr. Y syndod oedd na losgwyd yr Eglwys i'r llawr, oblegid fe welwyd hyd yn oed blant bach — a rheiny'n bur gysglyd — yn cario canhwyllau. Ond gwell oedd ymddiried cannwyll i blentyn nag i rai o'r bobl mewn oed y noson honno. Dyna'r noson y baglodd y clochydd dros riniog yr Eglwys a thorri ei goes, ac y bu farw babi Cit Tomos trwy i'w fam roi gormod o gwrw iddo. A barnu oddi wrth y cwmni yn yr Hengwrt heno, yr un fyddai'r stori eleni eto.

Caeodd y drws ar eu hôl yn dawel. Roedd Meg wedi mynd i orwedd yn swmp ar draws y gwely. Mor ddu oedd ei gwallt ar y cwrlid gwyn, ac mor llipa'n awr yr edrychai'r ffrog las felfed. Ni allai Rowland weld ei hwyneb, am fod un fraich yn ei orchuddio. Daeth rhyw deimlad newydd drosto nas profasai erioed o'r blaen. Roedd o'n hen, hen, hen, nid yn ei gorff ond yn ei brofiad a'i ddeall, ac roedd Meg yn blentyn iddo. Edrychodd ar ei wraig â chariad angerddol — a llonyddwch.

'Meg —' dechreuodd.

Ond nid oedd ateb. Fe aeth ati a dechrau anwesu ei gwallt, ond ni symudodd.

'Meg . . . cariad.'

Mwmiodd hithau rywbeth annealladwy.

'Tyrd. Gad imi dy helpu.'

Fel mam yn trin ei phlentyn, trodd Rowland ei wraig yn dyner ar ei chefn a datod y botymau arian ar y ffrog. Gadawodd hithau iddo yn hollol ddiymadferth. Dawnsiai fflamau'r tân a gyneuwyd iddynt yn y stafell gan daflu cysgodion dieithr ar ei chorff gwyn. Tynnodd Rowland y llenni o gwmpas y gwely cyn dringo i mewn wrth ochr ei wraig, a diffodd y gannwyll.

IV

Daeth y newydd am farwolaeth Ifan Robarts i glustiau Ellis Puw yn y dref dri diwrnod ar ôl y Nadolig. Brysiodd i fyny i'r Brithdir i weld Sinai, a'i galon yn gwaedu drosti a'r naw plentyn. Agorodd ddrws y bwthyn bach yn araf a galw ei henw. Yn y tywyllwch clywodd sŵn crio plentyn, a llais merch ifanc nad oedd nemor fwy na phlentyn ei hun yn ei gysuro. Roedd Dorcas yno o leiaf. B'le roedd y plant eraill tybed? Galwodd yn isel ar ferch hynaf Sinai ac Ifan, ond llais Sinai a'i atebodd.

Ar ôl i'w lygaid gynefino â'r tywyllwch, sylwodd fod Sinai yn eistedd mewn cadair wrth y lle tân — ond doedd dim tân ar yr aelwyd. Gan Dorcas yn y siamber roedd y golau — yr unig gannwyll a feddai Sinai, tybiai Ellis.

'Tyrd i mewn, Ellis Puw.'

Roedd Ellyw y babi yn cysgu ym mreichiau ei fam, ond gallai Ellis daeru nad oedd Sinai'n ymwybodol ei bod hi yno. Daliodd y bwndel anniben yn llac ar ei phen-glin, a phe bai'r bychan wedi syrthio i'r llawr, fyddai Sinai ddim callach. Eisteddai fel delw yn ei chadair, ei gwallt yn stribedi direol am ei hysgwyddau. Dechreuodd Steffan besychu unwaith eto a bu hyn yn atalfa ar ei lefain. Daeth llais Dorcas yn murmur ' 'Na ti, machgen bech-i. Mi fyddi di'n well toc. 'Na ti.'

'Sinai, 'does gen ti ddim math o dân. Tyrd imi gynneu un iti.'

'Nag oes?' Trodd Sinai ei phen ychydig, ac aeth ias drosti fel petai hi'n sylwi ar yr oerni am y tro cyntaf. 'O . . . diolch Ellis.'

Aeth Ellis ati i chwilio am goed a mawn. Ni phoenai ofyn i Sinai ymh'le y cedwid rhain. Prin y byddai hi'n gwybod ar y gorau. Cyn bo hir roedd y fflamau'n neidio, ac arogl coed llaith yn llosgi yn felys yn y stafell ddigysur.

'Beth am fwyd? Prŷd ddaru ti fwyta ddiwetha?'

Ysgydwodd Sinai ei phen fel rhywbeth ar goll.

'Does gen i fawr o awydd, wsti. Ond Dorcas . . . rwy'n siŵr bod hitha . . .'

Croesodd Ellis i'r siamber. Gorweddai'r plentyn chwe blwydd oed ar wastad ei gefn, ei gorff bach mor denau ac eiddil â dryw yn y glaw. Plygai ei chwaer ar ei gliniau wrth ei ochr gyda chadach gwlyb yn ei llaw yn ceisio oeri'r gwres yn ei dalcen. Gwelodd Ellis fod cylchoedd du o gwmpas ei llygaid a bod ei hwyneb yn llwyd fel y galchen. Pymtheg oed oedd Dorcas ond edrychai'n ddeg ar hugain heno.

'Dorcas,' sibrydai. 'Mi gymra' i drosodd am ychydig. Cer ditha i chwilio am fwyd iti dy hun.'

Edrychodd y ferch arno'n ddiolchgar, a chododd. Daeth arogl afiechyd i ffroenau Ellis wrth iddo gymryd ei lle. Nid am y tro cyntaf gofidiai nad oedd ei gydwladwyr wedi sylweddoli gwerth ffenestri wrth adeiladu eu tai. Un ffenestr oedd yn y bwthyn i gyd, a honno'n un fach yn y rhan flaen o'r stafell a elwid yn neuadd. Heb i neb byw ddweud wrtho erioed, synhwyrodd Ellis y dylai pobl yn dioddef oddi wrth y diciáu gael digon o awyr iach, awyr iach a goleuni. Edrychodd i lawr ar y truan bach a meddwl pa obaith oedd ganddo i weld bachgendod heb sôn am dyfu'n ddyn. Daeth pwl o besychu o'r corff bychan unwaith eto. Yn dyner iawn, trodd Ellis ef ar ei ochr, a rhoes ei law ar dalcen y plentyn. Yn sydyn peidiodd y pesychu, a daeth ochenaid hir oddi wrth y plentyn. Dechreuodd Ellis anwesu ochr ei wyneb, a pharhaodd i wneud hyn am rai munudau. Gyda boddhad mawr sylwodd fod Steffan yn anadlu'n ddwfn ond yn naturiol. Cyn bo hir roedd o'n cysgu'n drwm.

'Be wnest ti iddo, Ellis?'

Roedd Sinai yn sefyll wrth ei ochr, yn edrych i lawr ar Steffan fel petai hi'n methu â choelio ei llygaid. Gwnaeth Ellis arwydd arni i beidio â gwneud sŵn, ac arweiniodd hi'n ôl i eistedd drachefn wrth y tân. Edrychai Sinai fel petai hi wedi gweld gwyrth. Am y tro cyntaf daeth fflach o obaith yn ôl i'w llygaid.

'Wyt ti'n meddwl y bydd o fyw, Ellis Puw?'

Wyddai Ellis ddim yn iawn beth i'w ddweud. Gwelodd y ddau ohonynt blant yn marw wrth yr ugeiniau o'r un afiechyd ag oedd ar Steffan. Ond cydiodd Sinai yn y gobaith newydd hwn fel angor iddi yn ei dryswch. Falle mai arwydd oddi wrth yr Arglwydd oedd hwn. Ni welsai Steffan yn cysgu mor dawel er cyn i Ifan fynd i ffwrdd. Ond roedd ar Ellis ofn codi gormod ar ei gobeithion.

'Os yr Arglwydd a fyn iddo fynd at 'i dad, Sinai Robarts, fe wnawn ni beth allwn ni iddo gael mynd yn dawel.'

Gynted ag oedd y geiriau allan o'i enau, fe ddifarodd, oblegid swnient yn greulon ar ei glustiau. Ond edrychodd Sinai ym myw ei lygaid â thawelwch a phenderfyniad newydd.

'Os yr Arglwydd a'i myn,' meddai.

Roedd Dorcas wrth y tân yn twymo'r potes, ac wrth edrych ar ei threfnusrwydd yn paratoi'r pryd a'r ffordd ddistaw y symudai o gwmpas y stafell, daeth i feddwl Ellis — os bydd un o'r teulu'n anniben, rhaid i un arall ddysgu bod yn daclus. Dysgasai Dorcas y wers hon yn burion. Roedd ei ffedog a'i chap cyn wynned ag y gallent fod ar ôl eu pannu gyda golchbren yn nŵr yr afon ac yna eu gwasgu gyda rholbren. Gwyddai Ellis am ei dawn gyda'r droell, ac yn wir roedd gan y plant — oddigerth y babanod — bob un ei dasg arbennig, yn hel y gwlân o'r gwrychoedd, yn nyddu ac yn gwеu, ac yn hel y llysiau i'r gwehydd gael llifo'r brethyn. Byddai angen cymorth pob un ohonyn nhw'n fwy fyth o hyn allan.

Holodd ymh'le roedd y plant eraill. Ar ôl cyfeirio gyda'i phen at y groglofft lle y cysgai dau o'r plant lleiaf eglurodd Sinai fod Jane Owen wedi mynd â'r pump arall i Ddolserau nes byddai hithau wedi cael dod ati ei hun dipyn.

'Roedd hi am i ni gyd fynd yno,' meddai. 'Ond fedrwn i ddim meddwl mynd o'r lle 'ma — dim eto beth bynnag.'

'Be wnei di rŵan, Sinai Robarts,' gofynnai Ellis yn betrusgar, ar ôl ychydig o funudau o ddistawrwydd.

Roedd geiriau Sinai yn anarferol o bendant. 'Gwneud fel mae cannoedd o rai eraill wedi gwneud o'm blaen i,' meddai. 'Falle y caiff Dorcas a Lisa fynd i weini, a bydd Sioned yn ddeg yn y mis bach. Bydd lle iddi hi yn rhywle siawns. Trueni fod y bechgyn mor ifanc . . . Heblạw Gutyn wrth gwrs. Mae o'n un ar ddeg. Mae Robert Owen yn gaddo lle iddo ar unwaith. A gall Dafydd fynd ato pan fydd o'n naw. Does dim iws meddwl am waith i

Huw a Lowri eto,' ychwanegai, a chysgod o wên gam ar ei gwef-usau wrth iddi amneidio i gyfeiriad y groglofft.

Yn sydyn rhoes Sinai ei breichiau am ei wddf. 'O Ellis, rwyt ti'n garedig. Rwyt ti mor ifanc — faint wyt ti? Un ar bymtheg? Ond rwyt ti fel twr cadarn imi. Paid â gadael imi fynd yn faich arnat . . . ond wnei di addo imi y dôi di i weld Steffan yn amal?'

Prin y clywodd y ddau y cnoc tawel ar y drws. Nid oedd Sinai yn disgwyl ymwelydd yr adeg honno o'r nos, sibrydai'n ofnus wrth Ellis. Pwy allsai fod yno? Camodd yntau at y drws a'i agor, a gwelodd ei feistr yn sefyll yno. Ni ddangosodd syndod o weld Ellis yno.

'Ydy Sinai Robarts i mewn?'

Safodd Ellis o'r neilltu i Rowland Ellis gael dod i'r tŷ a llamodd ei galon. Gwyddai rywsut fod hyn yn ddigwyddiad tyngedfennol. Roedd ei feistr yn edrych ar Sinai ac ar y trueni o'i chwmpas, a thywyllwyd ei lygaid gan dristwch yr hyn a welsai. Ond ni welodd Sinai y tosturi gan gymaint ei hofn. Cydiodd yn dynn yn ei phlentyn. Onid cyfaill Hywel Vaughan oedd gŵr Brynmawr? Efallai ei fod o'n ddig fod Ellis Puw yno, a'i fwriad oedd gwahardd iddo rhag dod yno mwyach. Ni byddai waeth iddi farw petai hynny'n digwydd.

Synhwyrodd Rowland ei theimladau. Estynnodd ei law iddi.

'Dod yma i ddeud 'i bod hi'n ddrwg calon gen i, Sinai Robarts,' meddai.

Daliai hithau i edrych arno'n ansicr, ond yn araf sylweddolodd mai fel ffrind ac nid fel gelyn y daeth Rowland Ellis yno y noson honno. Daeth gobaith newydd i'w llygaid, ac yn sydyn roedd ei llaw yn ei law yntau.

Agorodd Rowland ei glogyn du, a gwelodd y lleill ei fod yn cario cwdyn yn ei law.

'Gobeithio y derbyniwch yr ychydig bethe hyn — falle y byddan o ryw gymorth dros gyfnod.' Ac fe dynnodd o'r cwdyn gosyn anferth a sach o flawd gwenith ac wyau, a'u rhoi ar y bwrdd.

Dechreuodd y dagrau lifo i lawr gruddiau Sinai Robarts. Teimlai fel mynydd o iâ yn dechrau ymdoddi yn heulwen caredig-rwydd. Ac yn sydyn teimlodd bresenoldeb Ifan yn y stafell fel

y bu bron iddi droi a dweud 'Ond ydyn nhw'n ffeind wrthon
ni, f'anwylyd?' Ac er y gwyddai'n rhy dda nad oedd Ifan yno
yn y cnawd, fe ddaeth rhyw heddwch drosti a oedd i aros gyda
hi ar hyd ei bywyd o hyn ymlaen.

Dechreuodd Rowland ei holi ynglŷn â'i phlant, a pha gynlluniau
oedd ganddi ar eu cyfer. Ac wrth glywed y llais tawel yn gofyn
hyn a'r llall ac yn tynnu Sinai allan ohoni ei hun i siarad am ei
phryderon, ac yn cynnig iddi awgrymiadau, rhyfeddodd Ellis at
feddwl trefnus ac ymarferol ei feistr. Dyna beth oedd gwerth
addysg, meddyliai heb genfigen. Sylwodd ar gefn syth ac urddasol
Rowland Ellis a'i sgwyddau llydan. Bron yn fenywaidd oedd y
gwallt hir cyrliog a'r dwylo main o dan y ryffl o sidan du. Ond
roedd cadernid arweinydd yn y llais a'r llygaid miniog.

Fe'i ganwyd yn fonheddwr, yr un modd ag y ganwyd ef, Ellis
Puw, i fod yn fugail.

'Mae angen morwyn arall arnon ni ym Mrynmawr,' ebe
Rowland. 'Oes siawns i chi adael i un o'r merched ddŵad acw?'

Edrychodd Sinai ar Dorcas. 'Wel — hoffwn i ddim byd gwell,
meistir. Rydw i'n siŵr —'

Ond roedd golwg bryderus ar wyneb Dorcas. 'Na, nid y fi,
Mam,' sibrydai'n frysiog, gan ychwanegu gyda gwrid, 'A'ch
pardwn, syr. Ond pwy sy'n mynd i edrych ar ôl Steffan?'

'Wrth gwrs,' meddai ei mam yn ddryslyd, 'doeddwn i ddim
yn cofio. Mae ganddi ffordd o drin Steffan sy'n well o lawer na'm
ffordd i. Mae'n ddrwg gen i, meistir, os ydan ni'n ymddangos yn
anghwrtais. Ond bydd ar Lisa eisio lle. Ac os gnaiff hi'r tro i
chi . . . wel, mae hi'n bedair ar ddeg ac yn ferch gre . . .'

Aeth gwefr o siomiant dros Ellis Puw, er na wyddai'n iawn
pam. Roedd Lisa'n eitha hogan ond . . . Clymodd Rowland ei
glogyn amdano ac aeth at y drws.

'Lisa amdani ynte. Gyrrwch hi draw yfory.' Trodd at ei was.
'Wyt ti am gerdded adre gyda mi, Ellis Puw?'

Amneidiodd Ellis ei ben a brysiodd i agor y drws i'w feistr.
Ond cyn iddo fynd cydiodd Sinai yn ei law.

'Rwyt ti'n cofio, on'd wyt ti, Ellis Puw? Tyrd i weld Steffan
yn fuan fuan. Wnei di addo?'

'Rydw i'n addo, Sinai Robarts,' atebodd Ellis. Ond ar Dorcas yr edrychai wrth siarad.

Cerddasant mewn distawrwydd am tua hanner milltir. O'u blaen codai düwch Cader Idris fel dwrn y nos ei hun. Ni ddisgynnodd yr eira eto, yr eira a ddisgwylid y noson 'cyn y Nadolig, ond heno cwynai'r gwynt yn ddolefus gan fygwth storm o'r diwedd. Pan ddaethant at y gweunydd a elwid yn Dir Stent safodd Rowland yn y fan ac anadlodd yn hir.

'Ond ydy'r awel yn rhyfeddol yma? Awelon mynydd a dyffryn yn cyd-gyfarfod.'

Atebodd Ellis yn eiddgar.

'Mae'n rhyfedd i chi ddeud hynny, meistir. Wyddoch chi be ddeudodd Ifan Robarts wrtha' i? Bod . . .'

Stopiodd ar ganol y frawddeg. Edrychodd Rowland arno gyda chwilfrydedd.

'Bod beth?'

Daeth geiriau Ellis yn araf ac yn bwyllog.

'Bod rhywun . . . gŵr o Sais . . . wedi croesi ffor 'ma ar 'i daith i lawr i Ddolgella. Ac wrth iddo anadlu'r awel yma 'i fod o wedi dyrchafu 'i ddwylo a deud wrth 'i gydymaith — y byddai Duw yn codi pobl iddo'i hun yn y fan hon i eistedd o dan 'i addysg ef.'

Gwyddai Rowland yr ateb yn iawn, ond gofynnodd:

'Pwy oedd y gŵr hwn, Ellis?' Yr oedd eiliad o oedi cyn i Ellis ateb.

'George Fox y Crynwr.'

Safodd y ddau yn llonydd a gwynt y rhostir yn 'i lapio'i hun amdanynt. Daeth rhyddhad i'r ddau o wybod y gallont o'r diwedd siarad am y pethau a fu'n fur o dân rhyngddynt ers misoedd.

'Beth arall ddwedodd Ifan Robarts wrthot ti?'

Dechreuodd Ellis siarad a'i lais yn cyflymu ac yn cryfhau wrth iddo fynd yn ei flaen.

'Dwedodd Ifan fod yr Ysgrythur wedi ei danfon oddi wrth Dduw i ddwyn tystiolaeth i bobl syml am y goleuni. Ond nid yr Ysgrythur yw'r goleuni. Fe ddwedodd yr Apostol — profwch chwychwi eich hunain sef bod Iesu Grist ynoch . . . Pe basa'r pysgotwyr a'r dynion anllythrennog gynt yn coelio'r gwŷr o ddysg, ni fasent byth fod wedi credu yng Nghrist na dod yn ddilynwyr iddo . . . Swm crefydd y gwir Gristion yw adnabod llais Crist oddi mewn a'i ddilyn ymhopeth . . . Bydd y clerigwyr yn twyllo pobl mai yn y sacramentau y mae bywyd tragwyddol, ond mae'r rhain heb gredu tystiolaeth Duw am ei Fab.'

Aeth gwefr newydd trwy wythiennau Rowland Ellis wrth glywed ei was yn siarad. A wyddai Ellis arwyddocâd yr hanner o'r hyn a ddywedai? Ni allai fod yn siŵr, ond roedd cof aruthrol ganddo, a chofiai bob gair o'r hyn a ddywedasai Ifan Robarts wrtho.

'Byddarwyd ein clustiau gan ddadleuon diwinyddol. Dallwyd ein llygaid gan ddefodau eglwysig. Yn ei anobaith fe glywodd George Fox lais a ddywedai wrtho 'Y mae un, sef Iesu Grist, a all lefaru i'th gyflwr,' a llamodd ei galon â llawenydd. Datguddiodd yr Arglwydd iddo mai mewn cymundeb ysbryd â Duw ei hunan y mae dod o hyd i'r goleuni, oblegid y mae'r goleuni yn goleuo'r stafell ddirgel yng nghalon pob dyn . . .'

Soniodd Ellis am gariad Crist, am wirionedd, am amynedd a thynerwch fel y deallodd ef y geiriau, a rhyfeddodd Rowland at y geiriau mawr hyn ar enau'r llanc diniwed. Soniodd wedyn am natur cyrddau'r Crynwyr, am y distawrwydd a barhaodd weithiau drwy gydol y cyfarfod. Ac roeddynt wrth lidiart Brynmawr cyn eu bod yn sylweddoli eu bod wedi cyrraedd adre.

Am y tro cyntaf yn ei bywyd roedd Meg yn teimlo'n ansicr ohoni ei hun. Byth oddi ar Blygain yr Hengwrt mewn gwirionedd. Hyd yn hyn gallai rag-weld i'r blewyn adwaith ei gŵr i bob gweithred, ystum ac ymadrodd o'i heiddo. Bu'r gallu hwn yn ddefnyddiol dros ben yn y gorffennol. Heb fynd dros y dibyn gallai bob amser gerdded yn sicr ar hyd llwybrau peryglus, profoclyd y fflyrt cynhenid, gan wybod mai gwenwyn yw'r olew i yrru serch yn wenfflam.

Yr hyn a'i blinai oedd fod pethau gwaeth wedi digwydd yn y gorffennol nag a ddigwyddodd yn yr Hengwrt y noson honno.

Am y canfed tro rhedodd ei meddwl dros yr hyn a gofiai. Bu
Hywel Vaughan yn arbennig o serchus. Digon gwir. Cawsant
eu gwala o'r gwin, ond nid cymaint â'r rhan fwyaf o'r gwahodd-
edigion. Onid oedd sôn wedyn fod tuag ugain ohonynt wedi cysgu
o dan y byrddau yn stafell fwyta'r Hengwrt, a bod y rhai a
lwyddodd i gyrraedd Eglwys Sant Mair yn y dre wedi rhoi llenni'r
allor ar dân gyda'u canhwyllau? Purion. Beth ynteu oedd wedi
achosi'r olwg bell yn llygaid Rowland? Y cwbl a welsai oedd
Hywel yn ceisio ei thynnu hi o'r neilltu i roi cusan iddi. Ofid fe
welodd beth felly ugeiniau o weithiau o'r blaen yn ystod y nos-
weithiau llawen a'r dawnsfeydd a'r gwleddoedd y buont ynddynt
gyda'i gilydd. Beth oedd mewn cusan?

Dechreuodd Ann grio yn ei chrud unwaith eto. Yn ddiamynedd
estynnodd Meg ei throed allan a siglo'r crud nes bron iddi ei
wyrdroi. Chwyddodd crio Ann i fod yn floedd.

'Go drap!' gwaeddai Meg. 'Malan! Tyrd i edrych ar ôl y
plentyn 'ma. Rwy'n mynd am dro ar gefn Barnabas.'

Nid arhosodd i gyfrwyo'r ceffyl. Roedd hi'n gallu ei drin yn
iawn. Yn yr awyr agored trawodd y gwynt oer ar draws ei hwyneb
fel chwip, a rhywsut roedd hyn yn foddhad synhwyrus iddi.
Dechreuodd Barnabas drotian i gyfeiriad y rhostir, ond fel pe bai'n
teimlo rhyw wefr oddi wrth nerfau tyn ei feistres, dechreuodd
rygyngu, ac yna aeth i garlamu. Ymlaen ac ymlaen yn gynt ac yn
gynt aeth y ddau nes bod y chwys yn diferu ar ystlysau'r ceffyl.
Ond daliai Meg i'w yrru yn ei flaen, ei gwallt fel mwg du yn y
gwynt, a'i llais fel llais gwrach yn gweiddi arno.

Yn araf bach fe ddaeth ei hunan-hyder yn ôl. Rhywbeth dros
dro oedd hyn oll. Gallai feistroli Rowland unwaith eto yn union
fel y meistrolai Farnabas heno. Y cwbwl oedd ei angen arni oedd
bod yn dyner dyner am sbel, a gadael i'r dolur, os *oedd* dolur,
fendio ohono'i hun waeth ba mor araf. Amynedd. Rhaid iddi
fod yn amyneddgar. A gofalu bod yn fwy gwyliadwrus y tro nesa.

Daeth i feddwl Meg am eiliad y dylai benderfynu na fyddai yna
r'un 'tro nesa.' Ond ffei i'r syniad. Roedd fflyrtan gyda dynion
mor naturiol iddi â chysgu neu fwyta. A beth oedd o'i le mewn
difri calon? Nid hoeden oedd hi. Gwyddai ba mor bell i fynd.

Nid hŵr oedd hi fel gwraig Syr Lewis Prys, yn barod i dynnu pob gwas lifrai i'w siamber. Y cwbwl roedd arni eisiau oedd tipyn bach o sylw, a gorau po fwya oedd yn barod i roi'r sylw iddi. Fe ddylai Rowland fod yn falch fod cymaint o ddynion yn ei hedmygu.

'Adre, Barnabas!'

Teimlai'n awyddus i weld Rowland unwaith eto i brofi iddi ei hun fod popeth fel y bu rhyngddynt, a'i bod hithau'n feistres arno fel o'r blaen. Trodd y ceffyl a chyn bo hir roeddynt yn dringo'n ôl i Frynmawr.

Roedd golau llusern yn y stabal, a thybiai Meg fod Rowland wedi mynd i weld fod popeth yn iawn cyn noswylio. Ond y gwas, Huw Morris, oedd yno.

Fflachiai ym meddwl Meg am eiliad fod Huw yn anarferol o ddiwyd i fod yn gweithio yn y stabal yr adeg honno ar noson o aeaf, ond roedd hi'n falch o'i weld yno. Ni fyddai raid iddi boeni mynd i chwilio am rywun i drwsio Barnabas, gan fod yntau wrth law.

Roedd Huw yn disgwyl am ei feistres. Synasai weld fod Barnabas allan, a phenderfynodd aros o gwmpas nes iddynt ddychwelyd. Roedd darnau bach o wybodaeth am hyn a'r llall yn handi weithiau, ac roedd gan Huw Morris ystordy o gof. Hoffasai wybod beth a yrrodd wraig Brynmawr allan y noson honno.

Cododd ar ei draed yn araf. Sythodd ei gefn a chwyddodd ei frest allan, fel y gwnâi bob amser y'i cawsai ei hun yng nghwmni merch dlos, beth bynnag ei stad. Broliai mai ganddo fo roedd y cyhyrau mwyaf yn y fro. Ond er cymaint oedd ei sgwyddau a'i freichiau, meinhau wnaeth ei gorff tua'i goesau. Ymhen blwyddyn neu ddwy byddai'r cwrw a'r medd a lyncai nos a dydd wedi ei dewhau a'i drymhau. Ond ni ddaeth yr amser hwnnw eto. Ar hyn o bryd nid Nans y Goetre oedd yr unig ferch a edrychai arno ac a ddyheai am deimlo'r breichiau cyhyrog o'i chwmpas.

'Cymer Barnabas, Huw,' gorchmynnai Meg. 'Mae o'n chwys domen.'

'Mi rydach chi wedi gyrru tipyn arno, feistres,' ebe Huw yn

araf gyda gwên. Yfflon o ddynes oedd hon — un o'i siort o, yn
malio dim am neb. Daliodd y llusern i fyny i gael golwg iawn ar
y ceffyl. Myn coblyn i! Rhaid fod rhywbeth wedi ei gyrru'n
gynddeiriog heno. Nid ffordd Huw Morris oedd holi'n union-
gyrchol, ond fe'i llanwyd â chwilfrydedd. Gwelodd fod Meg ar
frys i fynd i'r tŷ.
'Well i mi eich danfon chi, feistres. Mae hi'n noson go egar,
ac mae'r llusern gen i.'
Roedd ei llygaid yn eithaf cyfarwydd â'r tywyllwch erbyn hyn,
ond gadawodd Meg iddo ei harwain ar draws y buarth. Chwiliodd
Huw am ffordd i ddechrau ei holi.
'Dydy'r meistir ddim wedi dod yn ôl eto,' mentrodd yn ei lais
araf.
'Ddim eto?' Ni allai Meg gadw'r syndod o'i llais.
'Na. Rown inna'n synnu braidd, hefyd. Fydd o ddim mor
hwyr â hyn fel rheol, na fydd?'
Wedi gwthio'r cwch i'r dŵr, arhosodd Huw i weld yr effaith.
'Na. Wel, mae'n rhaid 'i fod o wedi galw i weld rhywun yn y
dre. Diolch Huw, mi allai weld yn iawn rŵan."
Ond ni chymerodd y gwas sylw.
'Rhyfedd i mi 'i weld o'n mynd i gyfeiriad y Brithdir. Nid i'r
dre roedd o'n mynd y pryd hwnnw. Nid efo cwdyn mawr beth
bynnag.'
Beth oedd gan Huw Morris o dan glust ei gap? Amlwg ei fod
o'n treio lled-awgrymu rhywbeth. Rhwygwyd Meg rhwng
chwilfrydedd a'r awydd i gadw ei hurddas fel meistres y tŷ.
Chwilfrydedd a orfu.
'Cwdyn?'
'Ie a'i llond o bethau o'r bwtri.'
Gwyddai Huw fod y pigiad wedi mynd adre. Cododd ei sgwy-
ddau ac meddai'n frysiog: 'Ond dyna ni. Nid 'y musnes i oedd
hynny . . . Wel nos da, feistres.'
'Huw Morris!' Roedd y geiriau fel pen neidr yn dartio'n sydyn
drwy'r awyr. 'Beth yn union welest ti?'
Gwenodd Huw wrtho'i hun, ond cymerodd arno edrych yn
anghyffyrddus.

'Na, feistres. Mi rydw i wedi deud gormod yn barod, mi wela'.'
Y gwir oedd nad oedd ganddo ddim arall i'w ddweud. Dyna'r
cwbwl a welsai oedd Rowland Ellis yn mynd i'r bwtri, ac yn rhoi
wyau a blawd a chosyn yn y sach. Dilynodd ei feistr gyn belled
â gwaelod Bwlch Coch ond fe'i collodd ef wedyn yn y tywyllwch,
a bu raid iddo droi'n ôl er mawr siom iddo.

Am y tro cyntaf yn ei bywyd, fe wyddai Meg beth oedd eidd-
igedd ynghylch ei gŵr. Ond twt, falle mai i deulu anghenus
y rhoesai'r anrhegion. Ond os felly, pam na chafodd hithau wybod
ganddo? Pam nad yrrai un o'r gweision? At bwy yr aethai fin nos
fel hyn mor ddirgel? Ychydig wythnosau'n ôl byddai'r syniad y
gallasai ei gŵr droi at ddynes arall yn chwerthinllyd. Ond nid y
Rowland a adnabu hi oedd y Rowland a drigasai efo hi oddi ar y
Nadolig. Ni wyddai beth oedd ym meddwl y gŵr dieithr hwn.

Daeth chwant ar Meg i roi clewtan ar draws wyneb Huw Morris
am ddweud cymaint ac yna beidio â dweud rhagor. Ond gydag
ymdrech llwyddodd i ffrwyno'i theimladau, ac aeth i mewn i'r tŷ
heb ddweud gair ymhellach.

Dringodd y grisiau heb hyd yn oed alw yn y gegin i weld a
oedd Malan yno, a bod popeth yn iawn efo Ann. Roedd yn rhaid
iddi gael amser i ddod ati'i hun gyntaf. Hanner gobeithiai fod
Rowland wedi cyrraedd adref o'i blaen hi, a'i fod o wedi mynd
i'r llofft yn barod. Ond wrth gwrs, doedd o ddim yno. Fe'i taflodd
ei hun ar y gwely, ond ni ddaeth y dagrau o hunan-dosturi fel y
dymunai. Methai aros yn llonydd. Cododd yn anniddig ac aeth at
y ffenestr, ond nid oedd dim y tu allan ond cyhwfan gwatwarus y
canghennau di-ddail.

Dechreuodd Meg wrando ar dipiadau'r cloc nes i'r sŵn ddech-
rau crafu'i nerfau. O'r diwedd penderfynodd fynd i lawr. Wrth
ei bod hi'n disgyn y grisiau, clywodd glicied y drws allan yn cael
ei chodi.

Daeth Rowland i'r tŷ gan sylweddoli na fu Meg yn ei feddwl
ddim unwaith yn ystod y pedair awr ddiwethaf. Teimlai'n euog
am hyn, ac roedd ei gyfarchiad o'r herwydd yn gyhesach hyd yn
oed nag arfer. Cam ddehonglai Meg hyn fel arwydd o euogrwydd

am iddo fod yn rhywle na ddylai fod. Wel, os oedd o am geisio ei thwyllo, roedd hi'n barod amdano.

Safai ar ris isaf y staer yn edrych arno a'i hwyneb yn oer, ond roedd yntau mor gynhyrfus ei feddwl fel na sylwodd ar hynny. Aeth i mewn i'r stafell gan ddatod ei glogyn wrth fynd. Teimlai'r gwaed yn gynnes trwy ei gorff ar ôl yr hir gerdded dros y gweunydd efo Ellis. Ni theimlai'n flinedig o gwbwl, ac roedd ei feddwl yn glir ac yn finiog. Eisteddodd ar y setl a dechreuodd dynnu ei sgidiau oddi am ei draed.

Gymaint roedd o'n caru'r ffriddoedd a'r bryniau o gwmpas Brynmawr. Teimlai ei galon yn chwyddo â chariad angerddol nas gallai ei fynegi mewn geiriau. Yn y glaw, yn y niwl, yn yr heulwen, yn y tywyllwch . . . yn y tywyllwch orau i gyd efallai. Wrth synhwyro'r tir yn hytrach na'i weld gallai ymdoddi'n un â'r ddaear o'i amgylch. Ai dyna oedd y Crynwyr yn ei wneud — synhwyro presenoldeb Duw yn hytrach na cheisio ei gael trwy gymorth pethau gweladwy a diriaethol? Aeth i fyfyrio ar hyn ar ganol tynnu'r esgid arall. Teimlai fod yr allwedd wrth law, ac eto nis gallai agor y drws eto. A oedd ei gariad at y gwirionedd newydd yn fwy na'i gariad at ei fro — pe bai rhaid iddo ddewis?

Eisteddodd yno megis mewn breuddwyd, un droed yn pwyso ar ben glin y goes arall, a'r esgid yn syrthio'n ddiymadferth i'r llawr. Daeth ofn ar Meg am eiliad wrth ei wylio. Roedd ei lygaid yn disgleirio fel petai'r dwymyn arno. Gwyddai hithau ei fod o wedi ei hanghofio unwaith eto. Tybed oedd o'n dechrau colli arno'i hun? Gallai rhywbeth felna ddechrau'n dawel iawn, heb i neb sylwi bron, 'run fath ag a ddigwyddodd i'w hewythr Llwyd, ac yntau'n dweud wrth bawb fod ei was wedi dwyn ei arian. Roedd pawb yn ei goelio i ddechrau nes i'r un peth ddigwydd efo chwech o weision yn ddilynol. Ac fe aeth pethau o ddrwg i waeth. Yn y diwedd bu raid i'r teulu ei gloi mewn stafell gefn yn y tŷ am weddill ei oes, rhag ofn i'r ustusiaid fynd ag o i'r madws, a doedd yna neb ond gweision i weini ar yr hen ŵr lloerig.

Roedd yn rhaid iddi fod yn gadarn ac yn gryf, roedd hynny'n ddigon amlwg. Pa ffwlbri bynnag oedd yn ei gorddi y dyddiau

hyn, rhaid iddi fynnu cael yr hen Rowland yn ôl. Ceisiodd fod
yn ddidaro wrth ofyn:
'Fuost ti ymhell?'
'Naddo. Dim ond yn y Brithdir.'
'Yn y Brithdir!' Roedd ei chwerthiniad yn uchel ac yn fain.
'Pam yn y byd roedd yn rhaid i ti fynd yno heno?'
Gwyddai Rowland Ellis y byddai, wrth ateb, yn agor fflodiart o
holi, edliw, dadlau ac ymbil. Ond heno, os nad oedd o'n croesawu
hyn yn union, teimlai fod yr amser wedi dod i'w wynebu. Roedd
yr amser i osgoi mynegi ei deimladau ar ben. Er ei fod o'n dal
i ymbalfalu, fe wyddai o'r diwedd ei fod o'n ymbalfalu yn y
cyfeiriad iawn, a waeth iddo heb â chelu'r peth oddi wrth Meg
bellach.
'Mi es yno i weld Sinai Robarts.'
'Gwraig y Cwacer!'
Rhoes Meg gymaint o waradwydd yn ei llais ag oedd yn bosibl
iddi. Nid oedd y wybodaeth yn syndod iddi, ond roedd hi'n
casáu'r wybodaeth â'i holl natur. Dechreuodd grynu o'i chorun
i'w thraed. Canmil gwell ganddi fyddai clywed gan ei gŵr iddo
ymweld â phutain. Byddai hynny'n naturiol i ddyn; roedd amryw
o sgweierod yr ardal yn gwneud hyn o dro i dro, a phawb, yn
cynnwys eu gwragedd, yn barod i gau llygad ar y peth. Ond
gwyddai Meg am Sinai Robarts, ac er cymaint ei hawydd, ni allai
gredu mai cymhellion cnawdol a yrrodd ei gŵr i'w gweld.
'Mae'r 'Cwacer,' fel y gelwch o, wedi marw, Meg.'
'Gorau'n byd, medda fi. Fedra'i ddim dioddef eithafwyr o
unrhyw fath. Lloercan oedd Ifan Robarts erioed, ac mi rydw i'n
synnu atat ti'n ymhél â'r fath boblach.'
Hyd yn oed yn ei thymer roedd Meg yn brydferth. Gwyddai
Rowland ei fod o'n dal i garu ei wraig, ond roedd edrych arni yn
awr fel edrych ar rosyn yn y gwrych. Gallai edmygu ei harddwch
o bell heb chwennych ei feddiannu.
'Mae'n ddrwg calon gen i dy fod ti'n teimlo fel hyn,' ebe ef
yn isel. 'Mi wn mai ofn sy'n dy yrru felly. Mae ofn arna' inna
hefyd, wsti.' Fe'i cywirodd ei hun. 'Neu mi fu.' Cododd a daeth
at ei wraig gan afael yn ei dwylo. 'Ceisia ddeall, y fech,' meddai

gan lithro i dafodiaith y fro fel y gwnâi bob amser wrth siarad geiriau anwes. 'Dwyt ti ddim vn gialed mewn gwirionedd, weth faint wy ti'n treio bod.'

Ond tynnodd Meg ei dwylo'n ôl fel pe bai nhw wedi'u llosgi. Cododd nhw a chuddio ei chlustiau fel plentyn.

'Dydw i ddim am glywed rhagor. Beth bynnag amdanat ti, dydy'n enw i ddim yn mynd i gael 'i lusgo yn y baw a phob dihiryn yn y dre yn gwneud sbort ar fy mhen. Dydy o ddim o bwys gen titha falle, ond fedra'i ddim diodde cael fy esgymuno. Ac am ddim byd rydw i wedi'i wneud fy hun. Dim ond am fod rhyw syniadau gwirion yn dy ben di.'

Sawl gwaith yn y gorffennol y crefodd Rowland yn ei galon am lonyddwch ar adegau fel hyn? Sawl gwaith y daethai geiriau cymod i'w fin er mwyn dodi'r berthynas rhyngddynt ar echel wastad unwaith eto, hyd yn oed pe bai gofyn iddo ei ddarostwng ei hun wrth wneud? Ond heno nid oedd hyn môr bwysig â chlirio'r awyr rhyngddynt. Cafodd ddigon ar fod yn anonest ag ef ei hun ac â hithau, hyd yn oed os oedd gonestrwydd yn mynd i frifo'r tro hwn. Roedd ei eiriau'n isel ond yn bendant, ac yn araf fel petai'n ceisio egluro rhywbeth wrth blentyn.

'Fe fûm i yn y Brithdir yn edrych am Sinai Robarts. Mae ganddi naw o blant i ofalu amdanyn nhw, ac un yn sâl hyd at farw. Mae angen help arnyn nhw. Mi rydw i wedi gofyn iddi anfon un o'r merched yma i weini. Mae hi'n dŵad 'fory.'

Gwrandawodd ar ei lais ei hun fel pe bai'n gwrando ar rywun arall yn siarad. Cafodd deimlad rhyfedd fod hyn i gyd wedi digwydd o'r blaen, fynta'n sefyll ac yn dweud wrth Meg fod merch Sinai Robarts i ddod atynt, hithau'n ei wynebu a'i hwyneb fel y galchen, a'i chorff mor syth â'r fedwen. Pan glywodd ei llais mor finiog â chleddyf, roedd y geiriau'n gyfarwydd, geiriau y disgwyliodd eu clywed oherwydd ei fod wedi clywed yr union eiriau rywbryd o'r blaen.

'A dyma'r dyn a daerodd ei fod o'n fy ngharu i.' Fel fflam cydiodd yn un o'r gwydrau coch ar y dresal a chyn y medrai ei rhwystro, fe'i taflodd yn deilchion ar lawr. 'Hynyna am dy gariad di. Os nag ydy'n nymuniadau i yn cyfri am fwy na rhoi mwytha i ryw hoeden hanner pan, croeso iddi hi dy wely di. Ond paid â disgwyl i mi aros yma hefyd.'

'Meg —'

Ceisiodd Rowland gydio ynddi, ond roedd ei wraig wedi colli arni'i hun yn llwyr. Gyda holl nerth ei braich fe'i trawodd ef ar draws ei wyneb. Am eiliad edrychodd y ddau ar ei gilydd, Meg gyda dychryn am iddi wneud rhywbeth na wnaethai erioed o'r blaen, Rowland gyda thristwch am orffennol na ddeuai byth yn ôl.

V

Ond er ei bygythiad, aros ym Mrynmawr a wnaeth Meg. Y noson honno a'r ddau yn gorwedd ochr yn ochr yn y gwely mawr, gan syllu'n ddi-gwsg ac yn ddi-weld yn y tywyllwch ar y pyst pren cerfiedig a'r cyrtenni o gwmpas y gwely, a'r gannwyll a ddiffodd-wyd, y ddau wedi eu hynysu oddi wrth ei gilydd yn eu dieithrwch, fe wyddai Meg ei bod hi wedi colli'r frwydr.

I b'le yr elai pr'un bynnag? Adre at ei thad a'i mam? Ond fe ddywedai pawb wedyn fod Rowland Ellis wedi ei throi allan am iddi gamymddwyn. A rhywsut doedd mynd adre'n apelio dim at wraig Brynmawr. Yma roedd hi'n feistres ar bawb — ond ar ei gŵr ychwanegai'n chwerw wrthi'i hun. I Lundain efo Hywel Vaughan? Roedd y syniad yn ddeniadol, ond gwyddai yn ei chalon nad dyn i barthu ei safle er mwyn unrhyw wraig oedd sgweiar yr Hengwrt. Gwneud y gorau o'i bywyd yma, dyna fyddai'n rhaid iddi ei wneud. Meddyliodd am y forwyn newydd roedd disgwyl iddi ei chroesawu drannoeth, a daeth ton o anniddigrwydd drosti unwaith eto. Faint o degwch oedd yn y byd, a hithau'n gorfod rhoi cartre i rawn pysgod y sect o bobl roedd hi'n eu casáu — dim ond am fod ei gŵr yn dweud fod yn rhaid iddi?

Wel, fe gawn weld, meddai'n ffyrnig wrthi'i hun. Trodd ar ei hochr, ac am y canfed tro ceisio'n ofer beidio â meddwl am y posibilrwydd arall a fu'n ei phoeni yn ystod y mis diwethaf. Mae ffawd fel pe bai am rwystro i mi fwynhau fy hun a byw bywyd llawn, ochneidiai'n hunan-dosturiol. Fy ngŵr yn ymhél â chreaduriaid hanner-pan, minnau wedi fy nghaethiwo yn y mynyddoedd am y naw mis diwethaf, ac efallai am gael fy nghaethiwo eto. Be ddigwyddith os bydd rhaid i Rowland fynd i'r carchar 'run fath â Robert Owen Dolserau, a minnau'n feichiog? Teimlai fod ei byd yn syrthio am ei phen fel pecyn o gardiau. Os aiff Rowland i'r carchar, bydd yn rhaid i mi fod yn rhydd oddi wrth hynny. Byddai'n rhaid cael help i 'wared ag o. Arferai Betsan Prys fod yn un dda, medda nhw? Gwyddai fod Nans y Goetre wedi bod ati fwy nag unwaith. Ond roedd Betsan wedi marw, ac ni wyddai am neb arall. O wel, falle na byddai angen . . .

Hwyrach iddo fod yn fyrbwyll yn cyflogi Lisa Robarts, heb ymgynghori â Meg, ac o ran hynny heb iddo erioed weld y ferch. Ond roedd hi'n rhy hwyr rŵan. Roedd Sinai Robarts yn falch am iddi gael lle, a chreulon fyddai tynnu'n ôl. Ac am Meg . . . ceisiai ddweud wrtho'i hun y byddai hi'n falch o gael Lisa i'w helpu unwaith y byddai wedi derbyn y peth yn ffaith. Ond fe ddaeth atgof am yr ergyd ar draws ei wyneb i foddi pob teimlad arall. Yn y tywyllwch llifodd ei hen hunan-amheuaeth drosto gan ladd y tawelwch meddwl cadarn a'i meddiannai ryw awr ynghynt. Er fod y llwydrew yn gafael yn y stafell, safai'r chwys ar ei dalcen, a chlywodd y dillad amdano fel cortynnau yn ei glymu i'r gwely. Yn y pellter clywodd un o'r cŵn yn udo, sŵn dolefus yn atsain yr ing yn ei galon ef ei hun.

Bore trannoeth daeth Lisa Robarts i Frynmawr. Roedd Ellis Puw wedi codi'n gynt nag arfer er mwyn mynd draw i'r Brithdir i'w hôl. Wrth gerdded yn ôl ar hyd y gweundir gyda'r ferch, ni allai Ellis lai na gofidio nad Dorcas oedd yn cydgerdded ag ef. Ond gyrrodd y syniad annheilwng o'i ben ar unwaith.

Holai'r eneth Ellis yn ddibaid ynglŷn â'r feistres a'r morynion a'r gweision eraill. Atebodd yntau ei chwestiynau'n amyneddgar, ac roedd yn ryddhad iddo weld mai antur newydd oedd hon iddi, ac nid rhywbeth i beri ofn.

Dechreuodd Lisa neidio a phrancio a rhedeg o'i flaen fel merlen mynydd. Chwarddodd yntau wrth ei gwylio, ei gwallt du yn dianc o'r pinnau anghyfarwydd a roes Dorcas ynddo i'w gadw'n daclus, a'r siôl glytiog yn syrthio dros un ysgwydd. Mor wahanol oedd hon i Dorcas. Cofiai'r ferch hŷn bob amser yn ddwys ac yn dawel gyda gofal tyaid o blant. Ond tipyn yn benchwiban y bu Lisa erioed, yn crwydro'r mynydd fel plentyn sipsiwns, yn tynnu'n groes i'w mam, a rhywsut yn byw ei bywyd ei hun ar wahân i'r teulu.

Wedi dringo'r allt i Frynmawr gadawodd Ellis y forwyn newydd yng ngofal Malan. Edrychai honno'n ddigon drwgdybus ar lygaid bywiog a diffyg swildod amlwg y ferch, ond ni ddywedodd air. Y gwir oedd fod yr hen forwyn yn teimlo dipyn yn biwis oblegid roedd ei meistir wedi torri'r newydd iddo fod Lisa yno'n bennaf i'w helpu i ofalu am Ann. Methai â deall pam fod angen help arni. Os oedd ei breichiau'n hen roedd y plentyn yn ddigon bodlon cysgu ynddynt. Roedd hi wedi magu mwy ar Ann fach nag a wnaeth ei mam hyd yn oed, a daeth tonnau o eiddigedd drosti o feddwl y byddai'n rhaid iddi ildio dim o'i gofal i rywun hollol ddieithr. Be ddaeth dros ben y meistir yn cyflogi morwyn arall pr'un bynnag? Roedd hi'n siŵr nad oedd y feistres yn gwybod cyn neithiwr. A diar annwl, roedd digon o fôn braich rhwng Cadi a hithau i ymgodymu â phob tasg ar y fferm. Be oedd eisio rhywun arall?

Ni fu Lisa erioed mewn tŷ cymaint â Brynmawr, ac edrychodd o'i chwmpas gyda chwilfrydedd. Clywodd aroglau dieithr ymhobman — pren derw wedi ei loywi, cig moch yn rhostio a llaeth newydd ei odro. Sylwodd ar y garreg aelwyd yn wyn o'i fynych sgwrio, y gist blawd ceirch, y setl wrth y tân, y llestri piwtar ar y bwrdd hir, y cigwain yn troi'n araf uwchben y tân, sŵn byrlymu yn y crochan yn ei ymyl.

Cofiodd Lisa yn sydyn am y gwacter oddi mewn iddi.

'Pryd mae amser cinio, Malan Parri?'

Edrychodd Malan arni gyda dirmyg. Nid oedd y cwestiwn yn werth ei ateb ganddi. Fe'i cadarnhawyd yn ei hamheuaeth o'r hogan. O gael y prawf hwn ei bod hi'n iawn i dybied fod Lisa'n eneth fowld, ddigywilydd, teimlai Malan yn fodlonach.

Ni ddaethai Meg i lawr o'i llofft eto, ond brysiodd Rowland i mewn i groesawu Lisa. Oherwydd na wyddai sut agwedd a gymerai'i wraig tuag ati, gwnaeth Rowland ati i fod yn arbennig o garedig yn ei groeso. Synhwyrai ar yr un pryd ei fod yn codi gwrychyn Malan wrth wneud hyn. Safai hithau yno yn aros iddo orffen a phrotest mud ymhob cymal o'i hen gorff. Druan o Lisa a dwy ddynes yn ei herbyn yn barod. Ond edrychai honno'n ddigon siriol yn pwyso i lawr i 'roi bach' i'r gath ddu a ganai grwndi'n ôl a mlaen yn erbyn ei choesau. Byddai'n dda ganddo petai Meg yn dod lawr a chael yr hyrdlen hwnnw drosodd. Ond roedd fel pe bai hi wedi penderfynu anwybyddu'r forwyn newydd yn llwyr. Cadwai Ann yn y llofft gyda hi, ac nid oedd Malan yn cael hyd yn oed gyffwrdd â'r fechan heddiw.

Barnai Rowland mai allan yn y caeau yr oedd ei obaith gorau am dawelwch meddwl. Gwisgodd ei glogyn yn dynn amdano, cydiodd yn ei ffon, a galwodd ar ei gi.

Roedd rhannu llofft efo Malan a Chadi dipyn yn amgenach na rhannu tŷ un stafell a siamber efo naw o bobl eraill. Gwely wenscot oedd gan Falan, ond fe gysgai'r ddwy forwyn ifanc ar wely pren. Sylwodd Lisa gyda phleser ar y cwrlidau cynnes a glân a orchuddiai'r gwely. Mor wahanol i'r gwellt y bu rhaid iddi hi a'r plant eraill gysgu ynddo er mwyn rhoi gwrthban tenau ychwanegol i Steffan.

Gofalai Malan yn ystod ei diwrnod cyntaf roi digon o waith iddi. Bu'n sgwrio lloriau, sgwrio piseri, cerwy, styciau, sgubo'r llofftydd a chario'r dŵr o'r ffynnon drwy'r dydd nes bod ei breichiau ar dorri. Ond roedd Lisa'n eneth gre, fel yr ymffrostiai ei mam, a buan y daeth ati ei hun ar ôl cael ei gwala o fwyd. Wrth orwedd gyda Chadi y noson honno cofiodd gyda mymryn o gywilydd fel y syllai pawb arni wrth y bwrdd swper. Bu arni gymaint o ofn i rywun ddod a chipio ei basn oddi arni cyn iddi orffen, nes ei bod hi wedi dechrau llyncu ei bwyd fel anifail bach yn union ar ôl i'r meistir ofyn bendith, yn lle aros iddo yntau a'r feistres ddechrau yn gyntaf. Rhoesai Malan bwniad iddi nes bron peri iddi syrthio ar draws y bwrdd. Ond dywedodd y meistir: 'Gad lonydd iddi, Malan, mae'r hogan ar lwgu. Bydd hi'n well fory.'

Ond nid anghofiai Lisa yn fuan yr edrychiad ar wyneb ei meistres. Dyma'r tro cyntaf iddi ymddangos oedd wrth y bwrdd swper, ac wrth iddi gerdded i mewn rhyfeddai Lisa at ei phrydferthwch. Roedd ei chroen fel llaeth enwyn a'i llygaid fel eirin duon. Cofiodd ei thad yn dweud wrthi ryw dro am, Bwyll a Rhiannon, a theimlai'n sicr mai un fel hon oedd Rhiannon. Hoffai weld y feistres ar gefn ceffyl gwyn. Ond fe ddaeth y bwyd ar y bwrdd ac fe anghofiodd Lisa am ei dychmygion rhamantus.

Wedi iddi ddod ati'i hun ar ôl pwniad Malan, sylwodd ar wyneb y feistres. Ni welsai'r fath olwg o ddiflastod ar neb erioed. Y peth nesaf a sylweddolai oedd bod y feistres wedi codi a sgubo allan o'r stafell gan gau'r drws yn glep ar ei hôl.

Ni ddywedwyd gair yn ystod hyn i gyd, a dyna oedd galetaf gan Lisa. Ni ddeallai yn iawn pam ei bod wedi tramgwyddo yn erbyn y feistres gymaint, ac nid eglurodd neb wrthi. Rhyw ffordd od o fyw sy gan y byddigions, ebe Lisa wrthi'i hun. Nid un i boeni am bethau nad oedd hi'n eu deall oedd hi. Clywodd Gadi'n dechrau chwyrnu, ac o dan y dillad gwely fe roes binsiad sydyn iddi er mwyn ei deffro, a chael cyfle i fynd i gysgu ei hun gyntaf.

'Cadi,' sibrydai yn y tywyllwch, 'pwy wyt ti'n lecio orau yma?'

Ond griddfan yn ddiamynedd a wnaeth y forwyn arall.

Y meistir yn bendant oedd y gorau ganddi hi. Roedd 'na rywbeth rhamantus yn ei lygaid mawr trist a'i gorff tenau a'i lais diwylliedig dwfn. Er, doedd corff tenau ar y cyfan ddim yn apelio ati felly. Dyna i chi Ellis Puw. Druan o Ellis. Fyddai'r un hogan yn syrthio mewn cariad ag o — gyda'i wallt cringoch syth, a'i sgwyddau crwn, a'r brychni ar ei drwyn. Tybed oedd Dorcas yn ei hoffi? Roedd yr Ifan 'na yn dipyn o ffliar, ac roedd ei lygaid dipyn yn slei ella. Yn sydyn sylweddolodd Lisa fod ei bronnau yn sicr o fod cymaint â rhai Dorcas rŵan. Yn araf o dan y dillad, rhag ofn deffro Cadi y tro hwn, cwpanodd hwy â'i dwylo ynghroes. Gyda boddhad mawr teimlodd eu bod nhw'n llenwi ei dyrnau.

Daeth yr eira yn ystod ail wythnos Ionawr. Bu'r gwynt rhewllyd yn chwipio i lawr o'r mynyddoedd, a dywedodd pawb wrth ei gilydd ei bod hi'n rhy oer i fwrw eira. Ond fe ddechreuodd ddisgyn am bedwar o'r gloch y prynhawn ar ôl i'r gwynt ostegu peth — mor dawel â chath, mor ysgafn â phlu'r gweunydd. 'Eira mân, eira mawr' ebe'r hen bobl a'u gwaed yn rhedeg yn oerach fyth gan ofn. Ond hyd yn hyn ychydig a ddisgynasai, dim ond fel petai rhywun wedi arllwys powdr ar berwig y ddaear.

Y tu allan i'r tŷ mawr yn y dyffryn roedd llusern yn hongian uwchben y drws agored yn taflu goleuni ar y crisialau gwyn ar lawr. O dywyllwch y llwyni symudodd ffigur dyn i mewn i'r siafft golau. Cerddai'n bwyllog ond yn bwrpasol tua'r drws. Dilynwyd ef gan ddau ffigur arall. Aeth v tri i mewn drwy borth y drws a cherdded trwodd i'r cefn, yn amlwg gyfarwydd â'r ffordd o gwmpas.

Cyn bo hir yr oedd eraill wedi cerdded i fyny'r fynedfa o'r llidiart mawr haearn, ac yn dilyn y rhai cyntaf i mewn dros y cyntedd a thrwodd i stafell fach yng nghefn y tŷ. Stafell gwbl ddiaddurn oedd hon ar wahân i nifer o feinciau pren, a Beibl yn agored ar fwrdd ar ganol y llawr. I'r stafell hon y daeth y cwmni bychan — Ellis Ellis, Iscregenan, a'i wraig Lydia, a'i dad rhadlon Tomos, David Evans o Lanfachreth a'i wraig Gainor. John Harry, yr ysgolfeistr. Y ddwy chwaer o'r Llwyndu, Elizabeth a Margaret Humphrey. Marged Owen, Dyffrydan. Morris Richard, y teiliwr o Ddolgellau a'i ferch Siân. Lewis a Rowland Owen, Gwanas. Ac wrth gwrs gwesteiwyr y noson, Robert a Jane Owen, Dolserau.

Arferent ddod at ei gilydd yn Nhŷ Cwrdd Tyddyn Garreg, ond oddi ar adfer Deddf y Tai Cyrddau ym 1670 gyda hawl yr ustusiaid i atafaelu tir a da, heblaw eu carcharu, gwyddai'r Crynwyr y byddai defnyddio'r Tŷ Cwrdd, a oedd yn adnabyddus gan bawb, gyfystyr â gofyn am gael eu cosbi'n llym. Dechreuasant gyfarfod yn nhai y naill a'r llall, nid yn llechwraidd, eithr heb gyhoeddi eu bwriad. Os amheuai'r ustusiaid y gwelwyd yr un bobl yn cyrchu liw nos i Gwanas, Dolserau, Hendre, Tynclawdd, ac weithiau dros y mynydd i'r Llwyndu yn Llwyngwril, ni allent brofi dim. Nid oedd cosb eto am i bobl ymweld â'i gilydd.

Ond yn ystod y misoedd diwethaf ni bu raid iddynt fod mor ddirgel, ac roedd hyn yn rhyddhad meddwl i'r rheiny a gofiodd gyda chywilydd fel y byddai George Fox yn mynnu cyhoeddi'r gwirionedd ymhobman waeth pa mor beryglus a beth bynnag fyddo'r gosb. Ar ôl pasio'r Ddeddf Oddefiad gollyngwyd Robert Owen a nifer o rai eraill yn rhydd o'r carchar — a dim cyn pryd i rai ohonynt, a barnu oddi wrth wedd lwyd a gwar gam Ellis Iscregenan.

Gwyddai dynion fel Robert Owen ddigon am y brenin i amau ei fwriadau, ond roedd hi'n dda cael saib yn yr erledigaeth. Roedd si yn y gwynt fod Siarl yn gyfrinachol eisoes wedi troi'n Babydd ar ôl fflyrtan gyda Rhufain ers blynyddoedd, ac mai ceisio achub y blaen ar ei elynion — ac ar yr un pryd achub ei gyd-Babyddion — oedd y symudiad hwn yn y gêm gwyddbwyll wleidyddol.

Ond yn y cyfamser, beth bynnag oedd y tu ôl i'r bwriad, gallai Crynwyr drwy'r wlad, megis y cwmni yn Nolserau y noson honno, gyfarfod i addoli yn eu ffordd eu hunain heb ofn.

Ni lefarwyd gair yn y stafell. Eithr fe gymerodd pob un ei le ar y fainc mewn distawrwydd ac eistedd yno'n dawel, rhai yn cau eu llygaid mewn gweddi, eraill yn syllu'n fyfyriol ar lawr.

Yn sydyn fe drawyd y cwmni bach â gwefr a aeth drwy'r stafell fel mellten. Fel pe bai rhywun wedi sefyll ar ei draed a chyhoeddi'r ffaith, sylweddolodd pawb fod un dieithr yn eu plith, yn sefyll y tu ôl iddynt wrth y drws. Cododd Jane Owen ei phen, ac yn araf daeth gwên o groeso dros ei hwyneb. Amneidiodd ei phen i gyfeirio at sedd wag ar un o'r meinciau. Camodd Rowland Ellis ymlaen ac eisteddodd i lawr.

Nid edrychai neb o'r cwmni arno, ond yr oedd yr awyrgylch yn y stafell fel pe bai'r haul wedi disgleirio yn y nos, ac fe'u hamgylchynwyd gan wefr o hapusrwydd.

Ni wyddai Rowland yn iawn paham y dewisodd fynd i Ddolserau y noson honno. Rhywsut fe gafodd ei hun ar ôl swper yn cyfeirio ei gamrau i lawr o Frynmawr ar hyd y ffordd gul goediog, heibio'r Pandy, dringo'r bryn heibio Tyddyn Garreg ac i lawr drachefn i'r dyffryn lle safai Dolserau ynghanol y dolydd ar hyd afon Wnion.

Lleddfasai'r eira beth ar erwinder yr oerni, ac roedd y cymylau llwydlas yn bygwth rhagor cyn y bore. Cyflymodd Rowland ei gamrau. Meddiannwyd ef gan ryw frys anghyffredin i gyrraedd Dolserau. Erbyn iddo ddod at y tŷ roedd y gwaed yn curo yn ei ben a'i anadl yn drwm. Gwelodd y llusern yn groesawus uwchben y drws agored, ac o un i un ffigurau tywyll yn croesi'r trothwy. Arhosodd am ennyd yng nghysgod y llwyni, ond nid yn hir. Gyrrwyd ef ymlaen i ddilyn y lleill fel pe bai rhyw wynt nerthol y tu ôl iddo. Nid oedd yn sicr i ba le i fynd ar ôl croesi trothwy'r drws. Diflanasai ei ragflaenwyr. Nid oedd sŵn yn unman nac enaid byw i'w weld. Ond ym mhen draw'r neuadd fe welodd oleuni yn dod o'r stafell gefn. Cerddodd tuag ato, aeth trwy'r drws ac fe'i cafodd ei hun gyda'r cwmni tawelaf a welodd ef erioed.

Eisteddodd ar y fainc yn ôl gwahoddiad mud Jane Owen, a churiadau ei galon a chyffro ei feddyliau yn gweiddi'n anniddig yn erbyn y stafell dawel hon. Cafodd y teimlad mai ef oedd y dyn chwith yn y gynulleidfa, yn amharu ar undeb y lleill heb wybod pam, wedi ei gau allan o ryw gyfrinach a oedd yn eu meddiant. Symudodd ar ei fainc a dechreuodd ddifaru iddo ddod, oblegid aeth y distawrwydd yn fwrn arno. Yna er mwyn cau allan y lleill, caeodd ei lygaid.

Gwelodd yn ei feddwl rai o'i gyd-addolwyr. Gwyddai amdanynt wrth eu henwau, ac adnabu rai yn well na'i gilydd. Y ddau frawd o Gwanas, Lewis a Rowland, tal, main a chringoch, y ddau; y dyn ifanc Ellis Ellis o Iscregenan — bu'n cymhortha gydag ef adeg cneifio: ei gyfnitherod Elizabeth a Margaret Humphrey, nis gwelsai rheiny ers talwm. Bu'n fwriadol yn eu hosgoi. A chyfnither arall iddo, Marged Owen, Dyffrydan.

Yn eistedd agosaf ato roedd Morris Richard, y teiliwr. Roedd o'n adnabod y gŵr hwn er pan oedd o'n blentyn, a chofiai amdano bob amser fel gŵr cecrus, di-wên. Bu'n gysylltiedig ar un adeg â Phlaid y Bumed Frenhiniaeth. Beth a'i cymhellodd ef i ymuno â'r Crynwyr tybed? Ond o ran hynny, oni fu Robert Owen ei hun ynglŷn â'r mudiad cyfrin hwnnw? Llifodd holl amheuon Rowland drosto unwaith eto. Cofiodd ei amharodrwydd fel plentyn i ymweld â thŷ'r teiliwr — y rhes o risiau cerrig yn arwain i lawr i'r drws o dan lefel y ffordd, fel petai i gell yr ellyllon; y gwyll

mawnoglyd oddi mewn; llais crintachlyd Morris ei hun a'r dwylo medrus yn mesur y brethyn arno, mor dyner â gwlân. Ac yn y cefndir bob amser ei ferch Siân yn dal y pinne i'w thad, yn codi un pen i'r brethyn rhag iddo lusgo ar y llawr pridd, ac yn llygadu'r bachgen â rhyw angerdd a yrrai wefr anghysurus i lawr asgwrn ei gefn.

Daeth i feddwl Rowland fel y byddai Meg wedi ffieiddio at rai o aelodau'r cwmni yno heno. Ond tybed, gofynnai Rowland iddo'i hun yn ei gais i fod yn ddiffuant, ai rhoi'r bai ar Meg am syniadau a oedd eisoes yn ei ben ei hun ydoedd? Fe'i gorfododd ei hun i giledrych ar Morris Richard, a daeth ton o ostyngeiddrwydd drosto. Rhaid bod yna rin arbennig os dirgel ym Morris a Siân. Hwyrach mai dyma ffordd yr Arglwydd o ddangos iddo fod y goleuni oddi mewn yn trigo ym mhob dyn.

Yn sydyn teimlodd fod y gwirionedd ganddo. Torrodd y cwmwl du a fu'n hofran uwch ei ben ers misoedd, gan arllwys cawod tyner o hapusrwydd drosto. Yn araf bach fe'i clywodd ei hun yn ymdoddi i'r Cyfeillion eraill yn y distawrwydd. Tawelodd y curiadau yn ei ben a'i fynwes, ac o'r diwedd roedd o wedi anghofio ei gorff ef ei hun yn y corff mwy a'i hamgylchynai.

O fy mrodyr a'm chwiorydd, ebe llais isel y tu mewn iddo, at yr awr hon y cyfeiriwyd fy mywyd. Hwn yw gwir gorff Crist. Hwn yw'r gwir Gymundeb. Fe ddylai Meg fod yma efo fo yn profi'r undeb ysbrydol hwn. Oherwydd fe ddaeth fel fflach i Rowland fod cyd-gymuno fel hyn â Duw yn estyniad naturiol o'r ecstasi eithaf rhwng gŵr â gwraig.

Daeth ato'i hun yn raddol fel dod allan o drwmgwsg, a sylweddoli fod rhywun yn siarad. Am ychydig nid oedd am wrando ar y geiriau; roedd o'n nofio ar wyneb dyfroedd hyfryd, dyfroedd yn cysylltu nef a daear. Roedd tonnau yn ei gario i gyfeiriad rhyw wynfyd. Ond iddo ddal i hoelio ei feddwl a'i holl galon ar y Ffigur tawel yn cerdded tuag ato ar y môr bendigedig hwn, fe agorid iddo yr heddwch a'r tangnefedd ysbryd y dyheai pob cyneddf ynddo amdano. Ond roedd y darlun yn cilio a llais meidrol yn ei orchuddio.

Robert Owen oedd yn siarad. Synhwyrodd Rowland, yn hytrach

na chlywed, ei fod o'n siarad am ei lawenydd fod yr Arglwydd wedi gweld yn dda i anfon un arall i'w plith. Gwyddai Rowland Ellis yn awr nad oedd troi'n ôl. Beth bynnag a ddeuai, pa beryglon a wynebid, pa aberthau a ofynnid ohono, yma oedd ei gartref gyda'r bobl hyn ar hyd ei oes mwyach.

VI

Ar y dydd cyntaf o Ebrill yn y flwyddyn 1673, roedd y Brenin Siarl yr Ail mewn helynt gyda Thŷ'r Cyffredin, roedd y Parchedig Thomas Ellis ar ei wely angau, ac roedd Lisa Robarts yng nghegin Brynmawr yn chwarae efo'r oen swci a anwyd wythnos ynghynt. Ni wyddai Lisa ddim am helyntion Siarl, ac yn sicr, wrth chwarae hec, cam a naid efo'r oenig, ni ddeuai i'w meddwl y gallai unrhyw beth a ddigwyddai yn Llundain — ac mewn lleoedd mor uchel hefyd — effeithio ar ei bywyd hi ynghanol mynyddoedd Meirionnydd. Yr un modd, ni ddychmygai chwaith y gallai marw'r Rheithor fennu dim arni.

Llusgo ymlaen a wnâi rhyfeloedd Prydain a Ffrainc gyda'r Is-Almaenwyr, a'r Llynges yn mynd fwy fwy i ddyled bob dydd, nes peri i Siarl o'r diwedd apelio i'r Senedd am help. Ond erbyn hyn cafodd y Senedd wynt o wir fwriadau'r Brenin yn cynghreirio â Ffrainc Babyddol. Sibrydwyd mai Pabydd oedd y Duc Efrog a arweiniai'r Llynges. Ac onid oedd Miledi Castlemaine, gordderch y brenin, yn brolio'i thröedigaeth yn ddigywilydd. Os hyhi — beth am y Brenin ei hun? Chwyddodd y sibrydion, crynhowyd y murmuron yn un cwestiwn mawr. Beth oedd y tu ôl i'r Ddeddf Oddefiad? Tybed ai rhoi tragwyddol heol i'r Pabyddion o dan glogyn dangos goddefgarwch tuag at yr Anghydffurfwyr?

Galwyd ar Siarl i brofi ei ddilysrwydd Protestannaidd drwy ddiddymu'r Ddeddf a gorchymyn ar i bob un yng ngwasanaeth ei Fawrhydi gymryd llw o ffyddlondeb a goruchafiaeth, gwneud datganiad yn erbyn traws-sylwediad, a derbyn y sacrament yn ôl defodau Eglwys Loegr.

Fe gafodd hyn effaith syfrdanol. Ymddeolodd y Duc Efrog a Syr Thomas Clifford, Arglwydd y Trysorlys, yn hytrach na chymryd y fath lw, a'u gweithred yn profi mor agos y bu'r wlad at syrthio i hualau Rhufain unwaith eto. Gyrrwyd y Pabyddion yn ôl dan ddaear, a dechreuodd y 'Sentars', yr Anghydffurfwyr o bob math, edrych i'r dyfodol yn betrusgar unwaith eto.

Ond ni wyddai Lisa ddim am hyn. Roedd hi'n anarferol o hapus heddiw. Daeth y blodau ar y goeden eirin, gwelodd wiwer ar y wal y bore hwnnw, casglodd dusw o grinllys a suran y coed a phys llygod, a daeth Ellis â phecyn iddi oddi wrth Dorcas. Ynddo roedd yna ruban melyn i'w gwallt, ffedog gyda briallu wedi eu brodio arni, a ffisiw o las gwyn. Gwelsai'r feistres lawer tro yn gwisgo dillad i dynnu dŵr o'i dannedd, ond hi, Lisa, oedd piau'r rhain y pethe prydferthaf a feddai erioed.

Ni ddaeth i'w phen i holi ymh'le y cafodd Dorcas y fath grandrwydd i'w ddanfon iddi. Ni ddywedodd Ellis wrthi mai Jane Owen a'u rhoes i Dorcas, ond bod Dorcas wedi mynnu bod ei chwaer yn eu cael.

'Mae Lisa ymhlith pobl barchus ym Mrynmawr. Dydw i byth yn mynd i unman a does neb yn fy ngweld i.'

Brathodd Ellis ei dafod i atal yr ateb parod ei fod o yn ei gweld, ac yr hoffai iddi wisgo'r ruban melyn iddo fo. Heb ddweud yr hyn oedd yn ei feddwl addawodd fynd â'r pecyn i'w chwaer.

Roedd Lisa wedi gwisgo'r ffedog a chlymu'r ruban yn ei gwallt. Cadwasai'r ffisiw am y tro yn ei bocs wrth erchwyn y gwely. Byddai'n Ffair y Blodau yn Nolgellau cyn bo hir a chyfle falle i'w gwisgo bryd hwnnw. Yn y cyfamser roedd hi'n fodlon arddangos y ffedog a'r ruban wrth y bwrdd swper. Cydiodd yn yr oen yn sydyn a'i gofleidio fel babi.

'O, rwyt ti'n werth y byd, y peth bach del. Si hei lwli mabi, lwli lei, lwli lei . . . Ydy'r hen dacla brwnt am dy frifo di 'ta? 'Na ni. 'Na ni. Rho bach i mami 'ta.'

'Mi ro' i bach i mami os lici di.'

Neidiodd Lisa a gollwng yr oen o'i breichiau.

'O Huw Morris, welas i monot ti. Ddaru ti nychryn i'n lân.'

'Sdim isio iti ddychryn, y fech.'

Roedd Huw Morris yn sefyll yn agos iawn ati fel bod bwcl y gwregys lledr a glymai ei diwnic yn oer ar ei braich noeth. Clywai aroglau ei glos melfared a'r tail ar ymylon ei esgidiau trymion, a chrychodd ei thrwyn.

'Tyrd â chusan fach i mi 'ta.'

Ysgydwodd ei braich yn rhydd oddi wrth y llaw flewog a ymbalfalai'n drwsgl amdani.

'Na wna', wir. Mi faeddi di'n ffedog newydd.'

Nid dyma'r tro cyntaf i Huw geisio cusan ganddi, ac er ei bod hi'n gwylltio'n gacwn, nid oedd hi'n drwg-licio'r syniad. Ac ni chwynodd amdano wrth Ellis. Byddai hwnnw wedi gwneud môr a mynydd o'r peth a dweud wrth y meistir ella. A phetai ei mam neu Dorcas yn cael y syniad lleiaf byddai ar ben arni ym Mrynmawr. Felly cadw'n dawel oedd orau iddi, a chadw pellter rhyngddi a Huw y gorau medra hi.

Er ei syndod ufuddhaodd Huw, ac ni cheisiodd afael ynddi eto. Aeth ef i eistedd ar y setl a'i gwylio yn gosod y bwrdd swper. Yn ystod y tri mis y bu'n gweini ym Mrynmawr fe ddaeth newid mawr dros Lisa. Gwnaeth y llaeth a'r wyau a'r bara gwenith eu gwaith. Llenwodd y pantiau ysgyrnog ar ei chorff, gan roi iddi siâp fwyn hanner plentyn hanner gwraig. Daliai'r feistres i'w hanwybyddu, ond nid oedd hyn yn poeni fawr arni bellach. O ran hynny, roedd hi'n anwybyddu pawb, ac yn eistedd yn ei llofft am hydoedd, neu'n gorwedd ar y gwely heb wneud dim. Ac erbyn hyn roedd Malan hithau wedi ei derbyn — yn ddigon grwgnachlyd. Ond cawsai Lisa lonydd i edrych ar ôl Ann gan Falan. Roedd y feistres fel petai wedi colli pob diddordeb yn y plentyn.

Gwyddai fod Huw yn rhythu arni. Bron yn ddiarwybod iddi ei hun daeth mwy o siglad i'w cherddediad a sythodd ei chefn fel bod ei bronnau bychain yn uchel ac yn grwn fel brest aderyn du'r dwr. Ac eto gofalodd beidio â mynd yn agos at y gwas. Daliodd yntau i edrych arni gyda gwên hen-gyfarwydd â giamocs merched ifainc ar ddeffro. Pwysai'n ôl a'i ben yn erbyn y setl, ei ddwy law yn ei boced a'i goesau ar led. Toc daeth y geiriau araf, geiriau annisgwyl.

'Wyt ti ddim yn un ohonyn *nhw*, nag wyt ti?'

Roedd golwg hurt Lisa'n hollol ddiniwed.

'Un o bwy?'

'Wyst ti — y Crynwyr 'na . . y Rab-siacas.'

Dododd Lisa stên o seidar ar y bwrdd heb ateb.

'Mi roedd dy dad, on'd oedd? . . . Welas i monot ti'n yr un o'u cyrdda nhw . . . Ydy dy fam yn un?'

'Ei busnes hi ydy hwnna,' atebodd Lisa'n finiog.

'Ella wir, ella wir, merch i.'

Roedd llais Huw mor wastad â saim gŵydd. 'Ond fedra' i ddim meddwl am ddryw bach mor hoenus â thitha'n ymuno â rhyw giwad trwynsur, gwepau hirion fel nhwtha. Mae isio i ni fwynhau'r bywyd yma weldi mech-i.'

Roedd Huw wedi codi o'i sedd a chrwydro'n hamddenol draw at y drws. Wedyn cerddodd yn ôl yn araf heb edrych arni. Yna trodd yn sydyn gan gornelu Lisa y tu ôl i'r setl.

'Ga'i ddangos iti sut i fwynhau bywyd, Lisa Robarts?' sibrydodd gan roi ei ddwylo mawr am ei sgwyddau. Am y tro cyntaf daeth ias o ddychryn dros y ferch. Fe'i piniwyd hi a'i chefn yn erbyn y pared, a gwelodd rhywbeth dieithr yn llygaid Huw Morris a godai ofn arni. Gallai glywed ei anadl yn drwm ar ei hwyneb, ac yn ofer y ceisiodd droi ei phen o'r neilltu. Roedd ei ddwylo yn disgyn yn araf i lawr ei breichiau, a'i ben glin yn pwyso, pwyso . . .

'Na . . .' Gwthiai Lisa gyda'i holl nerth ond roedd ei afael fel trap tyrchod. 'Huw, paid. Gollwng fi, neu — neu mi wna'i sgrechian o fa'ma i'r Brithdir. Huw . . .'

Y munud hwnnw llanwyd y tŷ â sgrech annaearol — ond nid o enau Lisa. Neidiodd Huw yn ôl, a chan weld ei chyfle rhedodd Lisa fel wiwer at y drws a'i rwygo'n agored. Ond stopiodd yn stond.

Yna o'i blaen, yn swp ar lawr roedd Meg Ellis, ei llygaid ynghau a'i hwyneb fel y galchen, heb yr un defnyn o waed ynddo. Tybiai Lisa gyda braw ei bod hi wedi marw, mor llonydd yr oedd.

'Huw!' gwaeddai gan gydio y tro hwn yn y gwas, ei hofn ohono wedi diflannu yn yr ofn mwy o angau. Ond wrth bod y ddau yn rhythu arni mewn dychryn symudodd Meg ei phen fymryn a dechrau griddfan.

'Be wnawn ni, dwad?' sibrydai Huw'n ddiymadferth. Cas oedd ganddo afiechyd o unrhyw fath. Ychwanegodd yn hanner gobeithiol, 'Fedran ni ddim mo'i gadael hi yma debyg?'

Daeth y nerth yn ôl i goesau Lisa. 'Meistir! Meistir!' Rhedodd
at y drws gan weiddi nerth ei phen. Ond nid Rowland Ellis a
frysiodd o'r beudy, eithr Ellis Puw, a golwg trwblus ar ei wyneb
ffeind.

'Lisa fach, be sy?'

'O tyrd yma, Ellis Puw, ar unwaith. Mae'r feistres fel tasa hi
wedi marw. Ond dydy hi ddim, achos mae hi'n ochneidio ac yn
griddfan. Ond mae hi'n dal i orfadd ar lawr, dwn i ddim be i
wneud.'

Rhedasai Huw allan y tu ôl i Lisa. Doedd o ddim am gael ei
adael yno efo'r feistres ar ei ben ei hun, a hithau'n debyg o drengi
arno. Daeth ton o ryddhad drosto o weld Ellis ac unwaith y'i
sicrhaodd ei hun fod y llanc wedi mynd i'r tŷ, fe sleifiodd rownd
y gornel a'i heglu hi am y caeau.

Syrthiodd Ellis ar ei liniau wrth ochr Meg Ellis. Roedd y lliw
yn dechrau dod yn ôl i'w gwefusau a'i hanadlu yn fwy naturiol.

'Dŵr, Lisa.'

'Does 'na ddim yma, Ellis Puw. Dim ond llaeth. Ches i ddim
amser i'w nôl.'

'Gwin?'

'Gwin sgawen — a seidar.'

'Tropyn o win sgawen 'ta.'

Ar ôl i Ellis faddo ei thalcen a gwlychu ei gwefusau â'r gwin,
agorodd Meg ei hamrantau am eiliad, yna caeodd hwy a dechrau
griddfan. Rhoes Ellis ei freichiau amdani a'i chodi. Safodd Lisa
yn barod rhag ofn iddo ei gollwng — roedd golwg mor eiddil ar
Ellis. Ond roedd y gwas ifanc yn wytnach na'i olwg. Llwyddodd
i gludo ei feistres at y tân, fel ei bod hi'n hanner eistedd hanner
orwedd ar y setl. Agorodd Meg ei llygaid yn iawn y tro hwn.

'Pwy — pwy sy 'ma?'

'Dim and Lisa Robarts a fi,' murmurai Ellis yn gysurlon. 'Mi
fyddwch yn iawn rŵan feistres. Mi a'i i nôl y meistir ar unwaith.'

'Na!' Bu bron i Meg godi ar ei heistedd yn syth. Cydiodd yn
Ellis gyda gafael angerddol. Yna daeth gwendid drosti, a syrthiodd
yn ôl. 'Na . . .' meddai a'i llais yn egwan. 'Dydw i ddim am
iddo wybod. Paid â deud wrtho . . . na wnei . . .?' A chron-

nodd y dagrau yn ei llygaid a llifo'n araf i lawr ei gruddiau.

Roedd Ellis mewn penbleth, ond tosturiai at y golwg truenus oedd arni.

'Popeth yn iawn, feistres, ddwedwn ni r'un gair. Ond mae'n rhaid i chi fynd i'r gwely i orffwys. Ga' i 'ch helpu chi i fyny'r grisiau?'

Ysgydwodd Meg ei phen, a chododd yn simsan ar ei thraed. Cymerodd gam neu ddau, a siglodd. Byddai wedi syrthio onibai i Ellis fod yno'n barod i'w chynorthwyo.

'Gafael di yn ei braich arall Lisa, ac fe awn i fyny i'r llofft felna.'

Roedd Meg yn dawelach rŵan. Ni phrotestiodd mwyach, ac yn araf llwyddodd y tri i gyrraedd y llofft ac i'r siamber. Syrthiodd ar y gwely a dechrau ochneidio eto, y tro hwn o ryddhad o'i chlywed ei hun yn gorwedd ar le mor gyffyrddus.

Syllodd Ellis arni gan deimlo'n ddiymadferth iawn. Dywedodd pob rheswm wrtho y dylai Rowland Ellis gael gwybod ar unwaith rhag ofn bod rhywbeth mawr o'i le. Fel petai hi'n synhwyro ei feddwl trodd Meg ei phen ac edrych i fyw ei lygaid.

'Ellis . . . mi rydw i'n crefu arnat ti, ac ar Lisa hefyd —' craffodd â'i llygaid am y forwyn ifanc a oedd yn cuddio'n grynedig y tu ôl i Ellis. 'Dim gair am hyn wrth fy ngŵr. Dim ond . . . dim ond rhywbeth dros dro ydy o. Mi ges i dro o'r blaen. Mi fydda' i'n iawn toc. Does — does arna'i ddim eisiau ei ddychryn . . .'

Gwelodd Ellis fod ei lliw wedi dod yn ôl ond bod clytiau mawr du o dan ei llygaid. Daeth rhyddhad mawr drosto.

'Â'r un gair o'm genau, feistres,' ebe yntau gyda gwên.

Caeodd Meg ei llygaid eto, ac amneidiodd Ellis ar Lisa i ymadael â'r stafell gydag ef yn ddistaw. Ar ôl i'r drws gau ar eu hôl, trodd Meg ar ei hochr gan rythu gyda llygaid mawr ofnus ar gist dderw wrth ochr y gwely. Pwysodd â'i dwylo ar ei bol, a llifodd y dagrau ar y gobennydd. Trodd ei hochneidiau yn waedd — 'O Dduw Mawr, be wnes i?'

Yn y gegin roedd Lisa'n dechrau dod dros y dychryn, ac yn llawn chwilfrydedd.

'Be oedd yn bod arni, Ellis?'

'Llewygu mae'n debyg.'

'Ond mi welas i Mam yn llewygu droeon. 'Doedd hi ddim yn griddfan mewn poen felna.'

Crychodd Ellis ei dalcen. Dyna beth oedd yn ei feddwl yntau hefyd. Gresyn fod y feistres mor ystyfnig. Pa ddrwg fyddai i'r meistir wybod?

Er ei fod yn was fferm, ac yn gwybod am genhedlu, geni a marw ymhlith yr anifeiliaid, roedd haen o ddiniweidrwydd yn Ellis. Nid felly Lisa.

'Pan oedd Mam yn disgwyl, roedd hi'n cael troeon od yn aml, ond dim ond yn ystod yr wythnose cynta. Mae'r feistres yn dechrau dangos bellach.'

'Bydd ddistaw, Lisa,' sibrydai Ellis yn cochi at fôn ei glust.

'Ond mae'n wir Ellis Puw. Bu Sioned Lwyd farw ar y pumed mis. Roedd hi'n erthylu bob tro, ac yn y diwedd fe nath hynny amdani.'

Cynhyrfodd Ellis drosto. Fe wyddai sut i drin anhwylderau bach a mawr, ond roedd hyn yn faes hollol ddieithr iddo.

'Ble mae Malan?'

'Yn dre . . . Ond pr'un bynnag . . . 'dan ni ddim i fod i ddeud —'

'Dim i fod i ddeud wrth y meistir,' atebodd Lisa fel fflach. 'Ddedodd hi r'un gair am Malan.'

'Y syniad ges i oedd nad oedd neb 'blaw ni i fod i wybod.'

'Wel, arni hi mae'r bai felly, ynte? Beth bynnag ddigwyddith.'

Edrychodd Ellis yn bur anhapus i gyfeiriad y llofft. Roedd y cyfrifoldeb yn echrydus.

'Mae gen i syniad mai arni hi mae'r bai mewn mwy nag un ffordd.'

Roedd gan Huw Morris ryw hen arferiad o gripian o gwmpas y tŷ ar faenau'i draed, fel bod rhywun yn siarad heb sylweddoli ei fod o yno. Ond cofiodd Ellis yn sydyn fod Huw yn y gyfrinach hefyd.

'Be wyt ti'n feddwl?'

Crechwennodd y gwas hŷn, ond ni ddywedodd rhagor.

'Ie Huw — dywed be sy ar dy feddwl di,' ychwanegodd Lisa yn llawn chwilfrydedd. Ond yn sydyn doedd Ellis ddim am glywed. Gwyddai mai celwyddgi oedd Huw ar y gorau, a synhwyrai oddi wrth ei wên mai sylw aflednais oedd ar flaen ei dafod. Symudodd at y drws.

'Well i mi bicio i weld ydy'r feistres yn well.'

'Stumog gwan!' Ond ni chlywodd Ellis y gwawd.

'Dywed wrtha'i, Huw,' plediodd Lisa.

Chwarddodd yntau a chydiodd yn ei llaw.

'Rwyt ti'n rhy ifanc.'

'O paid â bod mor sbeitlyd. Dywed!'

Edrychodd arni am yn hir, yn ei phlagio. Yn sydyn daeth elfen newydd i'w wên.

'Wyt ti'n nabod Nans y Goetre?'

'Honno mae nhw'n ei galw'n 'geiniog y tro'?'

'Rhag dy gywilydd di! Pwy ddeudodd hynny wrthot ti? Dydy hi ddim mor rhad â hynny.'

'Wel, be amdani?'

Gollyngodd Huw ei llaw, a daeth golwg pell i'w lygaid.

'Na . . . ddim rŵan y mechi. Mae 'na rai pethe mae hi'n talu'n well i gadw'n dawel yn eu cylch.'

'Ond Huw, ddar'u ti —'

'Na, Lisa Robarts.' Roedd ei lais yn bendant. 'Waeth iti holi o hyn hyd dragwyddoldeb, fyddi di ronyn callach — gen i. Ddim eto beth bynnag.'

Daeth Ellis i lawr o'r llofft.

'Mae hi'n cysgu'n dawel rŵan. Dydw i ddim yn meddwl bod angen i ni boeni. Gyda llaw, Huw —' Trodd Ellis at y gwas yn betrusgar. 'Dydy'r feistres ddim am i ni ddweud wrth neb be ddigwyddodd — ddim hyd yn oed wrth y meistir.'

Ni cheisiodd Huw Morris guddio'i wên.

'Hawdd gen i gredu hynny.'

Dyddiau a nosweithiau o chwilio a gofalu am ŵyn bach oedd hi yn awr. Dyma oedd yr adeg orau o'r flwyddyn gan Rowland yn union cyn i fflodiart y blaguro foddi'r coed â dail gwyrdd. Safai niwl llaith cynnes yn llonydd ar y mynydd ddydd ar ôl dydd, a'r haul ambell waith yn ceisio treiddio trwodd. Fe aethai o amgylch ei fferm a'i galon yn ysgafnach nag y bu ers llawer dydd. Aeth yn ei dro i gyrddau yn Nolserau, Dolgun, Hendre a Thynclawdd, ac er na wahoddodd ef neb o'r Cyfeillion eto i Frynmawr, rhywsut fe deimlai nad oedd gwrthwynebiad Meg mor ffyrnig ag y bu. O leiaf ni ddywedai ddim yn agored. O ran hynny ni ddywedai lawer o ddim, ond crwydrai o gwmpas y tŷ a rhyw wacter yn ei hwyneb. Doedd hyd yn oed canu'r delyn ddim yn ei swyno'n awr. Fe gâi gwragedd beichiog adegau fel hyn wrth gwrs yn enwedig yn ystod y misoedd cyntaf. Penderfynodd gael gair â Gruffydd Owen y meddyg. Doedd hi ddim wedi cwyno dim. Efallai mai'r gwanwyn oedd yn dweud arni hi.

Nid oedd neb wedi dweud gair wrth Rowland am ei llewyg. Cadwodd Lisa allan o'i ffordd rhag ofn iddi ollwng y gath o'r cwd. Gobeithiai Ellis Puw y deuai'r meistr i wybod nad oedd popeth yn iawn gyda'i wraig heb iddo yntau orfod torri'i addewid. Bu Huw Morris yn pwyso ac yn mesur pa fodd i gael sicrwydd o'r hyn a amheuai, ac yna pa ddefnydd i'w wneud o'i wybodaeth.

Ond roedd Rowland yn rhy brysur i sylwi ar ddim o hyn. Bu Ellis ac yntau'n dringo llethrau Cader Idris yn chwilio am rai o'r mamogiaid a grwydrodd yn rhy bell o'r praidd, a helpu rhai i ddod â'u hŵyn.

Malan oedd y gyntaf i agor ei lygaid. Daeth yr hen wraig ato yn y stabl un bore, ac meddai'n blwmp ac yn blaen: 'Mae'n bryd i chi gael Gruffydd Owen i weld y feistres, neu go brin y bydd hi'n cario'r plentyn i ben ei hamser.'

Gwyddai Rowland nad un i ffrwcsio ynghylch y pethau hyn oedd yr hen wraig, ac fe anfonodd ef Ellis i lawr i'r dre ar unwaith i nôl yr apothecari. Ysgydwodd hwnnw ei ben a gorchymyn i Meg aros yn ei gwely.

'Mae'r plentyn yn ei chroth yn fyw.' Atebodd gwestiwn mud Rowland wedi iddo ddod i lawr o'r llofft. Eisteddodd i lawr yn araf. Yn sydyn edrychodd yn graff ar y dyn ifanc o dan aeliau cuchiog.

'Ond i'r Duw mawr mae'r diolch am hynny. Nid i'ch gwraig.'

Tagodd rhywbeth yng ngwddf Rowland Ellis, a llyncodd yn galed.

'Dydw i ddim yn deall.'

Ond yn sydyn fe ddeallodd yn iawn. Doedd hi erioed wedi dymuno cael y plentyn. Roedd hi'n ddigon drwg cyn geni Ann, ond ei phleser oedd yn y fantol bryd hwnnw. Ofn oedd yn ei meddiannu y tro hwn. Fe wyddai hynny o'r diwrnod hwnnw fis yn ôl pan edliwiodd iddo ei fod o wedi gwneud yn siŵr ei bod hithau'n garcharor unwaith eto. 'Y tad yn garcharor yn jêl Dolgellau a'r fam yn garcharor i'w chroth.' Sylweddolai Rowland yn awr i'w feddwl fod yn llawn o bethau eraill ar y pryd, ac iddo briodoli'r geiriau chwerw i fympwy tymer ddrwg, a'u hanghofio.

'Doctor, ydy hi — ydy hi —?'

'Ryw ddiwrnod fe fydd rhywrai yn boddi Nans y Goetre fel gwrach ac yn wir fe ddwedwn i mai dyna'i haeddiant.'

'Ond mae'r plentyn yn fyw ddeudsoch chi?'

'Ydy, diolch i'r Drefn. Dydy Nans ddim yn llwyddo bob tro.'

Ar ôl i Gruffydd Owen fynd, fe aeth Rowland at y grisiau, ond ar y ris gyntaf, fe arafodd a daeth yn ôl i'r gegin. Roedd Malan yn brysur yn y bwtri, a dim golwg am na Lisa na Chadi. Rhaid iddo gael meddiant ohono'i hun cyn mynd i weld Meg. Daeth ton o euogrwydd drosto. Arnaf fi mae'r bai am hyn, yn gadael i'r dieithrwch yma dyfu rhyngddom. Fe allsai hi fod wedi ei lladd ei hun, a fi fyddai'n gyfrifol. Roedd Dwalad Owen wedi llofruddio'i wraig gyda chyllell fel mochyn. Ond dydw inna fawr gwell. Mae difaterwch yn gyllell foesol.

O am gael mynd nôl i ddyddiau cyntaf eu priodas pan oedd y pum synnwyr yn teyrnasu'u bywyd, a Meg ac yntau'n gallu gwenu ar ei gilydd heb y goedwig o ddur a dyfodd o'u cwmpas a rhyngddynt. Ac eto gwyddai mai ofer oedd dyheu. Does neb byth yn mynd nôl yn eu perthynas â'i gilydd. Daeth fflach o gasineb drwyddo tuag at y goleuni newydd a newidiodd ei fywyd ac a oedd yn ei groeshoelio fel hyn. Ond gwyddai o'r gorau fod y goleuni hwn yn ei ddal gyn sicred â gwybedyn mewn golau cannwyll, ac mai marwolaeth fyddai mynd nôl hyd yn oed pe bai hynny'n bosibl.

Mor hawdd iddo fynd i'r llofft a dweud: 'Meg, mi wn i be wnest ti. Mi wn i pam. Maddau i mi am d'esgeuluso. O hyn allan bydd fy meddwl, f'egnïon, fy ieuenctid, fy nghariad, fy oll yn eiddo i ti, ac Ann a'r plentyn yn dy groth.'

Hawdd dweud hynny heddiw. Ond beth am yfory? Byddai yfory'n dweud fod hyn yn annigonol. Byddai yfory yn wag heb y cymundeb newydd, y rheidrwydd newydd a ddaeth i'w fywyd ac a'i meddiannodd. Wrth ddringo'r grisiau i'r llofft, penderfynodd beidio â dweud gair wrth ei wraig am yr hyn a wyddai.

VII

Deg o'r gloch ar fore Sul o haf. Roedd pob sedd yn Eglwys
Sant Mair yn llawn, er bod yr haul yn cusanu'r caeau ŷd a ddaeth
i'w llawn dŵf yn gynnar y flwyddyn hon. Os crwydrodd ambell
feddwl yn hiraethus i gyfeiriad ei fferm a meddwl am y sychder
prin a'r bladur yn segur yn ei chornel, ni ddangosodd neb arwydd.
Onid oedd yn rhaid i bob enaid byw fynd i Eglwys y Plwyf neu
gael ei gyfrif yn fradwr i'w Fawrhydi?

Am y gweddill nad oeddynt ffermwyr, roedd hiraeth amgenach
yn eu corddi, a llais tew y Person yn llafar-ganu'r paderau yn
ddiddiwedd. Gerllaw mynwent yr Eglwys roedd tafarn y Ceffyl
Gwinau, a barilau o gwrw oer i ddiwallu syched camel. Ac wedyn
byddent mewn hwyl iawn ar gyfer yr ymladd ceiliogod yn y
fynwent.

Fyddai'r Person ddim yn hir rŵan. Gallech ymddiried ynddo
bob amser i beidio â gyrru ymlaen yn enwedig ar ddiwrnod poeth,
a Ffowc y Ceffyl Gwinau yn barod i agor ei ddrws led y pen i
bawb. Un da oedd y Rheithor newydd, Morris Jones — mwy o
un ohonon ni na'r hen Domos Ellis — Duw gadwo'i enaid —
gyda'i lyfrau sych a'i lawysgrifau'n drewi o'r cynfyd. Troed y
Rheithor fyddai'r cynta yn y Ceffyl Gwinau ar ôl y gwasanaeth,
a'i arian o fyddai'n sgleinio ar lawr y cownter o flaen arian neb
arall. Fe ddwedai rhai fod gwraig Ffowc a fo — ond pobl yn
clebran oedd hynny'n siŵr a'r creadur ond yn y dre ers deufis. Pa
ots prun bynnag? Dangos 'i fod o'n ddynol ac yn llawn cydym-
deimlad â ffaeleddau'i braidd yn siŵr. Roedd Hywel Vaughan ac
yntau'n ffrindiau garw, ac roedd sôn bod y ddau ar eu traed drwy'r
nos yn chwarae dis efo Prys Rhiwlas a sgweiar Caerynwch. Wel,
dim ond dynion fel Samuel Ifan y twrne neu'r Cwaceriaid efallai
a fyddai'n gwarafun iddo ei hwyl. Diolch byth nad oedd gymaint

o hynny o Biwritans ar ôl. Ac am y lleill, y Cwacers, byddai'n rhaid i'r ustusiaid wneud rhywbeth yn hwyr neu'n hwyrach. Roedd digon o sôn tua'r Senedd mai camgymeriad oedd y Ddeddf Oddefiad.

Eisteddai Samuel Ifan y Piwritan yn syth ac yn ddu ei wisg a'i olwg, pob cymal o'i gorff yn datgan ei anghymeradwyaeth o'r Person — ac o bawb arall o ran hynny.

'Gogoniant i'r Tad, ac i'r Mab, ac i'r Ysbryd Glân . . .'

Byrlymai'r geiriau dros wefusau'r Rheithor, a chododd Ffowc y Ceffyl Gwinau o'i sedd yn y cefn yn barod i ruthro allan i agor. Ond torrwyd ar y patrwm rheolaidd gan waedd o'r drws.

'Arhoswch!'

Trodd pob pen i edrych ar yr ymyrrwr annisgwyl. Safai Robert Owen, Dolserau, wrth borth y drws, ei het am ei ben a'i lygaid ar dân. Camodd ychydig i mewn gan godi ei fraich am wrandawiad.

'Gwrandewch arnaf fi, anwyliaid, a gwrandewch yn eich calonnau. Pa eiriau fuoch chi'n eu hynganu yn ystod yr awr ddwetha? Pa eiriau gwag a glywsoch chi? Oni wyddoch na raid i chi wrando ar eiriau gwag o'r tu allan? Oni wyddoch fod yr Arglwydd yn trigo ynoch a mudion ydych i'w gariad anfeidrol ef? Pan ewch allan o'r clochdy hwn rydych yn barod i droi eich cefnau arno, efo'ch chwaraeon a'ch meddwi a'ch puteinio. Ond yma, y tu fewn i'r clochdy, yn gwrando'n ddifeddwl ar glebar gweision y diafol, dydych chi ronyn gwell —'

Roedd y bobl i gyd wedi eu gwreiddio yn eu hunfan. Camodd Robert Owen yn nes i ganol yr Eglwys, a'i het fawr ddu yn dal am ei ben. Pan glywodd y Rheithor ei hun yn cael ei alw yn un o weision y diafol fe ollyngodd waedd o gynddaredd, ond nid ei lais ef a glywyd uchaf. Roedd Samuel Ifan yn crynu o'i gorun i'w draed ac yn welw fel y carlwm. Roedd o'n ddigon agos at Robert Owen i'w gyffwrdd.

'Mab Beelzebub, diosg dy het yn Nhŷ'r Arglwydd!' Estynnodd ei law chwith allan a chwipiodd het Robert Owen oddi am ei ben a'i hyrddio ar lawr. Yna gwthiodd ei ddwrn de i'w wyneb. Roedd hyn fel arwydd i bawb arall, a thorrodd Tŵr Babel allan. Pwysodd torf o bobl ymlaen i amgylchynu Robert Owen. Ni cheisiodd ef ei amddiffyn ei hun pan gydiwyd yn ei freichiau a'i goesau a'i redeg ef yn ddiurddas allan trwy'r drws. Taflwyd ef ar un o'r beddau ynghanol bonllefau o chwerthin. Yn araf ac yn boenus cododd ar ei draed, ond erbyn hyn roedd rhai o'r Cyfeillion a safai'r tu allan wedi rhuthro ymlaen i'w gynorthwyo. Ond ni fynnai help neb. Trodd i wynebu Samuel Ifan a ddilynodd ef yn fygythiol. Safodd y ddau yn wynebu ei gilydd. Daeth gwrid mawr i wyneb Robert Owen, ac am ennyd ofnai'r Crynwyr ei fod ef ar fin taro'r twrne. Ond caeodd ei lygaid am ennyd, a phan agorodd hwy, gallai ddweud yn dawel:

'Os mynni, gwna hynny eto, frawd.'

Aeth gwefr drwy'r dorf. Roedd hyn yn well hwyl nag ymladd ceiliogod.

'Rhowch gweir iawn iddo, Samuel Ifan,' gwaeddai un.

Cododd Samuel ei ddwrn unwaith eto, a safodd Robert Owen yn dawel o'i flaen i dderbyn yr ergyd. Ond ni ddaeth. Daeth golwg cynddeiriog i wyneb y twrne, ond gollyngodd ei law i'w ochr.

'Y cableddwr digywilydd,' ysgyrnygai, 'pa hawl sy gen ti i siarad dros Dduw, a thithau'n ei sarhau?'

Dechreuodd rhai o'r dorf chwerthin am ben y Piwritan erbyn hyn.

'Oes arn't ti ofn y Cwacer, Samuel Ifan?'

'Beth am y cweir hwnnw?'

Ond roedd eraill yno a ryfeddodd at yr hyn a welsant — rhai a welodd am y tro cyntaf yn eu bywyd ddyn yn gorchfygu ei elyn heb ymladd. Roedd y peth wedi mynd yn rhy ddof i'r rhan fwyaf ohonynt. Dechreuasant golli diddordeb a chrwydro i ffwrdd tua'r lawnt. Achubwyd wyneb Samuel Ifan am y tro gan weiddi arall y tu allan i'r Eglwys. Gan chwilio am ddifyrrwch newydd o hyd, heidiodd y bobl trwy'r llidiart heibio i'r ceffylau a glymwyd wrth y glwyd, a symud fel gwenyn i gyfeiriad y gweiddi. Bellach nid oedd Robert Owen o ddiddordeb iddynt. Gadawyd y fintai fach o Grynwyr ar eu pennau'u hunain. Ceisiai Marged Owen, Dyffrydan, olchi'r gwaed ar wyneb Robert Owen gyda'i hances. Sylwodd Rowland Ellis ynghanol y berw gwyllt ar ei thawelwch

a'i threfnusrwydd. Lle roedd rhai o'r Crynwyr eraill yn edrych
yn ofnus ac yn welw, edrychai ei gyfnither yn ddigynnwrf ac yn
ymarferol. Gwenai Robert Owen arni'n ddiolchgar. Edrychai
Rowland arno gydag edmygedd. Yn y dechrau amheuai mai dyn
oer go bell oddi wrth bawb oedd y cyn-filwr. Ychydig a siaradai
fyth, ac fe ddeuai hynny o eiriau a ddywedai bob amser yn fân ac
yn fuan fel eirchion i'r fyddin. Ond heddiw fe wnaeth wrhydri
yn enw'r Arglwydd. Cyn-filwr, a phob cymal ynddo wedi ei
ddisgyblu i dalu'r pwyth yn ôl i'r gelyn, yn sefyll yno'n dawel ac
yn gariadus . . . roedd y peth yn anhygoel. Amheuthun iawn i
ŵr o'i dras ef oedd rhoi'r gorau i wisgo ei gleddyf. Ond cofiodd
Rowland am Grynwr ifanc arall a ofynnodd i George Fox un tro
'A gaf fi ddal i wisgo nghleddyf?' a bod yntau wedi ei ateb:
'Gwisg ef gyhyd ag y medri.' Wel, ni fedrai Robert Owen wisgo'i
gleddyf mwyach, chwaith.

Daeth sŵn chwerthin mawr o'r comin, ac yna distawrwydd, a
llais pell rhywun yn siarad. Crwydrodd Lewis Gwanas at y llidiart
i weld beth oedd yn tynnu sylw'r bobl. Pan ddarganfu beth oedd,
gwelwodd ei wyneb a rhedodd yn ôl at y lleill.

'Dewch ar unwaith!' gwaeddodd. 'Mae rhywbeth ofnadwy'n
digwydd.'

'Be sy?' gofynnodd Robert Owen.

'Siân Morris . . . o tyrd Robert Owen. Rhaid i ni ei rhwystro
hi.'

Nid arhosodd y Crynwyr i glywed rhagor. Rhuthrasant allan
o'r fynwent. Yna stopio pob un ohonynt yn stond.

Cerddai Siân merch Morris Richard y teiliwr ar draws y comin
a'r bobl o bob ochr iddi yn gweiddi ac yn chwerthin ac yn poeri.
Ar adegau distawodd y dorf afreolus i gael clywed beth oedd gan
y ferch i'w ddweud cyn torri allan unwaith eto. Yn un o'r adegau
distaw clywodd y Crynwyr gyda braw dychrynllyd:

'O ferched Jerwsalem, wylwch. Byddwch ymwybodol o'ch
ysgarlad. Canys yn Nydd yr Arglwydd sydd wrth law, fe'ch
dinoethir chwi fel y gwybu pawb am eich puteindra a'ch aflendid.'

'Dad trugarog, mae hi'n noethlymun!' sibrydai Elisabeth
Humphrey.

'. . . fe'ch dinoethir chwi megis ag y daethoch o groth eich
mam, megis ag yr ydwyf fi yn sefyll o'ch blaen heddiw . . .'
Caeodd y dorf amdani gydag un floedd, a dechreuodd rhai
lachio ei chorff gyda gwiail. Trodd y ferch ei phen tua'r nef a chau
ei llygaid. Roedd y gwaed yn rhedeg i lawr un ochr i'w cheg a
chraith goch hyll ar ei thalcen. Tynnodd Rowland ei glogyn, a
chyda'i holl nerth gwthiodd ei ffordd drwy'r dorf. Teimlai oes-
oedd yn mynd heibio cyn iddo ei chyrraedd, ond o'r diwedd
roedd wrth ei hochr yn derbyn rhai o'r llachiadau a fwriadwyd
iddi. Rhywsut llwyddodd i daflu ei glogyn amdani, a'i gwthio'n
araf ac yn boenus i gyfeiriad tŷ'r teiliwr. Wrth y drws, ciliodd y
bobl ychydig, a disgynnodd distawrwydd fel y cododd ef hi yn ei
freichiau.
Llanwyd ei galon â thristwch ac eto â rhyw ryddhad personol.
Oblegid am funud credodd mai yn ei freichiau y gorweddai nid
corff llipa Siân Morris, ond corff y wrach Betsan Prys.
Y tu mewn i dŷ'r teiliwr daeth i'w ffroenau yr arogl ansawrus
a gysylltai bob amser â'r tŷ hwn. Roedd Siân Morris yn edrych
arno a'i llygaid yn treiddio'n ddisglair drwyddo, ond ni fedrai
yntau ddal yr offwylledd a welai yno a throdd yn frysiog at Morris
Richard. Roedd y teiliwr a'i wyneb fel y galchen ac yn crynu
drosto o'i ben i'w draed.
'Jesebel . . . Jesebel . . . merch y diafol,' murmurai'n gwyn-
fannus drwy wefusau llipa. 'Y fath waradwydd am fy mhen, yr
hŵr ddigywilydd . . .'
Teimlai Rowland ddwy fraich ysgyrnog Siân Morris yn ei
gofleidio o'r tu ôl, ac yn ei phwyso'i hun yn ei erbyn. Clywodd
hi'n chwerthin yn wirion, a daeth o'i genau ffrwd o eiriau maswedd
yn erbyn ei thad na chlywodd Rowland mohonynt o'r blaen ond
ar wefusau porthmyn. Ceisiodd ei ryddhau ei hun, ond roedd ei
choflaid fel crafanc.
'Rowland Ellis, f'anwylyd, fy nghariad . . .' Daeth y geiriau
anwes fel canu-grwndi aflednais. Roedd hyn yn waeth yn ei
glustiau na'r rhegi dychrynllyd, ond teimlai'n gwbl ddiymadferth.
'Tyrd, Siân Morris, fe gaiff rhywun olchi'r gwaed i ffwrdd oddi
ar dy wyneb.'

'Tithau, gwna dithau.'

Nid oedd neb wedi sylwi ar Marged Owen Dyffrydan yn dod i mewn gydag ystên o ddŵr. Ni chymerai arni fod dim anghyffredin o le, ond gosododd yr ystên ar y bwrdd a gwlychu lliain glân ynddi. Trodd Siân Morris ei phen am eiliad ac wrth iddo deimlo ei breichiau'n llacio peth, llwyddodd Rowland i'w ryddhau ei hun. Trodd i'w hwynebu gan afael yn ei dwylo.

Syfrdanwyd Morris Richard gymaint gan y ffordd y rhegwyd ef gan ei ferch fel na ddywedai air yn rhagor, dim ond syllu arni gydag ofn. Teimlai Rowland erbyn hyn mewn gwell meddiant ohono'i hun, ac meddai'n dawel,

'Dyna ti, Siân Morris. Cer i orwedd a gad i Marged Owen ofalu amdanat. Rwyt ti wedi blino.'

Edrychai Siân Morris gyda chrechwen ansicr o'r naill i'r llall — Rowland Ellis yn gwenu arni'n garedig, Marged Owen yn dawel ac yn gysurlon, yn ymddwyn fel pe bai hyn i gyd yn rhan o fywyd pob dydd. Daeth newid drosti. Crebychodd ei hwyneb fel wyneb baban, syrthiodd i'r llawr a dechrau wylo'n dawel ac yn ddolefus. Daliodd Rowland ei anadl tra phenliniodd Marged wrth ei hymyl a gwneud crud i'w phen gyda'i braich. Ond doedd dim rhaid iddo ofni. Roedd yna ryw gadernid iachusol yn perthyn i ferch Dyffrydan. Fe deimlai Rowland hynny ei hun. Gydag ochenaid ddofn, trodd Siân ei phen i fynwes Marged a gorwedd yno'n dawel. Cyn pen munud roedd hi'n cysgu.

Cododd Marged ei phen a gwenu ar Rowland, ac roedd rhywbeth direidus yn ei gwên, bron yn fachgennaidd.

'Ga' i ei chario hi i'w llofft?' sibrydai yntau.

Amneidiodd Marged ei phen, a rhyngddynt fe gariwyd y druan i fyny'r grisiau cul, tywyll, i'w gwely.

Roedd pawb yn gwybod rŵan. O hyn allan byddai enw gŵr Brynmawr yn gysylltiedig am byth â'r Crynwyr. Roedd codi Siân Morris yn ei freichiau yn gymaint o ymrwymiad cyhoeddus i'r Crynwyr â gweithred Robert Owen yn pregethu yn yr Eglwys. O hyn allan hefyd fe edrychwyd arno gan y Cyfeillion eu hunain fel arweinydd ac yn olynydd naturiol i Robert Owen ymhen yr amser.

Daeth gair oddi wrth George Fox yn dweud ei fod ef yn awyddus i sefydlu Cwrdd Misol ymhob ardal a Chwrdd Cwarter rhwng nifer o siroedd. Fe'i cafodd Rowland Ellis ei hun yn teithio drwy'r sir yn ymweld â Chyfeillion yn y Bala, Corwen, Llanuwch-llyn a Llwyngwril. Aeth fwy nag unwaith i Drefaldwyn i gael cyngor gan y brodyr Llwyd yn Nolobran. Am ei fod yn siarad Saesneg yn rhugl, iddo ef y syrthiodd y dasg o fynychu cyrddau arbennig yn Lloegr. Ambell waith fe ddeuai Crynwr o Sais ar ymweliad, ond bron yn ddieithriad dychwelyd a wnâi mewn penbleth a siom am iddo fethu â chyrraedd y bobl yn eu hiaith eu hunain. Cafodd Rowland dipyn o waith egluro nad ystyfnig-rwydd nac anfoesgarwch a barodd i'r bobl siarad Cymraeg â'i gilydd yn ei ŵydd.

'Anwybodaeth, ynte,' mynte'r Sais, a gofidio fod gwaith yr Arglwydd yn cael ei rwystro gan y fath farbareiddiwch.

'Sut mae Meg?' gofynnai ei gyfnither, Marged Owen, Dyff-rydan, un diwrnod.

Bob tro y siaradai â Marged fe'i cafodd ei hun yn dweud pethau yn onest ac yn agored, ambell waith yn synnu at ryw ffaith nad oedd o wedi sylweddoli ei wirionedd cyn hynny.

'Mae hi'n byw ei bywyd ei hun, yn aros yn ei llofft y rhan amlaf, ambell waith yn mynd am dro fin nos.'

'Hwyrach y daw hi ati'i hun ar ôl geni'r plentyn.'

'Does ganddi fawr o ddiddordeb mewn dim ar hyn o bryd.'

'Beth am Ann?'

'Mae Ann bron yn ddiarth iddi. Malan sy'n ei magu hi.'

'Hwyrach 'i bod hi'n gweld d'eisiau di pan fyddi di oddi cartre.'

'Dydy hi ddim yn dweud ei bod hi—'

Rhywsut nid oedd trafod ei wraig efo Marged yn ei daro'n beth chwithig.

'Does ganddi fawr o olwg ar y Crynwyr, w'st ti.'

'Mi wn i hynny.'

'Mae hi'n ofni am yr hyn a ddigwydd iddi hi a'r plant os af fi i'r carchar.'

'Mae'n galed arni, a hithau heb dy argyhoeddiad di.'

Ni ddywedodd Marged ei bod hi'n galed arno yntau hefyd, ond roedd ei chalon yn llawn tosturi wrth ei chefnder a'r rhwygiadau yn ei fywyd. Pa obaith oedd iddo wneud y gwaith y dylai ei wneud a Meg yn pwyso mor drwm ar ei feddwl?

Roedd Meg ei hun wedi gwneud ei chynlluniau. Yn y gist fawr dderw yng nghornel ei siamber fe gadwai ei dillad a'i thrincedi. Ni fyddai Rowland byth yn agor y gist hon. Cist Meg oedd hi, fel yr arwyddai'i henw a'r dyddiad '1670' wedi'u cerfio arni. Bob nos ers rhai misoedd bu hi'n estyn ei braich i lawr rhwng y dillad i waelod y gist a thynnu ymaith focs wedi ei wneud o bren afal. Agorai'r bocs a gosod darn arian yn ofalus ar y llwyth o bres a dyfai'n fwy bob dydd. Fe ddaeth yr orchwyl hon i fod yn uchelfan ei dydd. Wrth eistedd gyferbyn â'i gŵr wrth y bwrdd a'r gweision o amgylch, fe wenai'n dawel iddi ei hun. Roedd ganddi gyfrinach. Roedd yna rywbeth yn ei bywyd nad oedd yn eiddo i neb arall, rhywbeth a fyddai'n prynu rhyddid iddi ryw ddydd pe deuai'r angen.

Gallai hi feddwl am Rowland — ei gŵr a oedd yn barod i beryglu a bradychu ei enedigaethfraint a holl lafur ei dadau, holl sicrwydd bywyd ei wraig a'i blant — fel dyn heb fod yn perthyn iddi mwyach. Dim ond hyhi a'i chyfrinach oedd yn bwysig ac yn real. Roedd hi'n gall, a'i thraed ar y ddaear. Gobeithiai na ddeuai neb i nôl ei gŵr nes byddai'r bocs yn llawn o sofrenni aur. Ac nes byddai'r plentyn wedi'i eni. O Dduw, paid â gadael iddo gael ei gymryd tan Ŵyl Fihangel beth bynnag. Ie, byddai Gŵyl Fihangel yn iawn. Byddai'r plentyn wedi ei eni tua dechrau Medi a hithau wedi cael amser i ymgryfhau. Roedd hynny'n rhoi digon o amser hefyd i lenwi'r bocs.

Am be mai hi'n gwenu fel 'na? synfyfyriai Huw Morris. Be sy ganddi o dan glust ei chap? Roedd yr hen Ddafydd yn tynnu coes Lisa, am ei bod hi wedi ceisio clymu'i gwallt am dop ei phen 'fel y byddigions' chwedl yntau. Roedd Malan yn dweud y drefn wrth Cadi am fod y stwnsh wedi oeri, ac roedd y Meistir ac Ellis Puw yn siarad â'i gilydd wedi ymgolli i'r byd y tu allan a'r cwmni y tu mewn. Dim ond yntau, Huw Morris, oedd â'r llygaid i weld, a'r clustiau i glywed. Roedd y wybodaeth a dynnodd ef allan o Nans y Goetre wrth orwedd gyda hi un noson ganddo fo o hyd. Roedd hi'n amser iddo wneud defnydd o'r wybodaeth honno. Ond beth oedd y wên yna?

Roedd swper yn hwyr y noson honno, oherwydd bu'r dynion allan yn y cae gwair tan ymhell wedi machlud haul. Aeth pawb i'w llofftydd ar unwaith ar ôl swper yn barod i godi gyda'r wawr fore trannoeth. Ond fe gychwynnodd Rowland ac Ellis tua Thabor i gwrdd â'r Cyfeillion yno. Edrychodd Huw Morris ar eu hôl. Gwelodd hwy'n croesi'r ffrwd ar waelod y cae ac yna aeth i'r llofft stabal lle roedd Dafydd eisoes yn chwyrnu cysgu. Gwrandawodd Huw yn astud am sbel, nes medru clywed tipiadau'r cloc yn y gegin, hyd yn oed drwy'r wal gadarn. Yna ymsythodd yn sydyn. Gwrandawodd eto, a'r tro hwn gallai'r clustiau main glywed sŵn rhywun yn symud o gwmpas y tŷ.

Disgynnodd y grisiau carreg o'r llofft a chripiodd at ffenestr y gegin. Gallai weld y Feistres yno yn sefyll wrth y dresal. Roedd hi wedi gosod cannwyll i lawr arno, ac yn ei olau, gallai Huw Morris weld yn glir yr hyn roedd hi'n ei wneud. O'i blaen roedd bocs a'r clo yn dal ynddo ond y caead yn agored, ac yn y bocs gwd o groen anifail. Gwelodd fod y Feistres yn tynnu allan o'r cwd sofren felen. Roedd ei symudiadau hi'n frysiog ond yn ddistaw, fel un a wyddai yn iawn, trwy arfer, beth i'w wneud. Clymodd y cwd yn dynn, rhoes hi'n ôl yn y bocs, a throi'r clo. Aeth y bocs yn ôl i'r cwpwrdd yn y dresal, a'r clo gyda'r Feistres i'r llofft, i'w roi i'w gadw yn y lle arferol, tybiai Huw.

Bu bron iddo chwerthin dros bob man. Y Feistres yn dwyn oddi ar y Meistir. Wel, dyna dro. Ond pam arffed oedd eisiau iddi wneud hynny? Doedd Rowland Ellis o bawb ddim yn cael ei ystyried yn ddyn cybyddlyd. Ond roedd yr hyn a welsai yn ffaith. Gwasgodd Huw y wybodaeth i'w fynwes. Gallai fod yn amyneddgar iawn, rhag ofn troi'r drol wrth symud yn rhy fuan. Ond barnai yn awr fod yr amser wedi dod. Cododd ei law a churodd

yn y ffenestr. Gwelodd Meg yn rhewi yn ei hunfan. Ond llaciodd
ei chorff pan sylweddolai mai Huw Morris oedd yno. Aeth at y
drws yn ddi-feddwl-drwg ac agor iddo.

'Be sy'n bod, Huw Morris?'

'Dim ond meddwl mod i'n clywed sŵn, feistres. A gwybod fod
y meistir allan fel petai . . .'

'Na, mae popeth yn iawn diolch.'

Ond roedd Huw wedi ymwthio i mewn i'r stafell.

'Ydach chi'n siŵr?'

'Wrth gwrs mod i'n siŵr.' Roedd ei llais yn flin, ond syllodd
arno'n hanner euog. Eisteddodd Huw i lawr a phwyso ei ben yn
erbyn cefn y setl. 'Be sy arnoch chi ddyn? Ydach chi wedi
meddwi?'

'Fûm i rioed yn sobrach.'

Ysgydwodd ei phen yn ddiamynedd. 'Wel, mae hi'n hwyr, ac
yn amser imi fod yn fy ngwely.'

Pwysodd Meg ei llaw ar ei bol fel y neidiai'r plentyn y tu mewn
iddi.

'Ie, mae hi'n dod yn agos at eich amser, feistres!'

Gwridodd Meg ond aeth Huw ymlaen cyn iddi fedru dweud
dim.

'Mi rydw i'n siŵr eich bod chi'n falch rŵan fod Nans wedi
methu.'

Aeth wyneb Meg mor wyn ag yr oedd gynnau'n goch. Gafaelodd
yn dynn mewn cadair wrth law.

'Huw Morris, mi *rwyt* ti wedi meddwi. Allan o'r tŷ 'ma ar
unwaith neu mi fydda'i 'n galw ar Malan.'

'Faswn i ddim yn gwneud hynny. Mae gynnon ni lawer iawn
i siarad amdano. Mae'n dda rhannu gwybodaeth weithiau.'

Byddai'n hawdd iddi weiddi am help. Ond rhaid cael gwybod
yn gyntaf beth oedd gan Huw Morris. Roedd o'n crechwenu arni
heb ddweud gair, yn gadael iddi hithau gymryd y cam nesaf.

'Wel, dywed be sy ar dy feddwl, a cher o 'ma.'

'O, mae digon o amser nes daw'r meistir nôl.'

Roedd y ddau'n sibrwd bron, y naill na'r llall ddim am ddeffro
gweddill y tŷ. O'r diwedd gofynnodd Meg:

'Be — oedd hynny am Nans y Goetre?'

'Wel mae hi'n dda iawn weithiau, er maen nhw'n dweud fod y driniaith yn o arw. Trueni ych bod chi wedi mynd drwy hynny i gyd — i ddim pwrpas, ynte, feistres?'

Daeth rhyw gymaint o ryddhad i wyneb Meg. Os mai dyna oedd y cyfan a wyddai, pa ots?

'Dyna dda fod y meistir yn gwybod dim am y peth ynte? Roeddech chi'n daer am i ni beidio â'i boeni, os cofia'i 'n iawn. Wrth gwrs, fel y gŵr, fe ddylai yntau rannu'r baich oni ddyle? Mi rydw i wedi bod yn cysidro pam tybed na ddwetsoch chi wrtho fo . . .'

Estynnodd Huw ei goesau allan ar led, a'r llaca wedi sychu ar ei esgidiau.

'Ac mae 'na lawer o resyme alla' i gynnig. Mae hi'n fuan iawn ar ôl y cynta i wraig ifanc hardd gael ei chlymu i lawr.'

Edrychai Meg gyda chasineb ar yr wyneb coch a'r gwefusau llipa.

'Ac wrth gwrs gallai'r plentyn gael ei eni a'i olwg yn ffafrio dyn arall yn hytrach na'i dad.'

A dyna beth oedd yn ei gorddi? Dechreuodd Meg chwerthin. I rywun fel Huw Morris dyna fyddai'r rheswm amlycaf dros i wraig geisio erthylu ei phlentyn. O'r chwerwder! Pa gyfle sy gen i i weld dynion eraill heb sôn am gysgu efo nhw? O'r gorau, os oedd yn rhaid i Rowland gael gwybod gan Huw, gadawed iddo wybod. Arno fo oedd y bai fod ofn wedi ei gyrru hi i wneud y fath beth. Ac yn sydyn fe synnai wrthi ei hun iddi geisio cadw'r weithred yn gyfrinach oddi wrtho. Pam na châi o wybod — a dioddef o wybod?

Roedd hi'n dal i chwerthin, a Huw Morris am y tro cyntaf yn edrych yn anniddig.

'Be oeddet ti'n geisio ei gael, Huw? Beth oedd dy amcan yn edliw hyn i mi?'

Sylweddolodd Huw ei fod wedi gwneud camgymeriad. Teimlodd ei afael arni'n llithro, a ffyrnigodd wrthi. Pa hawl oedd ganddi hi i chwerthin am ei ben, yr hoeden ddigywilydd iddi? Wel, roedd ganddo gerdyn arall i fyny ei lawes. Roedd y wên

gellweirus wedi diflannu'n awr, ac yn ei lle atgasedd gŵr eiddi-
geddus o harddwch ieuenctid a sicrwydd ei feistri.

'Fe ellwch chi chwerthin. Ond be tasa'r meistir yn clywed fod ei
wraig yn dwyn ei arian o!'

Gwelodd Huw iddo daro deuddeg y tro hwn. Prin gallai glywed
ei llais yn gofyn:

'Beth wyt ti'n i feddwl?'

'Dim ond be weles i drwy'r ffenest.'

Gan nad atebodd Meg, fe aeth Huw yn ei flaen yn rhesymol.
'Dyn call ydw i, feistres, y math sy'n gwybod sut i gau ei geg,
os ydy o'n talu iddo wneud.'

Taflodd y gannwyll gysgodion mawr dros ei gruddiau gwelw.
Cerddodd y gwas yn hamddenol ati a gwthiodd ei wyneb i'w
hwyneb hi.

'Hanner a hanner — a ddeuda 'i ddim gair.'

Cododd ei llaw i'w daro, ond roedd o fel mellten yn gafael
ynddi i'w rhwystro.

'Na 'naiff hynny mo'r tro,' sibrydodd yn ei chlust. 'Hanner,
neu —'

'Hanner . . . be . . .'

'Hanner y sofrenni 'na rydach chi wedi 'u dwyn. Mi wn i'n
iawn nad heno oedd y tro cynta.'

Gwyddai Huw i'w saeth fynd adre er mai dyfalu roedd ef yn
unig. Llanwyd hi â dychryn a siom. Y cwd gwerthfawr yn y llofft
yn lleihau i'r hanner. Fe gymerai ddwywaith gymaint o amser
iddi hel yr arian rŵan, ac roedd amser yn beryglus o brin. Ei
sofrenni aur yn cael eu rhannu â'r gwas ffiaidd hwn a safai ger ei
bron a'r poer barus yn gwlychu ei wefusau.

'Ond mae gen i hawl —'

'A dod yma'n slei liw nos?'

Chaiff o monyn nhw. Rhwygodd rhywbeth yn ei mynwes, a
theimlai am funud ei bod hi ar fin cyfogi. Yr holl wythnosau o
ofal rhag i Rowland amau dim. Gymaint y ffrwynodd hi ei hawydd
i gymryd llond cwdyn o sofrenni ar unwaith a'i disgyblu ei hun i
ddwyn darn neu ddau ar y tro fel na sylwai ei gŵr. A oedd hyn
oll i fynd yn ofer? Na ato Duw. Rhaid treio pob ffordd arall.

Gwthiodd wên i'w hwyneb a chydag ymdrech anferth ceisiai siarad yn ysgafn.

'Wel dyna ti, Huw Morris. Fe ddaethost o hyd i'm cyfrinach. A minna wedi meddwl ei chadw er mwyn synnu fy ngŵr.'

Aeth gwefr sydyn drwyddi. Daeth llecyn bach o obaith iddi ei bod hi wedi gwneud argraff arno. Cryfhaodd ei llais wrth iddi ennill hyder.

'Wyddost ti ddim, wrth gwrs, ei fod o'n cael ei ben blwydd rwythnos nesa. 'R ow'n i wedi meddwl prynu cwpan aur iddo fo.' Fe'i gorfododd Meg ei hun i edrych i fyw llygaid y gwas. A'i hamrantau hanner ynghau sibrydai: 'Wnei di ddim bradychu fy nghyfrinach, na, wnei Huw Morris? Doedd gen i ddim llawn digon o arian fy hun.'

Mae o'n ansicr beth i'w goelio, ebe Meg yn orfoleddus wrthi ei hun. Adferwyd ei hunanfeddiant yn llwyr erbyn hyn. Pwysodd ei breichiau ar gefn y gadair rhyngddynt fel bod y gannwyll ar y bwrdd bach yn taflu goleuni ar ei bronnau hanner noeth.

'Fe wnest ti gamgymeriadau difrifol heno, Huw Morris. Ond mi wna'i faddau iti os ca' i'r pleser o roi'r anrheg yma i'r meistir heb iddo fo ei disgwyl. Cha' i ddim, wy'st ti, os wyt ti am ddeud wrtho fo. Gwna addo i mi gadw'n dawel? Wnei di, Huw?'

Roedd ei llais fel llais plentyn, ond ei hosgo mor aeddfed fenywaidd ag i anfon dyn o'i go. Daliodd Huw Morris ei anadl. Gwarchod pawb! Oedd o'n bosibl y byddai ei feistres yn barod i fynd mor bell ag i'w chynnig ei hun iddo fel pris ei fudandod? Oedd hi'n meddwl mai diniweityn oedd o?

'Hwde, cymer sofren gen i, i ddangos nad oes 'na ddim drwg deimlad.'

Estynnodd Huw ei law yn araf i dderbyn yr arian. Ni ddywedodd air, dim ond edrych arni'n feddylgar. Yna trodd ar ei sawdl ac aeth allan o'r stafell.

Safodd Meg yno yn ansicr. A gafodd hi fuddugoliaeth? Yn graddol sylweddoli fod y gwas wedi mynd mewn gwirionedd bu bron iddi weiddi dan orfoledd. Cydiodd yn y gannwyll a rhedodd i'r llofft. Tynnodd y cwpwrdd dillad ar agor. Gwthiodd y gwisgoedd o'r neilltu a thynnodd ymaith y bocs gwerthfawr, y bocs a fyddai'n prynu ei dyfodol. Daeth ochenaid tebycach i gri o'i gwefusau. Claddodd ei llaw ymhlith y darnau arian a theimlo eu cadernid real. Cododd lond dwrn a'u dal i'r goleuni, a'r dagrau poeth o ryddhad yn boddi ei gruddiau, a'r chwerthin gorffwyll yn dianç ar ei gwaethaf.

'Maen nhw i'w clywed yn dda, yntydyn nhw, feistres?'

Trodd y chwerthin yn sgrech a dagodd yn ei gwddf. Safai'r gwas yno a'i gefn yn erbyn porth y drws. Daliodd ef ei law allan. Yna, fel yr agorodd hi ei cheg eto i ddechrau sgrechian, symudodd fel slywen ati a rhoi ei law dros ei cheg.

'Mi fydd y sgrech yna wedi deffro'r tŷ yn barod. Mae'n rhaid i ni gael mwy o hamdden i gloi'r fargen.'

Roedd Huw wedi gweithio'r peth allan yn ofalus. Pe bai o'n cymryd yr arian i gyd, ni fyddai ganddi gymhelliad i gadw'n dawel; mwy na hynny, hawdd iawn fyddai iddi ei gyhuddo o ddwyn yr arian, ac ni chymerid ei air ef yn erbyn ei gair hi. Byddai gadael iddi gael yr hanner yn gadael y drws yn agored. Chwarddodd yn dawel wrth feddwl fod y feistres ac ef yn gyd-gynllwynwyr.

'Byddaf yn eich disgwyl yn y gegin ymhen rhyw hanner awr; ac os bydd y meistir wedi dod adre cyn hynny, yn y beudy yfory am hanner dydd. Hanner yr arian, cofiwch. Mi fydda' i'n gwybod os ca' i' nhwyllo.'

Diflannodd Huw Morris i lawr y grisiau mor ddi-sŵn ag y daeth. Syllodd Meg yn fud ar y bocs yn agored wrth ei thraed, ac aeth i grynu drosti i gyd. Safodd y chwys oer ar ei thalcen ac o gwmpas ei thrwyn a'i gwefusau gwelwon. Yn sydyn teimlodd ei chorff yn cael ei rwygo gan boenau annioddefol, yn pwyso i lawr, i lawr . . .

Na, nid rŵan. O Dduw, paid â gadael iddo ddigwydd rŵan! Ceisiodd gau'r bocs a'i lusgo yn ôl i'r cwpwrdd, ond roedd yr ymdrech yn ormod iddi. Gollyngodd y cyfan. Cydiodd yn wyllt ym mhost y gwely, a thynnu yn ei erbyn, tra lledodd staen fawr wleb ar hyd y llawr oddi tani.

'Malan!' sgrechiodd Meg cyn syrthio i'r llawr yn anymwybodol.

Gyda chalonnau trymion y daeth Rowland Ellis a'i was Ellis Puw o'r Tabor y noson honno. Roedd Robert Owen, Dolserau, newydd gyrraedd yn ôl o'i daith yn Lloegr, a newyddion am y Cyfeillion yno gydag ef. Nid oedd dim a glywsant yn debyg o godi eu calonnau. Cymerwyd George Fox i'r ddalfa yng Nghaerwrangon a llawer o Gyfeillion eraill gydag ef. Rhybuddiodd Robert Owen y Cyfeillion yn y Tabor fcd y dyddiau blin o erlid o'u blaen, a'i fod ef ei hun wedi derbyn gair cyfrinachol fod yr Ustusiaid yn paratoi i'w ddwyn ef yn ôl i garchar Dolgellau.

Pan gyrhaeddodd gŵr Brynmawr adre, roedd newydd arall yn ei ddisgwyl. Ganwyd ei ail blentyn y noson honno — merch arall. Ond bu farw'r fam wrth ei geni.

YR AIL RAN

I

Arhosodd Ellis Puw ddwy flynedd cyn mentro dweud wrth Dorcas ei fod ef yn ei charu. Erbyn hynny fe fyddai wedi bod yn amlwg i'r llencyn mwyaf gostyngedig a hunan-dybiol nad nacaol fyddai ei hymateb hithau. Am y tro cyntaf er marw ei gŵr, chwarddodd Sinai Robarts o lawenydd pan ddywedodd Ellis wrthi'n swil ei fod o am ofyn ei chaniatâd i gael ei ystyried yn ddyweddi i'w merch.

'Wn i ddim pa bryd gawn ni briodi, Sinai Robarts,' meddai yn ei ffordd ddwys-ddifrifol. Ond ymhen rhyw dair blynedd dichon y bydda' i wedi rhoi ceiniog neu ddwy at ei gilydd i ni gael dechrau byw yn daclus.'

Gan edrych ar y teulu bach o gwmpas y fam, ychwanegodd: 'Bydd Steffan wedi cryfhau erbyn hynny mae'n siŵr.'

Daeth ennyd o gysgod dros wyneb Sinai, ond ni ddywedodd ddim.

'Ac mi alla' i ddal i'th helpu, Mam,' meddai Dorcas a'i bochau yn anarferol o goch. 'Fydda' i ddim yn bell i ffwrdd — byth.'

Ochneidiodd Sinai yn dawel. Diolchodd i Dduw am ferch cystal â Dorcas. Ceisiodd wthio o'i meddwl y syniad mai iawn oedd hyn am ei holl brofedigaethau eraill. Gwyddai yn ei chalon nad oedd gwella i fod i Steffan. Bob haf fe ddeuai pelydryn o obaith iddi pan welai ef wedi ennill digon o nerth i fynd i'r caeau a'r goedwig i chwarae efo'r plant eraill. Ond unwaith y deuai lleithder cyntaf Medi, ac arogl pridd yn dyfnhau yn y bwthyn, pallai yn raddol yr egni nerfus, gwelwai y gruddiau fel y gwridai'r dail, ac fe ddeuai'r peswch caled, creulon yn ôl.

Nid Steffan oedd ei hunig broblem. Ambell waith — ond lled

anaml erbyn hyn — deuai Lisa draw o Frynmawr i roi tro am-
danynt. Ond synhwyrodd y fam fod pob ymweliad yn mynd yn
fwy diflas iddi. Dyletswydd yn unig a'i gyrrodd hi adre erbyn
hyn, roedd Sinai yn sicr o hyn, a llawn mor sicr y byddai dylet-
swydd yn pallu o dipyn i beth. Rhy brysur yn gofalu am blant
Rowland Ellis oedd esgus Lisa, ac yn wir, oddi ar marw Meg
Ellis, gwaith pennaf Lisa oedd nid godro a sgwrio lloriau, eithr
helpu Malan i fagu'r ddwy ferch ddi-fam. Ac fel aeth yr amser
ymlaen a Malan yn ymdeimlo'n fwy fwy â'i hoed, yn methu
dygymod â sŵn plant yn crio ac yn gweiddi, Lisa oedd â'r gofal
pennaf.

Gwnaeth amgylchiadau felly ei statws yn uwch nag yr haeddai
ei hoed. O dipyn i beth cymerodd drosodd y gofal i gyd, a fe'i
clywyd hi'n ordro Malan allan o'r llofft lle y cysgai'r ddwy fach.

'Rydw i'n gorfod gweiddi arnat ti, Malan, iti gael clwad, ac
mae nhw'n siŵr o ddeffro,' oedd yr esgus. Ond y gwir oedd ei bod
hi wedi dechrau mynd yn eiddigeddus wrth neb a oedd yn debyg
o ddwyn ei theyrnas fach oddi arni.

Fe'i helpwyd hi yn hyn gan y ffaith fod Rowland Ellis oddi
cartref mor aml. Er y flwyddyn a hanner y bu Robert Owen,
Dolserau, yn ôl yng ngharchar Dolgellau, bu ef a Jane Owen yn
cynnal y cwmni bach o Gyfeillion yn Sir Feirionnydd. Rhwng
teithio yn ôl a mlaen rhwng Cerrigydrudion a Llangwm, a Nant-
mel ym Maesyfed, ac ambell daith i Lundain i gwrdd â George
Fox ac Isaac Pennington a'r cafalier ifanc, William Penn, a oedd
chwe blynedd yn hŷn nag ef, doedd ganddo fawr o amser i sylwi
ar beth oedd yn digwydd ym Mrynmawr. Cafodd Lisa dragwyddol
heol i feddiannu'r ddwy ferch.

Mewn ffordd, roedd Malan yn eithaf bodlon. Wedi cyrraedd
y deg a thrigain oed, roedd gofalu am fwyd y teulu yn llawn digon
ganddi, ac er y clywyd hi'n grwgnach fod 'yr hogan acw'n mynd
yn fwy pigog bob dydd' gadawodd i bethau fod fel yr oeddynt.

Ond daliai Sinai i boeni ynghylch Lisa. Sylwodd y tro diwethaf
y bu acw fod ei merch wedi dechrau gwisgo'n grand iawn, ei hen
ffrog lwyd wedi ei haddurno â choler fawr o las gwerthfawr. Ni
ofynnodd y fam ddim iddi yn ei chylch, ond amheuai fod Lisa

wedi bod yn chwilota yn ofalus trwy bethau ei chyn-feistres. O wel, hwyrach iddi gael caniatâd ond ofnai Sinai fod balchder yn dechrau meddiannu ei merch.

Llwyddodd i gadw ei phryderon oddi wrth Lisa, oblegid fe wyddai'n rhy dda mai ymbellhau fwyfwy a wnâi'r ferch pe dywedid dim wrthi.

Ar hyn o bryd roedd meddwl Lisa i gyd ar Galan Mai, ac ar y cwestiwn pwysig — gawsai hi fynd lawr i'r dre i weld y fedwen haf tybed? Ni feiddiai ofyn cyn hyn, fe wyddai'n reddfol mai amharod iawn fyddai Rowland Ellis i adael iddi ymuno yn y fath rialtwch. Ond bu Huw Morris yn disgrifio peth o'r hwyl iddi — y swperau nos Calan Mai lle roedd modd darganfod drwy hud a lledrith pwy fyddai eich cariad am y flwyddyn; y canu dan y pared fore drannoeth a'r carolau haf, a'r morynion yn addurno ffenestri'r tai gyda lafant, rhos a lili; anterliwt ambell waith o Amwythig neu Wrecsam, pe caen nhw lonydd gan y Piwritaniaid. Ac yn ben ar y cyfan, y fedwen haf a'i rubanau o bob lliw, a dawnsio'r Cadi oddi tani. O na byddai modd i mi fynd yno, ochneidiai Lisa.

Beth oedd o'i le efo tipyn o ganu a dawnsio a chwerthin? Ond ni fentrodd ofyn y cwestiwn i Rowland Ellis. Yn lle hynny, prociai Huw Morris i ddisgrifio'r dawnsio dro ar ôl tro, nes ei bod hi'n gwybod pob cam a naid, a'i blagio fo i ddysgu penillion y carolau haf iddi.

Mae'r wlad yn dy hoffi, mae blodau'n dy hoywi,
Mae Fflora'n dy gwmni da heini dy hun;
A thithe mor enwog a'th siaced wyrdd wlithog
Ariannog fotymog, fyd twymyn . . .

Beth yn y byd oedd o'i le gyda phennill fel 'na? Bu awgrym gan Huw ei fod o'n gwybod penillion amgenach hefyd, ond pan grefodd Lisa arno i'w hadrodd iddi, ysgydwodd ei ben a gwenu ei wên gyfrinachol.

'Mi ddweda' i rywbryd i ti — ar adeg mwy cydnaws,' meddai'n awgrymog.

Pam na fedrai hi rwystro gwaed rhag boddi ei hwyneb pan edrychai Huw arni felly? Teimlai ei chnawd fel pe bai'n fyw o bryfed. Ffeiddiai wrthi ei hun am ymddwyn fel plentyn. Dydw i ddim hyd yn oed yn leicio Huw, meddai wrthi ei hun. Ambell waith rwy'n ei gasáu o. Ac weithiau mae o'n codi ofn arna'i, 'd wn i ddim pam. Ni cheisiai gyffwrdd ynddi byth — byth, hynny yw, oddi ar marw'r feistres. Yn wir bu'n surbwch efo hi os rhywbeth. Ond rhywsut pan oedd o'n edrych felna arni, roedd fel pe bai hi'n cil-agor drws ar stafell na wyddai hi beth oedd y tu ôl iddo.

Ceisiodd gau ei meddwl yn erbyn Huw a hoelio ei sylw ar Galan Mai unwaith eto. Pe bawn i'n dweud fy mod i'n mynd i edrych am Mam, gallwn bicio i lawr i'r dre, a dilyn y ffordd nôl i'r Brithdir ar hyd yr afon a heibio i Goed Ffridd Arw. Fyddwn i ddim ond rhyw awr neu ddwy ar ôl. Wedi'r cwbwl, rydw i heb weld Mam ers pedair wythnos. Fedr y meistir ddim gwarafun imi fynd i'w gweld hi. Mi fyddai hynny'n greulon.

Ac wedi gosod y cyfrifoldeb yn blwmp ar sgwyddau ei meistir, roedd Lisa'n dawelach ei meddwl.

Roedd hi'n haws dengid nag y meddyliai. Cawsai Rowland Ellis air fod un o Gyfeillion Sir Gaerhirfyn ar daith drwy Ogledd Cymru. Jeremy Mellor oedd enw'r gŵr hwn, gŵr y bu Rowland yn gwrando arno yn annerch y Cyfarfod Blynyddol yn Llundain. Trawyd ef gan onestrwydd amlwg y dyn, gwladwr i'r carn, gyda mynegiant syml a phlaen, hyd onid oedd naws y pridd a'r domen ar ei eiriau ambell waith. Byddai gwerin Sir Feirionnydd yn deall dyn fel hwn, tybiai Rowland, ac fe'i gwahoddodd ef i dorri'i siwrnai trwy'r Gogledd ym Mrynmawr. Wedi derbyn gair ganddo ei fod ef yn disgwyl cyrraedd y Bala erbyn hanner dydd, cych-wynnodd Rowland ar gefn ei geffyl i'w gyfarfod.

Gwyliodd Lisa ef yn mynd o ffenestr ei llofft. Yna rhedodd i chwilio am Malan. Roedd hi ar bigau drain nes cael gwybod fod honno'n barod i gymryd gofal o'r plant am weddill y dydd. Braidd yn swil roedd hi wrth grybwyll y peth wrth Malan. Ofnai y byddai'r hen wraig yn talu'r pwyth yn ôl iddi am fod mor ffroen-uchel yn ddiweddar. Edrychai Malan arni o dan aeliau cuchiog amheus, ond ni ddywedodd ddim. Digon i Lisa oedd i Malan wybod ei bod hi'n mynd allan. Gwyddai na ddeuai niwed i'r plant, er na roes yr hen wraig arwydd yn y byd ei bod hi'n fodlon ar y dasg.

Er ei bod hi'n gynnar ar y prynhawn roedd y dref yn byrlymu o bobl. Ac fe fyddai rhagor yna ar ôl pedwar, ar ôl i'r gweision orffen eu gwaith ar y ffermydd. Roedd pawb yn dylifo tua'r Marian Mawr, a dilynodd Lisa hwy. Clywodd yn ei ffroenau arogl oddi wrth weddillion coelcerthi'r noson gynt a ddaliai i fudlosgi.

Heb fod ymhell o iard gefn y Llew Aur roedd maen wedi ei orchuddio â changhennau derwen. Yn eistedd ar y maen roedd Robin Fychan, y telynor dall, a'r chwys ar ei dalcen yn disgleirio yn yr haul. Rhoes y gorau am y tro i dynnu ar y tannau a drachtiai'n ddiolchgar ddwfn o dancard o gwrw a roddwyd yn ei ddwylo gan un o'r dynion o'i amgylch. Syllai Lisa'n syn arno. Ni welsai yn ei byw gwrw'n diflannu mor gyflym.

Ond trodd ei chefn arno'n sydyn wrth glywed gwaedd o'r tu ôl iddi. Cymerwyd y waedd i fyny gan bawb o'i chwmpas, ac edrychai pawb i gyfeiriad mintai o ddawnswyr yn dod tuag atynt. O flaen y dawnswyr roedd y ffigur rhyfeddaf dan haul. Roedd ganddo ben tebyg i'r ceffyl hyllaf a welodd Lisa erioed. Gwisgai gôt goch a gwasgod felen uwchben peisiau cwmpasog.

'Hwre i'r Cadi!' gwaeddai'r dorf, gan bwyso ymlaen fel ton anferth.

Ond nid oedd llygaid Lisa ar y Cadi ond ar y gangen fawr o'i flaen . . . y fedwen haf! Daeth lwmpyn i'w gwddw wrth iddi edrych ar y wyrth o liwiau. Yn hongian o'r fedwen roedd rubanau o goch a glas, melyn, gwyrdd a gwyn. Trawodd Robin Fychan nodau cyntaf Dawns y Fedwen a rhuthrai'r meibion a'r merched am y cyntaf i gydio mewn ruban. Wedyn yn ôl ac ymlaen yn ôl ac ymlaen, croesi o dan, y bechgyn ffordd hyn, merched ffordd arall, fel bod patrwm cymhleth o rubanau yn dechrau ymddangos ar dop y fedwen. Rhythai Lisa ar y patrwm yn cynyddu ar i lawr, fel neidr amryliw. O! y prydferthwch!

Yn nes yn nes at y fedwen fe dynnwyd y dawnswyr, fel y byrhaodd eu rubanau, ac yn nes at ei gilydd y closient nes bod y chwerthin a'r gweiddi yn boddi sŵn y delyn. Ond pa waeth am hynny? Roedd traed y dawnswyr yn gwybod y curiad a bellach nid oedd angen cymorth Robin Fyçhan i gadw amser. Daeth y waedd hir-ddisgwyliedig pan orchuddiwyd pob modfedd o'r fedwen gan ei siaced fraith o rubanau, a'r bechgyn a'r merched yn sathru ar draed y naill a'r llall, rhai o'r hogiau yn dwyn cusan, eraill yn achub y cyfle i binsio'u partneriaid yn y mannau tyner. Y merched yn sgrechian fel moch bach a'r bechgyn yn taflyd eu pennau'n ôl dan chwerthin. Yna pawb yn troi tu chwith ag o'r blaen ac yn dechrau datod y patrwm.

Wel, dyna'r hwyl fwyaf a ges i yn fy myw, ebe Lisa wrthi'i hun, a phenderfynu treio bod yn un o'r dawnswyr y tro nesaf. Gwnaeth yn fawr o'i chyfle yn union wedi i'r ddawns orffen a rhuthrodd i gymryd ei lle gyda'r lleill.

Roedd ganddi fachgen gwallt gwineu, crychiog yn bartner, a gweddïai y byddai hi'n cofio'r camau, a pheidio â gwneud ffŵl ohoni'i hun yn ei ŵydd. Ond bu Huw yn athro da. Roedd hi'n gwybod pob symudiad. Cydiai'r bachgen yn ei gwasg, ac aeth gwefr annisgrifiadol drwyddi. Chwarddodd arni a gollyngodd hi. Ac yn awr roedd yn rhaid iddi weu ei ruban i mewn ac allan trwy'r dawnswyr eraill yn y cylch. Gwelodd ei phartner yn y pellter yn wincio arni. Sathrodd rhywun ar ei throed, ac yn ei dryswch bu bron iddi golli ei lle. Ac yn awr roedd hi'n ôl gyda'i phartner hardd. Aeth ias drwy ei gwaed pan gydiai ef yn ei llaw a'i gwasgu Aeth y rubanau yn dynnach ac yn fyrrach, a'r bachgen a hithau a'r dawnswyr oll yn nesáu, nesáu at y fedwen. Clywodd ei bronnau yn gwthio yn erbyn ei wasgod melfared a theimlodd ei law yn aflonydd ar ei hystlys.

'Rwyt ti'n beth bach del,' sibrydodd yn ei chlust. 'Ga' i ddŵad?'

Ond nid oedd amser iddi ateb. Roedd y plethiad o ruban yn dechrau ymddatod a chylch y ddawns yn ymledu unwaith eto. Beth fyddai'r bachgen yn dweud wrthi ar ddiwedd y ddawns? Daeth swildod drosti, a dyheai am i'r dawnsio fynd ymlaen yn dragywydd, i arbed iddi orfod siarad ag ef.

Ond pan derfynodd y ddawns, rhoes y llanc ymgrymiad cwta iddi a gwenodd ei ddiolch. Yna trodd at hogan dew a safai gyda'r gwylwyr yn sbïo'n gibog ar Lisa. Sibrydodd rywbeth wrthi, ac aeth y ddau ymaith dan chwerthin.

Teimlodd Lisa yn wag dan siomedigaeth. Gweddïai nad oedd
neb arall wedi sylwi. Be aflwydd oedd y bachgen yn 'i weld yn y
llafnes flonegog honno? Roedd hi ei hun yn dlysach, roedd hi'n
siŵr o hynny. Rhaid ei fod o'n meddwl ei bod hi'n rhy ifanc. Ei
chwaer o oedd honno, efallai? Ond nid oedd Lisa'n credu hynny
am funud. Yn sydyn teimlai'n unig iawn, yr unigrwydd gwaethaf
oll hynny sy'n dod mewn torf o bobl. Doedd hi'n adnabod neb
yma, doedd neb yn malio'r un botwm corn amdani. Fe'i dallwyd
gan ddagrau poeth, hallt, a symudodd yn ei blaen heb wybod yn
union ble i fynd.

Roedd cnwd arall o bobl wedi ymgasglu o gwmpas wagen fawr,
beth o'r neilltu. Wrth iddi nesáu, gwelodd fod dau ddyn yn
prancio o gwmpas fel ebolion ar y wagen, un ohonynt wedi ei wisgo
fel Ffŵl.

Ambell waith deuai chwerthin mawr o'r gynulleidfa, a thro
arall waedd o 'Hwre!' 'Mae o tu ôl iti!' 'Rho glustan iddo
fo!' a geiriau wrjio eraill, yn Saesneg gan amlaf, ac ni fedrai
ddeall y rheiny. Tybiai mai paffio'r oedd y ddau ar y wagen i
ddechrau, ond dyma un ohonynt yn symud ymlaen ac yn dechrau
annerch y bobl â llais dagreuol. Safai'r Ffŵl y tu ôl iddo yn dyn-
wared pob ystum. Nid oedd rhaid iddi ddeall y Saesneg i ymuno
yn y chwerthin. Yn sydyn rhoes y Ffŵl broc â'i ffon ym mhen ôl
y dyn arall. Trodd hwnnw fel pe bai wedi ei saethu, a cheisiodd
roi pastwn i'r Ffŵl. Ond fe blygodd y Ffŵl ei ben yr eiliad hwnnw,
ac aeth braich y llall drwy'r awyr fel injian ddyrnu.

Daliodd Lisa ei hochrau dan chwerthin, ei hunigrwydd wedi ei
anghofio. Yna fe ddilynodd rhyw bum munud o fonclust a methu,
a phlagio a phastynu, gan orffen gyda'r ddau yn rowlio ym
mreichiau ei gilydd ar draws y llwyfan fel un draenog mawr, a
syrthio i rwyd ar yr ochr yn barod i'w derbyn yn ddiogel.

Gwelodd Lisa fod rhywbeth arall yn digwydd yn awr. Roedd
gwraig yn gorwedd ar glustog o borffor. Ymdroellai ei gwallt i
lawr ei chefn a'i liw fel coeden ffawydden yn yr hydref. Cafodd
Lisa ei hatgoffa am funud am ei chyn-feistres. Y tu ôl iddi safai
dyn yn canu ac yn cyfeilio iddo'i hun ar offeryn cerdd a oedd yn

ddieithr iddi. Ni ddeallodd Lisa y geiriau hyn chwaith, ond mae'n rhaid mai cân drist oedd hi, oblegid roedd y dôn yn un lleddf. Ond yn yr ail bennill, cododd y ferch ei phen a chanodd yn ôl i'r bachgen mewn cywair llon, gan wneud llygaid direidus arno. Parai hyn i'r bobl chwerthin eto, ond ni fedrai Lisa ymuno y tro hwn, ac edrychai mewn penbleth ar y rhai a chwarddai. Tro y bachgen unwaith eto, a'r dagrau yn ei lais drachefn. Canodd y ferch yn ôl fel ag o'r blaen, ac felly y buont yn canu bob yn ail, a'r chwerthin yn mynd yn frasach bob tro y gorffennai'r ferch. Daeth yr unigedd dros Lisa unwaith eto.

'Faint o hwnna oeddet ti'n i ddeall, y fech?'

Synnodd mor falch roedd hi o weld Huw Morris. Edrychodd o'i gwmpas i weld a oedd ganddo gwmni arall ac yn debyg o'i gadael, ond ar ei ben ei hun roedd o.

'Yn Saesneg roedd hi, ynte Huw Morris?'

'Ie. Doeddet ti'n deall fawr, nag oeddet?'

'Oeddet *ti?*'

'Digon.'

'Pam fod pawb yn chwerthin 'ta?'

Dechreuodd Huw ysgwyd chwerthin ei hunan, ond heb ei hateb.

'Hy, doeddet ti ddim yn deall, neu mi fasat ti'n deud wrtha'i,' fflamiodd Lisa. Ond ni weithiodd hynny. Cydiodd Huw yn ei braich a gofynnodd iddi fynd gydag ef i'r Llew Aur.

'Mae nhw'n ymladd ceiliogod yn y cwrt.'

Dyna un peth arall newydd iddi, er iddi glywed ei ddisgrifio yn fynych gan Huw, er gwaethaf siars y meistir iddo beidio â sôn am y peth ym Mrynmawr.

Rhaid oedd mynd trwy'r gwesty i'r pwll ceiliogod. Mynnai Huw brynu tancard o gwrw iddi cyn cael lle iddi eistedd wrth ei ochr i wylio'r ymladd. Welodd hi erioed dancard cymaint â hwn, ac ni wyddai sut yn y byd roedd hi'n mynd i yfed y cyfan. Ond ni ddywedodd ddim rhag ofn i Huw feddwl ei bod hi'n fabi. Mi fydde hi'n ei ddysgu i beidio â'i thrin hi fel plentyn.

Roedd yr awyr yn wyrdd uwchben sgarlad y machlud, yn glir ac yn lân fel y grisial. Ond yng Nghwrt y Llew Aur sylwodd fawr

o neb ar ei harddwch. Sylwodd neb bellach ar aroglau cyrff dynion
yn gymysg â thail ceffylau, a chwrw hen. Chofiodd neb am ei draed
blinedig a'r daith hir adre, a llafur yfory. Hoeliwyd pob llygad
ar y ddau geiliog ffyrnig yn wynebu ei gilydd.

Ar ôl ychydig funudau o'r ymladd ceisiodd Lisa beidio ag
edrych, ond tynnwyd ei llygaid yn ôl dro ar ôl tro. Wrth wylio'r
naill geiliog yn rhwygo'r llall yn ddidrugaredd teimlai gymysgedd
o ffieidd-dra a phleser, pleser aflan, hyll . . . ond pleser cyn-
hyrfus . . .

Edrychodd ar Huw, ond roedd hwnnw wedi neidio ar ei draed
gyda'r lleill, yn gweiddi ac yn wrjio ac yn rhegi. Daeth y diwedd
yn rhy fuan i blesio'r dorf. Syrthiodd y ceiliog gwannaf yn farw,
ei lygaid a'i ymysgaroedd wedi eu gwasgaru ar hyd ac ar led y
pwll. Rhedai'r ceiliog buddugol yn gynddeiriog o'r naill ochr i'r
llall. Bloeddiai'r dorf na chawsant werth eu pres.

'Mae'n bryd imi fynd adre, Huw Morris.'

Plyciodd yn llawes y gwas i dynnu ei sylw, ond ysgydwodd
Huw ei hun yn rhydd yn ddiamynedd.

'Paid â bod yn wirion. Rŵan mae'r hwyl yn dechrau.'

'Row'n i wedi meddwl mynd i edrych am Mam. Does neb yn
gwybod mod i yma.'

'Twt lol, does neb yn mynd i edrych am Mam ar noson Ffair
Galanmai.'

'Ond mae'n rhaid imi fynd, Huw.'

'Aros am un rownd ceiliogod eto, ac mi ddôi efo chdi. Mae hi'n
dal i d'wllu'n fuan, cofia. Hwda, tyrd imi nôl rhagor o gwrw iti.'

'Na . . . na, dim diolch . . . mi arhosa'i un rownd eto 'ta.
Dim ond un.'

Roedd hi'n falch fod Huw wedi cynnig mynd yn gwmni iddi.
Roedd y dynion yn edrych yn o lawn erbyn hyn, a'r gweiddi wedi
dechrau codi ofn arni. O leiaf doedd Huw ddim wedi yfed
gormod.

'Un bach arall wrth i ni wylio. Mi wnaiff les iti. Rydw i'n
addo dŵad yn union wedyn. Wir yr.' Fe'i croesodd Huw ei hun,
a gwasgodd ei llaw. Er ei gwaethaf roedd yn rhaid iddi chwerthin.

'O'r gore, ta. Ond gofala gadw at dy air wedyn, Huw Morris.'

II

Roedd dyffryn llydan y Garneddwen y tu ôl iddynt yn awr, a'r ddau yn dilyn afon Wnion ar ei thaith droellog tua'r gorllewin. Gadawodd Rowland i'w feddwl suddo'n ddwfn i'r heddwch o'i amgylch. Siglai canhwyllau'r gastanwydden yn yr awel uwchben gorchudd o glychau'r eos. Roedd y fronfraith yn dechrau ar ei chân hwyrol, a sŵn parablus yr afon yn gyfalaw i draed y meirch.

Faint oedd harddwch y fro hon yn ei olygu i Jeremy Mellor? Cil-edrychodd Rowland arno a theimlai'r pellter rhyngddynt, er fod ystlysau eu ceffylau bron yn baglu'r naill a'r llall. Fel ffarmwr y marchogai Mellor yn hytrach nag fel heliwr — yn bwyllog, yn araf, ei ben wedi suddo ar ei frest. Nid un i wastraffu geiriau mewn sgwrsio dibwrpas oedd et. Roedd Rowland eisoes wedi darganfod hyn, ac ymataliodd rhag dweud dim. Rhyw hanner awr ynghynt roedd ef wedi ceisio crybwyll fod Arenig Fawr i'r dde iddynt ac Aran Benllyn i'r chwith, ond buan iawn y gwelodd fod myfyrdodau'r gŵr o Gaerhirfryn ar fynyddoedd llai haniaethol na mynyddoedd Meirion, ac fe dawodd.

Roedd Rowland yn rhydd i adael i'w feddwl grwydro. Ac megis pob amser y cafodd ei hun felly, daeth Meg o flaen ei lygaid. Nid y wraig swta, ddi-ddweud yn y misoedd hynny cyn ei marw, ond y Meg nwyfus, synhwyrus, gariadus gynt. Rhywsut yfô oedd wedi lladd y Meg honno, drwy fod yn brin o ddeall, drwy fethu egluro, drwy ei hanwybyddu. Na, doedd hynny ddim yn deg. Ni fu ef erioed yn euog o'i hanwybyddu. Ond pe bai'r cloc wedi ei droi'n ôl bum mlynedd, a'r ddau ohonynt yn dechrau o'r dechrau, yr un fyddai ei hanes ef. Roedd yr hyn a'i gyrrai ymlaen y tu allan iddo. Pe bai un ohonynt yn newid, Meg fyddai honno. Ond roedd hi'n rhy hwyr bellach. Trueni na byddai Meg wedi cael byw i fwynhau ei phlant. Ond roedd Meg yn un o'r gwragedd hynny na byddai byth yn mwynhau plant. Tybed a oedd yntau fel tad yn treulio digon o amser gyda nhw? Sylweddolodd yn sydyn mai chydig iawn a feddyliai am ei blant. Roedd Malan a Lisa yno i ofalu amdanynt, i olchi eu dillad, i roi bwyd iddynt, i weld eu bod nhw'n mynd i gysgu. Amdano ef, wel, roedd ef mor brysur gyda chyfarfodydd y Crynwyr . . . Fe'i gorfododd ei hun i wynebu'r ffaith ei fod o'n osgoi bod yng nghwmni ei blant. Na, nid ei blant — ei blentyn ieuengaf, Siân. Hon oedd simbol diniwed yr holl dywyllwch a fu rhyngddo ef a Meg. Hon oedd achos y tywyllwch eithaf. Beth oedd ei bwrpas yn pregethu cymod Crist oni allai ef gymodi â'i ferch fach? Daeth ton o gywilydd drosto, ac yn ddiarwybod dechreuodd yrru ei geffyl ymlaen yn gyflymach, nes cofio yn sydyn am Jeremy Mellor.

Daethant i Ddolgellau pan oedd hwyl y ffair yn dechrau pallu. Crwydrai gloddestwyr blin yn rhibidi-res allan o'r dref am adref. Siaradai eraill yn finteioedd y tu allan i'r tai. O'r tafarndai llawn llusgai sŵn canu difiwsig ac ambell floedd o chwerthin. Wrth iddynt fynd heibio i Eglwys Sant Mair sylwodd Rowland ar dri dyn yn sefyll yno a golwg tipyn sobrach arnynt nag ar y rhelyw o gwmpas. Dynion canol oed oeddynt, y tri ohonynt. Peidiodd y sgwrs rhyngddynt pan nesaodd y Crynwyr, a syllasant yn hir arnynt heb ddweud gair.

Roedd Jeremy Mellor wedi sylwi arnynt hwythau hefyd. Tynhaodd y ffrwynau, ac er syndod iddo gwelodd Rowland ef yn disgyn oddi ar ei farch, ac yn croesi atynt. Fe ddylwn groesi gydag ef, dywedodd Rowland wrtho'i hun. Ond ni symudodd. Ni fedrai lai na theimlo fod Jeremy Mellor wedi dewis amser anhwylus iawn i ddechrau pregethu. Pwy yn ei synnwyr fyddai'n dewis oriau olaf ffair G'lanmai? Ar unwaith ceisiodd Rowland wthio'r cwestiwn blin o'i feddwl. Hwyrach fod Duw wedi symud y Crynwr i lefaru yn awr. Pwy oedd ef i amau ffordd ac amser Duw? Beth bynnag nid oedd arwyddion fod y Crynwr yn cael gwrthwynebiad ffyrnig iawn. Gadawsant iddo siarad, gan wrando'n astud arno. Yna dywedodd un ohonynt rywbeth ar ei draws. Trodd yntau ato a chwestiwn ar ei wyneb. Erbyn hyn roedd y tri yn siarad ar draws ei gilydd. Cododd Jeremy Mellor ei law a chlywodd Rowland ef yn dweud yn Saesneg:

'Siaradwch yn fwy cymedrol, frodyr, un ar unwaith. Oblegid mae pwysau mawr ym mhethau Duw, ac ni ddylid eu trafod ond gydag ofn a pharch.'

Trodd at Rowland a galwodd arno.

'Ni fedraf ddeall dy gydwladwyr yn iawn. Siaradwch yn Saesneg, gyfeillion.'

Roedd un o'r tri yn gynhyrfus iawn. Cofiodd Rowland yn sydyn pwy oedd o — töwr o'r Ganllwyd o'r enw Gwallter, un o deulu o Biwritaniaid. Prin iawn oedd ei Saesneg a gwridodd Rowland drosto wrth ei glywed yn ymdrechu i fynegi ei feddyliau.

'Ond beth ydy'r 'light within' yma?' Roedd ei drwyn rhyw droedfedd o wyneb Jeremy Mellor. 'The lleuad is light, yes? The haul is light, yes? God was making those, wasn't he? For what want we any more light?'

Edrychodd Jeremy Mellor yn hurt arno. Roedd y diffyg cymundeb rhwng y ddau yn berffaith. Ond gwelodd Rowland nad cellwair roedd Gwallter. Roedd ef o ddifri yn ymbalfalu i wybod ystyr y geiriau dieithr.

'Rwyt ti'n iawn, Gwallter, Mae'r lleuad a'r haul a'r sêr yn rhoddi goleuni naturiol i ni, wedi eu creu gan Dduw. Ond mae yna oleuni arall y tystiodd Ioan iddo, sef y bywyd yng Nghrist y Gair, trwy yr Hwn y crewyd pob peth.'

Roedd Gwallter wedi troi ei sylw oddi wrth Jeremy Mellor at Rowland, a'i lygaid dryw bach yn pefrio uwchben ei drwyn main. Daeth y geiriau a oedd wedi crynhoi ym mynwes Rowland Ellis allan fel fflodiart wedi ei agor.

'A'r goleuni yw'r hyn sydd ymhob dyn a dynes, goleuni dwyfol sy'n peri i bob un weld ei bechodau a'i eiriau a'i weithredoedd aflan, ac yn goleuo stafell ddirgel y galon. Mae'r goleuni hwn oddi mewn i bob un dyn, Gwallter, pob un, cofia, hyd yn oed y gwaelaf un.'

Erbyn hyn roedd eraill yn dechrau ymgasglu o gwmpas, ond prin y sylwodd Rowland arnynt. Am y tro cyntaf roedd yn cyhoeddi ei genadwri nid i glustiau parod a thyner ei gyd-Gyfeillion, ond i rai oedd heb ddeall, rhai oedd ond odid yn elyniaethus ei ochr. Y cyfan roedd arno eisiau y munud hwnnw oedd rhannu gyda bobl ei ardal ef ei hun yr hapusrwydd a'r tangnefedd o brofi cymdeithas uniongyrchol â Duw.

'Byddwch chwi gan hynny yn berffaith oedd gorchymyn Crist. Nid yw Crist yn gorchymyn yr amhosibl. Fe ddaeth i gymodi dyn â Duw, i adfer tangnefedd rhyngddynt, i adfer dyn sydd wedi ei greu ar ddelw Duw, i adfer dyn i'w berffeithrwydd cynhenid. Brwydr fewnol yw Rhyfel yr Oen. Nid oes yma na phicell na bwyall, na chleddyf na dryll. Edifeirwch yw arf bennaf Crist. Hunanoldeb a balchder yw'r gelynion pennaf. A'r rhai mwyaf euog yw'r offeiriaid euog a'r gau-broffwydi sy'n eich twyllo chwi ac yn dyfod rhyngoch chwi a'r gwirionedd.'

'Pabydd!' gwaeddai llais o'r dorf. 'Mae'r dyn yn gennad dros y Pab!'

'Mae'r dyn yn gennad dros y Tad, fy ffrind,' atebodd Rowland yn dawel. 'Mae defodau a sacramentau ac athrawiaethau ac ysgrythurau yn eich dallu chwi, o Gymry annwyl. Nid trwy hyn y daw gras Duw. Tynnwch y gorchuddion hyn ymaith, a dewch yn noeth gerbron y Goruchaf mewn addoliad a chymundeb tawel a sanctaidd, trwy rym y Crist sydd yn trigo oddi mewn i bob un ohonoch chi.'

'Cabledd,' murmurai hen ddyn ar flaen y rheng, ond ni chymerodd neb sylw ohono. O'i flaen gwelodd Rowland don ar ôl ton o lygaid eiddgar.

'Nid mewn gweddïo a chanu y mae dyn yn darganfod ei fywyd, ond yn nyfnderoedd ei ysbryd; nid mewn athrawiaethau hirwyntog ond mewn profiad personol a gwirioneddau bywyd beunyddiol. Ac megis ag mae Duw yn gofyn am grefydd blaen a diffuant, felly y dylem fod yn ei hymddygiad, gan osgoi ffug foesgarwch a rhagrith y byd hwn. Duw yn unig sy'n haeddu ein parch a'n clod. Ac os ydym ni'n onest yn ein crefydd, rydym ni'n onest yn ein perthynas y naill a'r llall. Chwi dafarnwyr, gweinyddwch ar y sychedig, ond peidiwch â meddwi dynion. Chwi drefnwyr gwyliau a ffeiriau, gofalwch nad yw llawenydd yn arwain i ddrygioni. Chwi werthwyr nwyddau, peidiwch â thwyllo'r tlawd am arian. Oblegid dyna ein neges trwy Grist, sef gonestrwydd, diffuantrwydd, ac yn bennaf oll cariad.'

Ni phrofodd Rowland Ellis erioed o'r blaen y wefr honno a ddaw o gael gwrandawiad astud. Daeth i'w feddwl y gallai wneud unrhyw beth a fynnai y munud hwnnw â meddyliau y bobl o'i flaen, a daeth dagrau o lawenydd a diolch i'w lygaid. Ai fel hyn y teimlai George Fox ar ei ymweliad â'r dref dros ugain mlynedd ynghynt? Ai fel hyn y teimlai Martin Luther a John Knox a'r Esgob Latimer wrth gyflwyno syniadau newydd i'r tyrfaoedd? Roedd Duw wedi agor iddynt hwy megis ag yr agorai iddo yntau yn awr. Ai fel hyn y teimlai Crist ei hun?

Roedd fel petai rhywun wedi taflu dŵr oer yn ei wyneb. Pallodd ei eiriau yn sydyn, ac fe aeth yn oer drosto o'i gorun i'w draed. Dyma ti newydd gyhoeddi mai hunanoldeb a balchder yw'r gelynion pennaf, meddai llais y tu mewn iddo. Pa falchder sy waeth na'r un a brofaist ti yn awr, yn tybio y gelli di fowldio a siapio eneidiau dynion gyda dy eiriau rhugl? Mae'r diafol wrth law o hyd yn ymddangos yn y lleoedd mwyaf annhebygol. Ac eto, os oedd dyn yn mynd i gyhoeddi neges arbennig, roedd yn rhaid iddo gredu fod ei eiriau yn dod oddi wrth Dduw ac nid oddi wrth y diafol.

Roedd Jeremy Mellor wedi sylwi ar ei argyfwng. Heb ddeall yn iawn y rheswm am y gwelwder ar wyneb ei gyfaill ifanc a'r gwefusau crynedig a'r braw yn y llygaid, dechreuodd annerch y dorf ei hun yn Saesneg. Ar unwaith fe dorrwyd yr hudoliaeth a osodwyd arnynt gan eiriau Rowland Ellis, a dechreuodd rhai fwmian a grwgnach. Roedd rhyw undonedd fflat yn llais y Crynwr o Gaerhirfryn, ac er fod ei eiriau yn ddiwastraff ac yn diffuant, roeddynt ar yr un pryd yn rhy ddi-awen gan y Cymry wedi eu meddwi ar sŵn geiriau.

Sleifiodd rhywun i flaen y dorf a thaflu dyrnaid o laid yn wyneb Jeremy Mellor. Boddwyd llais y pregethwr gan sgrechiadau o chwerthin. Daeth rhywun arall ac anelu dyrnaid i wyneb Rowland Ellis. Gallai fod wedi neidio o'r ffordd, ond safodd yn llonydd i dderbyn y baw. Hyn yn benyd am ei hyfdra gynneu. Taflwyd y garreg gyntaf gan rywun yn y cefn; taflwyd un arall o'r chwith; yna un arall ac un arall nes bod cawodydd o gerrig yn llifo o bob tu.

Ceisiodd rhai o'r gwrandawyr rwystro'r lleill, ond nid oedd dichon dadlau â'r gro peryglus.

Rhedai'r gwaed i lawr talcen Rowland a'i ddallu. Clywodd rywbeth gludiog yn ei geg, yn gorlifo o gornel ei wefusau. Gwelodd fod Jeremy Mellor yn sefyll yn stond a'i lygaid ynghau, ei wyneb yn faw ac yn waed i gyd. Roedd rhywun wedi tynnu ei het fawr blaen oddi am ei ben, ac wedi ei gosod am ben un o'r ceffylau. Brwydrodd Rowland yn erbyn awydd sydyn i gydio yng ngwddf y llencyn agosaf ato. Roedd hwn yn dawnsio nôl ac ymlaen yn ysgwyd ei gorff gan ddynwared y Crynwyr, crechwen wirion ar ei wyneb main.

'Fel 'ma ma nhw'n mynd. Fel 'ma. Yli, Dic!'

Roedd o yn ei ddyblau yn chwerthin a'r poer yn dylifo i lawr ei ên. 'C-c-c-crynu! Yli, Dic!'

Gwyddai Rowland y gallai fod wedi bwrw'r hurtyn yn anymwybodol ag un trawiad. Dyro ras imi, O Dduw, gweddïai, i dderbyn y dioddefaint hwn yn llawen. Ond am ba hyd? Gwelodd fod yr ergyd olaf a gafodd Mellor wedi ei fwrw i'r llawr. Plygodd i'w helpu, a chafodd gic gan rywun a barodd iddo syrthio ar draws y Crynwr.

'Bobl bach y Bala, mae nhw'n fudron. Gawn ni 'u golchi nhw, hogia?'

Clywodd Rowland y waedd yn ei glustiau, a'r peth nesaf, roedd ei ben a'i wyneb yn diferu o gynnwys pot siamber. Cododd y cyfog o'i stumog, a cheisiodd sychu'r gwlybaniaeth ffiaidd â'i lawes a chodi ar ei draed, ond fe gafodd gic arall, rhwng ei goesau y tro hwn. Clywodd y sgrech yn codi i'w wddf, ond ni ddaeth sŵn o'i enau. Plygodd yn ddwy a syrthiodd ar draws Mellor unwaith eto.

Yn boenus ac yn araf cododd fymryn i ryddhau'r pwysau ar ei gyfaill. Gwelodd gyda braw fod hwnnw'n gorwedd yn llonydd a'i wyneb fel marmor. Roedd rhai o'r lleill wedi gweld hyn hefyd, oblegid, yn araf, fe beidiodd yr hwyl, ac o un i un diflannodd y dorf.

Caeodd Rowland ei lygaid a'i ollwng ei hun i'r distawrwydd tywyll.

'Mae eich cyfaill yn dod ato'i hun.'

Agorodd ei lygaid i weld wyneb pryderus Gwallter yn plygu uwch ei ben. 'Ydach chi'n teimlo'n well, Rowland Ellis?' Amneidiodd ei ben gan furmur ei ddiolch. Goleuodd ei lygaid pan welodd fod Jeremy Mellor yn codi'n araf ar ei eistedd. Nid am y tro cyntaf synnodd Rowland at ei dawelwch di-gyffro. Atebodd Mellor y cwestiwn mud.

'Nid dyma'r tro cynta i mi, gyfaill.' Gwenodd wên fach gam. 'Mae'r hen gorff yma'n wydn, wyddost ti.'

Daeth ton o edmygedd dros Rowland. Mae'n rhaid fod y dyn hwn o leiaf yn hanner cant. Ac eto gallai wynebu ei fynych labyddio a dal ati.

'Rowland Ellis, mae'n rhaid i mi —'

Stopiodd Gwallter yn lletchwith. Gwelodd Rowland fod dagrau yn y llygaid gwinau.

'Rowland Ellis, wnewch chi ddeud wrth ych cyfaill na weles i yn fy myw y fath ddewrder. Ac os bûm i'n anfoesgar tuag ato ychydig amser yn ôl, rydw i'n erfyn am ei faddeuant rŵan. Nid geiriau sy'n cyfri, yn nage? Gweld y peth yn gweithio sy'n cyfri.' A throdd Gwallter ar ei sawdl fel pe bai'n methu â dweud rhagor.

Yn araf cerddodd y ddau Grynwr at eu meirch amyneddgar. Ar y ffordd i fyny i Frynmawr ceisiodd Rowland gyfleu peth o'r hyn a ddywedai Gwallter. Ond un anodd i'w ganmol oedd Jeremy Mellor.

'Bydd yn well ar y gwerinwyr hyn pe caen nhw gyfle i ddysgu Saesneg,' oedd ei ateb cwta. 'Fc wnest ti'n burion, gyfaill, am iti fedru llefaru gyda nhw yn eu hiaith eu hunain. Ond yn hwyr neu'n hwyrach bydd yn rhaid i ni ddiddymu'r terfynau rhwystrol hyn rhwng y gwledydd os yw dyn i gael gwir gymundod â'i gyd-ddyn yn Eglwys Crist.'

Ochneidiai Rowland yn dawel. Roedd gorwelion cul i feddwl hyd yn oed y dyn gorau. Ond roedd ef yn rhy flinedig i ddadlau. Yn nyfnder ei feddwl synhwyrodd nad dyma'r tro olaf y byddai'n clywed y fath ymresymu. Roedd o'n falch o weld simdde Brynmawr yn dod i'r golwg ar ben y tyle.

Roedd arogl miniog y tywyllwch ar y rhedyn. Uwch ei phen gallai weld lleuad newydd fel pen ewin, a'r pren collen yn dawnsio. Ond ei phen hi oedd yn dawnsio, nid y gollen, a llaw Huw yn rhyfeddol o dyner yn symud yn ôl a blaen ar ei thalcen ac ar ei grudd. Yna'r lleuad yn cael ei dallu gan ben Huw yn pwyso ymlaen ac yn ei chusanu ar ei gwefus. Cusan gyffyrddus, gyfeillgar, fel tad . . .

Caeodd ei llygaid ond daliai ei phen i droi a throi. Roedd hi wedi camddeall Huw. I feddwl ei bod hi wedi ei ofni o ar hyd yr amser. Ond fe fu'n gwmpeini da iddi heddiw, ac yn ffeind iawn wrthi, ac roedd hi'n hoffi'r ogla cartrefol ar ei diwnic melfared. Ymestynnodd ei chorff i'r eithaf, nes bod gwefr hapus yn ei meddiannu hyd at fysedd ei thraed. Cododd ei llaw dde i wyneb Huw ac amlinellu gyda'i bysedd siâp ei dalcen a'i aeliau a'i drwyn a'i geg. Caeodd ei wefusau yn sydyn o gwmpas ei bys a dechrau ei sugno yn araf. Chwarddodd Lisa. Roedd hyn yn gêm newydd iddi hi. Ond nid oedd Huw yn chwerthin. Roedd o'n dechrau anadlu'n drwm, a theimlodd Lisa ei gorff yn tynhau fel tannau crwth.

'Rwyt ti'n pwyso'n rhy drwm, Huw.' Roedd hi'n hanner chwerthin, hanner griddfan, ond nid oedd Huw yn cymryd sylw yn y byd. Roedd ei law chwith wedi rhyddhau ei bron o'r ffisiw a'i gorchuddiai, ac roedd o'n sugno arni fel yr arferai hithau weld Tomos y babi yn sugno ar fron ei mam. Roedd y syniad yn un doniol i Lisa — dyn mawr canol oed fel Huw ac eisiau swci arno. Dechreuodd chwerthin eto, ond ar yr un pryd roedd hi'n dechrau mwynhau'r teimladau rhyfedd newydd sbon danlli a ddeuai drosti.

'Dyna ddigon, Huw. Mae'n rhaid i ni fynd.'

Roedd y gêm wedi cymryd tro rhyfedd. Nid Huw oedd yno bellach ond rhywun diarth, cryf fel cawr, a dychrynllyd fel blaidd. A hithau'n garcharor o dan ei gorff. Roedd y dieithryn hwn yn ei brifo, yn ei rhwygo'n ddwy, yn fud i'w griddfanau a'i hymbil. Yn sydyn roedd hi'n eneth fach unwaith eto yn gweiddi am ei mam.

Synnai Rowland o weld Malan yn eistedd yn y gegin. Gwyddai fod yr hen wraig yn hoffi noswylio ar ôl swper, ond pan ddaeth i mewn gyda Jeremy Mellor, dyna lle'r oedd hi'n eistedd yn llonydd yn y gadair, ei dwylo rhychlyd ymhleth ar ei ffedog ddu, ei chap yn gam a'i phen wedi rhowlio ar un ysgwydd. Roedd hyd yn oed cyfarth y cŵn yn y buarth heb ei deffro. Estynnodd Rowland ei law allan a'i chyffwrdd yn dyner yn ei hysgwydd.

'Malan! Mae gynnon ni gwmni, Malan.'

Agorodd yr hen wraig ei llygaid a neidio ar ei thraed yn ffwndrus.

'Ych pardwn!' Moesymgrymod di Jeremy Mellor fel y byddai hi wedi gwneud hanner can mlynedd ynghynt, cyn i'r Crynwyr wgu ar yr arfer. 'Dim ond pendympian o'n i, welwch chi.'

'Ble mae Lisa?'

Oedodd yr hen wraig y mymryn lleiaf cyn ateb.

'Allan.'

'Allan? Yr adeg yma o'r nos?' Roedd syndod yn hytrach na braw yn llais Rowland Ellis.

'Allan,' ebe Malan eto yn swta.

Penderfynodd Rowland beidio â holi mwy am y tro a gofynnodd i Malan ddangos Jeremy Mellor i'w lofft. Pan ddaeth Malan i lawr, fe'i heriodd hi'n gyflym ac mewn llais isel.

'I ble'r aeth Lisa?'

'Ddwedodd hi ddim.'

'Ond mae hi'n tynnu at un ar ddeg o'r gloch.'

'Yndi.'

'Pa bryd aeth hi?'

'Yn union ar ôl i chi fynd allan.'

Ar ôl ennyd o ddistawrwydd dywedodd Rowland:

'O'r gore, Malan, cerwch i'ch gwely.'

Roedd yr hen wraig wedi blino ac yn falch fod y cyfrifoldeb o bryderu ar rywun arall yn awr. Heb ddweud gair yn rhagor fe aeth i'w llofft.

Cyneuodd Rowland lusern ac aeth at y drws cefn. Daliodd y llusern uwch ei ben a rhythu i dywyllwch y buarth, ond doedd dim yn symud na dim sŵn i'w glywed. Meddyliodd am fynd i ddeffro Ellis. Cai hwnnw aros yn y gegin i aros amdani tra elai ef i chwilio tua Phenybanc. Ond anodd fyddai deffro Ellis heb ddeffro'r lleill, ac roedd llonyddwch yn y llofft stabal. Edrychodd ar y cloc am y degfed gwaith, ac fel y gwnaeth hyn, dechreuodd y tinc cyfarwydd ar yr unfed awr ar ddeg. Wrth i'r tipiadau gymryd meddiant o'r distawrwydd unwaith eto, penderfynodd Rowland adael llonydd i Ellis a mynd ei hun i lawr mor bell â'r nant.

Ymsythodd yn sydyn. Llygod mawr yn y wenscot efallai, ond gallai daeru iddo glywed rhywbeth, rhywbeth yn symud yn ysgafn o gyfeiriad y drws cefn. Clywodd y distawrwydd yn drwm yn ei glustiau unwaith eto, ond daliai i wrando. Tybed ai sŵn clicied y llofft stabal a glywsai? Croesodd y buarth ar ysgafn droed, a galw'n isel.

'Ellis!'

Ond os Ellis oedd yno, ni chlywodd, neu ni chymerodd arno glywed, ei feistr. Newidiodd ei feddwl a daeth nôl i'r drws cefn. A dyna pryd y gwelodd ef y cysgod yn symud o'r tu mewn i'r cyntedd. Cerddodd yn gyflym at y bwtri.

'Lisa! Wyt ti yna?'

Llanwyd pob cornel o'r bwtri â golau'r llusern, ac fe welodd y ferch grynedig ar ei chwrcwd y tu ôl i'r drws. Daliodd ei anadl pan welodd y golwg oedd arni, ac fe lyncodd y geiriau miniog a neidiodd i'w enau. Roedd ei llygaid yn fawr gan ofn a'r cysgodion tywyll oddi tanynt. Safai ei gwallt o gwmpas ei phen fel gwrych o ddrain. O flaen ei bronnau, daliodd yn dynn â'i bysedd hynny oedd ar ôl o'r ffisiw lâs.

'Lisa, be wnei di, yn cuddied y tu ôl i'r drws fel 'na?'

Syllodd Lisa arno fel pe bai 'n ddieithryn.

'Tyrd i'r gegin i eistedd i lawr.'

Roedd yn union fel ceisio denu anifal bach ofnus, drwgdybus, nad oedd yn deall dim.

'Does dim rhaid iti fod ag ofn arnat. Rwyt ti adre rŵan. Tyrd.'

Fe gafodd y llais caredig ei effaith. Cododd Lisa yn boenus o'i chornel a daeth i mewn i'r gegin. Ar unwaith edrychodd tua'r

drws gan ddyheu am gael dianc, ond heb gymryd arno, gosododd
Rowland ei law ar ei hysgwydd a'i harwain hi i eistedd.

'Rŵan 'te Lisa. Be sy wedi digwydd? Be sy wedi dy ddychryn
di?'

'Ddar'u ti syrthio?'

Treiodd Rowland ffordd arall.

'Fe fuost ti yn y ffair on' do? Na, fydda'i ddim dicach os
dywed di'r gwir.'

Amneidiodd ei phen yn araf.

'Fuost ti mewn rhyw helynt yn y ffair? Welest ti gwffio yno?
. . . Wel, ddar'u ti syrthio ar y ffordd adre 'te?'

Teimlodd Rowland yn analluog i gael dim ohoni. Hwyrach y
byddai mwy i'w gael yn y bore.

'O'r gore, cer i dy wely.'

Neidiodd hithau ar ei thraed ar unwaith a gwneud am y drws,
ond cyn iddi allu mynd drwodd, daeth llais dwfn Rowland i'w
chlustiau.

Safodd yn stond heb droi i'w wynebu.

'Oes rhywun wedi gwneud rhywbeth i ti heno?'

Cododd Lisa ei dwrn i'w cheg i atal y gri, a chychwynnodd
redeg i fyny'r grisiau. Ond roedd ef o'i blaen hi. Cydiodd yn ei
garddwrn, ac yn dyner ond yn sicr, arweiniodd hi'n ôl i'r gegin.

'Lisa, edrych arna' i. Does dim rhaid iti ofni dim os dywed
di'r gwir. Pwy fuo hefo ti heno?'

Cadwodd Lisa ei phen i lawr, ond roedd rhywbeth yn y llais
tawel a fynnodd ateb. Mwmiodd yr enw yn aneglur, ond dyna'r
enw yr hanner disgwyliai Rowland ei glywed. Daeth blinder mawr
drosto o feddwl na fu iddo rag weld y gallai hyn ddigwydd. Bu
Lisa o dan ei ofal ef, ac roedd ef wedi methu. Bu'n rhy brysur
yn teithio'r wlad i feddwl am y bobl agosaf ato. Daeth y teimlad
cyfarwydd a chwerw drosto. Ai dyma farn Duw am ei fethiant
gyda Meg?

Edrychodd i lawr ar y ferch ofnus yn gwingo'n ôl yn ei chadair.

'Druan bach,' murmurai, a phlygodd i lawr i anwesu ei phen.
Dechreuodd Lisa feichio crio, o ryddhad. Mwy na dim, roedd hi
wedi disgwyl cael drwg ganddo am fynd i'r ffair, ac am aros allan

mor hwyr. Am y peth arall a ddigwyddasai iddi, fe wyddai mai pechod oedd hynny, gwaeth nag anufuddhau nac aros allan yn hwyr. Ond pechod Huw oedd hynny, nid ei phechod hi. Yn araf bach collodd ei hofnau a pheidiodd ei chrio.

Cil-edrychai Ellis Puw ar Huw Morris. Eisteddai hwnnw ar ei wely yn tynnu ei esgidiau oddi amdano. Roedd Ellis yn hen gyfarwydd â gwên gyfrinachol y gwas mawr, ond heno am ryw reswm roedd y wên yn annioddefol, yn haerllug yng ngolau'r gannwyll.

'Fues ti efo dy lances heno, carmon?'

Gwridodd Ellis, a theimlodd ei dymer araf yn codi. Roedd Huw yn hoff o faeddu Dorcas heb ei henwi.

'Wel, tyrd. Dwed wrtha'i. Gad i ni gymharu profiadau, achan.'

Roedd Huw yn ceisio dweud rhywbeth wrtho, fe wyddai'n iawn, ond trodd Ellis ar ei ochr a chodi'r gwrthban dros ei glustiau. Ceisiodd beidio â gwrando, ond roedd llais Huw yn gyrru ymlaen yn ddidrugaredd. Rhan hanfodol o'i bleser oedd brolio am ei brofiadau, a melys iawn iddo oedd medru sôn yn fanwl am ei fuddugoliaeth ddiweddaraf.

'Y peth ydy, achan, pan fydd dyn wedi dechre rhywbeth, fe ddôn nhw'n ôl ac yn ôl, eisiau mwy a mwy. Ond mi rydw i'n un o'r rheiny sy'n hoffi 'newis, wsti. Wedi'r cwbwl, 'a geir yn rhad a gerdd yn rhwydd' — mae'r hen air yn wir bob tamaid am ferched. Ond dyna ni, fe wna'r llances fach hon yn burion am sbel. Ydy ei chwaer hi gystal, Ellis Puw?'

Neidiodd Ellis Puw o'i wely a'r chwys yn diferu drwy ei gorff. Fe'i hyrddiodd ei hun ar Huw gan arllwys dyrnodau arno. Ac roedd Huw wrth ei fodd. Gallai fwrw'r llanc ymaith gydag un llaw gref, a'i daflu'n ôl ar ei wely. Safai uwchben Ellis a'i gorff mawr yn ysgwyd dan chwerthin.

'Wel, myn uffern-i, mae'r còg fel gafr ar daranau. Dydy'r Crynwyr ddim mor heddychol wedi'r cwbwl. Go dda, was. Rydw i'n hoffi gweld tipyn o gic mewn ebol.'

'Be pe taswn i'n deud wrth y meistir?' Roedd anadl Ellis mor fyr prin y gallai gael y geiriau allan.

'Ond wnei di ddim, na 'nei wsi. Achos byddai'n rhaid i'w mam hi gael gwybod wedyn. A Dorcas. A'r teulu mawr i gyd. A byddai'n rhaid i Lisa fynd o'ma hwyrach. A phwy fasa'n ei chynnal? Dorcas? Na, mae'n rhy gymhleth. Mae'n well iti dderbyŋ ffeithie bywyd fel y maen nhw.'

Hoffai Ellis fod wedi medru cyhuddo Huw mai celwydd oedd y cwbl o'i frolio. Ond fe roes ochenaid ddwys a gorchuddio ei gorff unwaith eto â'r gwrthban. Roedd Huw Morris yn fodlon ar effaith ei blagio. Diffoddodd y gannwyll a chyn bo hir roedd yntau'n chwyrnu cysgu, gan adael Ellis yn syllu drwy'r ffenestr ar seren y gogledd.

Y bore trannoeth galwodd Rowland Ellis ar Huw Morris i ddyfod ato i'r tŷ. Roedd ef eisoes wedi siarsio Lisa i aros yn ei llofft am y bore, fel ei bod hi allan o glyw ac o gyrraedd.

Er ei fod yn ei ddrwgleicio, doedd o rioed wedi ffraeo â Huw Morris, a chas oedd ganddo feddwl am dangnefedd Brynmawr yn cael ei rwygo gan eiriau dichellgar. Oblegid fe wyddai o'r gore nad yn dawel y cymerai Huw ei geryddu, yn enwedig gan rywun iau nag ef. Dyheai am i'r dasg fod drosodd.

'Ie — meistir?'

Profodd yr eiliad o oedi rhwng y ddau air fod Huw yn gwybod beth i'w ddisgwyl ac yn barod amdano. Daeth Rowland at ei neges yn syth.

'Fe fuost ti efo Lisa neithiwr.'

'Wel?'

'Fe wnest ti gam drygionus â hi.'

Edrychodd Huw Morris arno yn hir. Yna sychodd ei drwyn yn araf â chefn ei law.

'Dydy drygioni ddim yn golygu'r un peth i bawb. Mi gerddais adre o'r ffair efo hi.'

'A gadael iddi ddod i'r tŷ yn y cyflwr yna? Paid â gwamalu

Huw Morris. Pechod dirfawr ydy difwyno merch, yn enwedig un ddiniwed a dibrofiad fel Lisa.'

Daeth y mymryn lleiaf o wên i wefusau Huw, a dywedodd bron yn garedig:

'Rydach chi'n ddyn peniog, meistir, yn darllen llawer, yn meddwl am bethau dyfnion. Ond 'dach chi'n gwybod affeth o ddim am ferched — nac am ddynion chwaith o ran hynny. Mi ddweda'i un peth. Roedd Lisa fach yn mwynhau'r profiad gymaint a minne bob mymryn. Y fi oedd y cynta, ie. Ond fe fydd yna rai eraill . . . a rhai eraill. Tamaid i aros pryd ydw i. Mi rydw i'n nabod ei siort hi'n rhy dda. Rŵan. Ga'i fynd nôl at fy ngwaith?'

Heb aros am ateb, roedd o hanner y ffordd allan trwy'r drws.

'Aros lle rwyt ti!'

Doedd Rowland Ellis erioed wedi cael ei herio fel hyn o'r blaen, a gwyddai fod ei wyneb cyn wynned â'r galchen. Llais rhywun arall oedd yn siarad, llais oer a chaled.

'Mae pethe'n syml iawn i ti, yntydyn nhw, Huw Morris? Rwyt ti'n chwennych merch, ac yn ei chymryd, ac wedyn yn dy gyfiawnhau dy hun drwy ddarganfod yr un cymhellion ynddi hi ag sydd ynot tithe. Rwyt ti'n rhy hen ym myd y diafol i weld fod yna rai pethe sy'n dal yn wyn ac yn bur ac yn ddihalogedig. Neu 'u bod nhw felly nes bydd rhywun fel tithe'n 'u baeddu nhw â bysedd pechod. Pe taset ti wedi dangos y mymryn lleiaf o edifeirwch, Huw Morris, mi faswn i wedi maddau iti, ond o weld dy enaid yng nghrafangau Satan, mae'n rheidrwydd arna'i i d'yrru di oddi yma.'

Edrychodd Huw arno fel pe bai Rowland Ellis wedi colli ei synnwyr.

'Fy ngyrru i oddi yma? Ond myn uffern-i — am be?'

'Fe glywest ti be ddwedes i.'

Tro Huw Morris oedd hi'n awr i edrych yn welw. Dechreuodd chwerthin yn ansicr.

'Ond be tasa pob meistir yn troi ei was ymaith am orwedd â'r forwyn? Fydde na ddim gweision ar ôl yn y wlad. Eunuchiaid. Dyna'r cwbwl. Rhyw hanner dynion — debyg i Ellis Puw a — a —'

Arhosodd ar hanner ei frawddeg, a'r poer yn clafoeri o'i geg. Gwelodd yr olwg ar wyneb Rowland Ellis, ond fe aeth ymlaen yn ei orffwylledd.

'Waeth i chi heb â sefyll yn fan'na yn edrych fel Duw yn Nydd y Farn. Dach chi'n deall dim am fywyd. Dach chi'n gwybod dim am bobl. Dach chi'n gwybod dim am be sy'n mynd ymlaen o dan eich trwyn. Wyddoch chi ddim, naddo, fod meistres wedi bod yn dwyn oddi wrthych. Ac er mwyn iddi gael digon o arian i'ch gadael. Wyddoch chi ddim ei bod hi'n —'

'Taw arnat, y cachgi digywilydd!'

Roedd y llais fel taranau. Pwysodd Rowland ei ddyrnau yn dynn wrth ei ochrau, a gyrru ei ewinedd i mewn yn ddidrugaredd i'w ystlysau. *Wna' i ddim mo'i daro*. Rowliodd y geiriau drwy ei ymennydd drosodd a throsodd fel melin ddŵr. Ond fe'i lapiwyd mewn mantell ddu o'r fath gasineb na wyddai ef am ei fodolaeth. Caeodd ei lygaid yn dynn, a gwaeddodd ei enaid yn fud am nerth.

Pan agorodd ei lygaid, roedd Huw Morris wedi mynd.

III

Rhyddhawyd George Fox yn Chwefror o'r flwyddyn 1675 ar ôl pedwar mis ar ddeg yng ngharchar Caerwrangon. Daeth Cyfeillion o bob rhan o'r wlad i'r Cyfarfod Blynyddol yn Llundain i'w gyfarch, ac yn eu plith Rowland Ellis. Un o'i amcanion oedd ceisio cyfleu syniad i'r Cyfeillion Seisnig am y peryglon mawr a oedd ar gynnydd ym Meirionnydd.

Daliai'r henwr Robert Owen Dolserau i nychu yng ngharchar Dolgellau — ei ail flwyddyn yno o'r ail garchariad. Dirwywyd Jane ei wraig i'r swm o ugain punt am gynnal cyfarfodydd i'r Crynwyr yn ei chartref. Cymerodd yr ustusiaid chwech o ddefaid Ellis Ellis Iscregennan i dalu'r degwm a wrthodwyd ganddo i'w thalu. Am dorri ar draws pregeth offeiriad y plwy yn Eglwys Sant Mair fe gosbwyd John Harry, ysgolfeistr Llanfachreth, a David Evans o'r dre drwy eu rhoi wyneb i waered yn y cyffion am ddeuddeng awr. Ac roedd ganddo amryw o achosion tebyg i'w hadrodd .

Ond yr un oedd yr hanes yn Lloegr o Gaerliwelydd i Plymouth. Synhwyrodd pawb fod y dyddiau o oddefgarwch ar ben a'u bod yn wynebu ar gyfnod o ddioddefiadau mwy erchyll nag erioed o'r blaen. Canlyniad i hyn oedd i'r Cyfeillion glosio at ei gilydd a phenderfynu cynnal cyrddau wythnosol, Cyrddau ar gyfer Dioddefiadau, i ystyried adroddiadau am helyntion y Crynwyr yng Nghymru, Lloegr a thros y môr.

Anfonodd Rowland Ellis lythyr at Margaret Owen, Dyffrydan.

Llundain 7.viii* 1675

Annwyl Gyfnither,

Ni ddaeth cyfle i mi cyn ymadael ddiolch iti am dy fawr gym-

* Hydref yn ôl yr hen galendr.

wynasau â'r plant. Bu Ann yn llawn moliant am ei hwythnos yn
Nyffrydan, ac yn arbennig am y rhwyfo yn y cwch ar Lyn
Cregennan. Ni phallodd y disgrifiadau hapus o'r 'dŵr mawr' a
'Dewyrth Wiliam.' Ac mi a welais liw rhosyn am y tro cyntaf ar
fochau Siân fach. Ofnaf er hynny fod gwaith mawr i ddwyn y
fechan at wydnwch ei chwaer.

Bûm yn y Cyfarfod Blynyddol heddiw, ac yr oedd croeso brwd
i G.F. Cof plentyn yn unig oedd gennyf amdano cyn imi ei weld
heddiw. Dyn mawr o gorff ydyw, a gwelwder croen ei wyneb yn
bradychu dyddiau ei garchariad maith. Mae ganddo drwyn main
asetig, gwefusau llydan, a dau lygad sy'n treiddio i galon dyn.
Deallaf o'r gore sut y bu i un dyn weiddi 'Tro dy lygaid ymaith!'
pan edrychai ef arno.

Wrth ei ochr eisteddai gŵr ifanc hardd ei olwg — a phur
wahanol i bawb arall yno. Fe'm synnwyd gan wyched ei wisg.
Ymysg llwydni a syberdod y gweddill ohonom, safai ei wasgod
sidan ef allan yr odia fyw. O gylch ei wddf yr oedd coler o las
main, a thorchau llawes o'r un peth o gylch ei ddyrnau. Gwisgai
ei wallt yn llaesach ac yn fwy cymen na neb arall, a chyhoeddai
rhyw awdurdod, yn ei osgo fod hwn yn perthyn i fonedd gwlad.
Fe ddyfalasoch, y mae'n sicr, mai Wm. Penn oedd hwn, mab y
Llyngesydd, Syr Wm. Penn.

Cefais well cyfle i sylwi arno pan gododd ef ar ei draed i siarad.
Y llais oedd y peth cyntaf a'm trawodd, llais diwylliedig, cynefin
â barddoniaeth Miltwn a rhyddiaith Jeremy Taylor, llais cyf-
arwydd â dadlau achos mewn prifysgol a llys. Ac yr oedd ei
acenion yn bur wahanol i eiddo'r gwerinwr hwnnw o Gaerlŷr.

Wyt ti am imi nodi'r gwahaniaethau eraill rhyngddo a G.F.?
Lle mae llygaid George Fox yn od o dreiddgar, mae llygaid Penn
yn fawr ac yn freuddwydiol. Lle mae cadernid y dyn ymarferol
yn ei amlygu ei hun yn wyneb a lleferydd pwyllog y naill, tybed
nad oes yna ryw anaeddfedrwydd, rhyw synhwyrusrwydd i'w
gweld yng ngên y llall? Ac eto y mae rhywbeth rhyfeddol yn uno'r
ddau annhebygol hyn. Glywaist ti fel y treuliodd Penn gyfnod ar
ôl cyfnod mewn carchar, y tro olaf yn Newgate, y lle bryntaf ac

aflanaf yn y wlad. Ac mi a glywais ddoe am ei ddewrder a'i ddeheurwydd yn yr Hen Failey pan blediai'i achos ef ei hun. Cawsai'r rheithwyr ef yn ddieuog. Ond gwrthodai'r Cofiadur Hywel dderbyn y dyfarniad. Gorchmynnodd iddynt gael eu cloi mewn stafell heb na chig na diod, tân na thybaco, nes dyfarnu ohonynt Penn a'i gyfaill William Mead yn euog. Protestiodd Penn yn erbyn hyn. 'Saeson ydych chwi,' meddai wrth y rheithwyr, 'gofalwch am eich breintiau; na wrthodwch eich hawliau.' A gwaeddasant yn ôl 'Na wnawn fyth!' Aeth y gomedi hon ymlaen am ddyddiau, yn ôl a glywais, y rheithwyr yn sefyll eu tir, a'r Cofiadur Hywel yn maentumio na fyddai hi byth yn iawn ar Loegr nes cael Galluoedd Chwil-lys Sbaen i ddelio â'r fath ddihirod. Yn y diwedd dirwywyd y rheithwyr ganddo i ddeugain marc yr un, a chan iddynt wrthod ei dalu, aed â nhw a'r ddau garcharor i Newgate. Ond rhyddhawyd y rheithwyr yn fuan, a chawsant iawndal gan y Cofiadur am eu carcharu ar gam.

Tybed ai Cymro yw'r Cofiadur Hywel? Ni chlywais y naill ffordd na'r llall. Ond gwridaf dros yr enw.

Byddi am wybod beth a ddywedodd G.F. ei hun. Sôn yr oedd am y cyfle a gafodd ef yn Newgate i ledaenu cenadwri y Goleuni ymhlith y carcharorion eraill. Dim gair am ei ddioddefiadau amlwg ef ei hun, dim ond diolch i Dduw am y cyfle godidog. Wrth wrando arno, wyddost ti, mi a gefais fflach o wybodaeth sicr. Gwyddom fod cyfnod o ddioddef o'n blaen. Ond, fy annwyl Margaret, rhaid i ni dynnu mêl o'r maglau. Trwy ein poenau daw eraill o hyd i sicrwydd o'r cariad dwyfol, felly rhaid eu croesawu. Gwn fod nerth Duw yn ein cynnal yn barod i ni wynebu a ddaw. Ni fuom yn cyfranogi o gyfarfodydd dirgel, liw nos, megis y Presbyteriaid a'r Bedyddwyr. Gadawer hynny i'w doethineb hwy. Ond mae'n rhaid i ni dreblu ein tystio agored, a throi ffrwd yr erlid i felin Duw.

Fy nghyfarchion atat ac at dy chwaer, ac at y Cyfeillion sy'n cwrdd yn dy dŷ. Oddi wrth dy gefnder

Rowland Ellis.

Ar ôl y cyfarfod ceisiodd air â Fox, ond roedd William Penn a'i
wraig Guilelma wedi ei gipio yn syth i'w cartref eu hunain, a bu
raid i'r cyfle fynd. Ond wrth ymadael â'r Tŷ Cwrdd gwelodd
dri dyn yn siarad â'i gilydd. Goleuodd ei wyneb o sylweddoli fod
tri o'i gydwladwyr yno. Ni welsai un ohonynt, Siôn ap Siôn, ers
pan oedd yn blentyn, ond bu'n cyfarfod â'r lleill yn weddol gyson
ar ei deithiau dros y Crynwyr. Dau ŵr o Faldwyn oeddynt,
Richard Davies, a Thomas Lloyd, Dolobran. Trodd y tri at
Rowland i'w gyfarch ac ebe Siôn ap Siôn:
    'Gadewch i ni gael gwybod barn gŵr ifanc. Sôn yr oeddym am
Siersi Newydd.'
    'Ie, yn yr America. Mae William Penn a dau arall wedi cael
tir helaeth i'w dwylo, ac yn arfaethu ei droi'n dalaith i bawb a fyn
fyw mewn gwlad â rhyddid cydwybod. Fyddet ti'n mynd yno,
Rowland Ellis?'
    Chwarddodd yntau yn ysgafn. 'Na fyddwn i.'
    'Pam?'
    Saethwyd y cwestiwn ato yn ddiwên gan Thomas Lloyd.
    'Wel . . . amryw o resymau. Yma — hynny ydy, yng Nghymru
— yma mae nghartre. Bu fy nheulu yn ffermio Brynmawr ers
yn agos i ganrif. Pam raid imi ei fadael? . . . Ond heblaw hyn,
onid oes gynnon ni ddyletswydd i aros yma . . . i orchfygu. Waeth
be 'dy'r dioddef?'
    'Be ddywedes i, Thomas Lloyd?' Trodd Richard Davies at y
gŵr arall. 'Dyna fy nheimlad inne, ac rwy'n falch fod dyn ifanc
o'r un feddwl. Gadewch yr America i'r Sentars eraill, ddyweda' i.
Mae gynnon ni waith a chenadwri yng Nghymru.'
    'Ond dywed fod yr erlid yn gwaethygu ac yn dychryn pobl rhag
ein harddel? Mae hyn wedi digwydd, cofia, mewn rhannau eraill
o'r wlad. Oni fydde'n well i ni fynd i rywle newydd, a chodi gwlad
yno a fydd yn gwbl rydd? Meddylia am yr effaith ar bobl y byd
o weld cymdeithas iach a duwiolfrydig yn ffynnu o dan ryddid i
addoli yn ôl y gydwybod.'
    'Utopia?'
    'Ond mae'r peth yn *bosibl!*'
    'Ddaeth dim da o ffoi erioed.'

Sylwodd Rowland fod Siôn ap Siôn yn gwrando'n astud ar y ddau arall ond heb gynnig barn ei hun. Mentrodd unwaith eto dan chwerthin.

'Ond cwestiwn academaidd yw hyn yntê? Dydy'r peth ddim yn debyg o godi, yn ein hachos ni. Cymry ydan' ni wedi'r cwbwl.'

'Nid mor academaidd,' ebe Thomas Lloyd. 'Mae William Penn am imi hel enwau ymhlith y Cymry . . . Mae'n amlwg na fyddaf yn cynnwys dy enw di, Rowland Ellis.'

Ysgydwodd hwnnw ei ben â gwên.

Ar ei ffordd yn ôl i Gymru yr wythnos ganlynol, bu'n pendroni uwchben y sgwrs hon. Beth pe bai rhai Cymry ymhlith y Crynwyr yn cael eu temtio i fynd. Mi fyddai'n galed iawn ar y gweddill a adawyd. Tybed a fyddai Thomas Lloyd ymhlith ymfudwyr cyntaf William Penn? Ni ddywedasai hynny yn blaen ond roedd ei frwdfrydedd dros y syniad yn debyg o'i arwain ef at hynny. Roedd Rowland mewn penbleth gwirioneddol, yn methu â'i ddeall. Dyna i chi Ddolobran, anedd-dŷ urddasol ac hynafol, a'r Llwydiaid yn deulu o barch a bri ym Maldwyn. Ond rhaid cofio i Domos dreulio wyth mlynedd o'i fywyd yng ngharchar y Trallwm. Pwy oedd o i'w feio am fynnu rhyddid a heddwch mewn gwlad arall.

Ond amdano fo, Rowland, ni allai ei weld ei hun yn unman ond ym Mrynmawr. A hyd yn oed pe bai o'n chwennych mynd, beth a ddigwyddai i'r Cyfeillion eraill — rhai fel Robert Ellis, Tyddyn y Garreg, Siân Morris a'i thad, Lewis Owen, Gwanas . . . Cymry'r werin oedd rhain, yn tynnu anadl einioes oddi wrth bridd y llechweddau ysgithrog o gylch Y Gader, a mawn y rhostiroedd. A Margaret Owen, Dyffrydan . . . beth amdani hi? A'i blant, a Malan, ac Ellis Puw? Hyd yn oed pe baen nhw'n mynd gydag ef yn un teulu mawr, sut siâp fyddai ar Gymry uniaith fel Ellis a Dorcas ar goll mewn cymdeithas o genhedloedd dieithr, miloedd o filltiroedd o'u cynefin. Na doedd dim gronyn o berygl iddo fo gael ei hudo gan gynlluniau William Penn.

Sylweddolodd yn sydyn ei fod o'n ddig wrth Penn am aflonyddu ar bethau, a'r wybodaeth am y Goleuni ar gynnydd yng Nghymru.

Edrychodd Dorcas i fyny at y cymylau aflonydd a chyflymodd
ei cherddediad. O frysio, fe gymerai chwarter awr iddi gyrraedd
Brynmawr, a hwyrach y byddai hi yno cyn i'r glaw ddisgyn.
Roedd hi'n dechrau tywyllu hefyd a'r coed o'i blaen yn chwifio'n
fygythiol yn y gwynt. Trwy'r dydd fe fu haul mis Hydref yn
goleuo'r dail aeddfed amryliw, ac yn cynhesu'r rhedyn coch ar y
ponciau y tu ôl i'w thŷ, nes llenwi ei chalon â hapusrwydd ac
awydd i rannu ei llawenydd ag Ellis. Doedd hi ddim wedi trefnu
i'w gyfarfod tan y Sul. Tair noson i aros. Yn sydyn ar ôl swper,
fe benderfynodd gerdded draw i Frynmawr.

'Ond mae hi'n bump o'r gloch rŵan, wsti. Mi fydd y nos ar
dy drywydd di cyn iti gyrraedd,' rhybuddiai Sinai hi, gan synnu
peth at sydynrwydd anarferol ei merch bwyllog.

'Mae gen i lygaid fel cath yn y twllwch,' chwarddai Dorcas. 'Ac
fe ddaw Ellis â fi'n ôl ymhell cyn hanner nos.'

Ond erbyn hyn doedd hi ddim mor ffyddiog o bell ffordd.
Trodd cwyn y gwynt yn udo dolefus, a gallai daeru iddi weld golau
llusern annaearol jac y gors yn chwifio o'i blaen. Brifwyd ei bochau
gan gylymau ei chap gwlân yn chwythu yn erbyn ei hwyneb, a
chlywodd ei sgerti yn llyffethair o gylch ei choesau. Roedd y
cymylau yn ymrannu fel crochan berwedig, a disgynnodd y diferyn
cyntaf o law ar ei thalcen wrth iddi droi am y nant a redai i afon
Aran heb fod nepell o Frynmawr.

Roedd hi'n wlyb diferu yn curo ar ddrws cegin Brynmawr.
Rhythodd Lisa arni pan agorodd y drws iddi, gan feddwl yn siŵr
fod rhywbeth mawr o'i le gartre.

'Na, does dim byd yn bod. Mae'n ddrwg gen i dy ddychryn di.
B'le mae Ellis?'

Dechreuodd Lisa dynnu clogyn Dorcas.

'Hitia befo Ellis. Tyn y dillad gwlyb 'na oddi amdanat, a thyrd
at y tân.'

Ysgydwodd Dorcas ei phen a disgynnodd cawod o ddŵr glaw
ar y llawr.

'Mi dynna 'i fy sane, a sychu nhraed. Mi rydw i'n iawn fel arall.'

Ond mynnodd Lisa ei bod hi'n tynnu popeth.

'Mi folltia' i'r drws os oes arn' ti ofn i rywun ddŵad. Wn i.

Mi gei di fenthyg fy ngwisg goch i, tra bydd dy ddillad di'n sychu.'
Wrth weld cyflwr ei sgert a'i siôl o dan y clogyn gwelodd Dorcas
nad oedd ganddi ddewis ond ufuddhau.

'Gwisg goch? Wyddwn i ddim fod gen ti un.'

Gorchuddiwyd llygaid Lisa gan ei hamrantau am eiliad. Yna
meddai'n ysgafn.

'O oes. Mae hi gen i ers talwm. Dwyt ti ddim yn cofio, ella.
Gan Jane Owen, Dolserau.'

Gwisg blaen oedd hi, ond roedd y lliw fel sudd mefus, a'r
defnydd main, rhagorol yn syrthio'n blygiadau gosgeiddig oddi
wrth wasg Dorcas.

'Ble mae'r ffisiw?' gofynnai gan sylwi fod y gwddf isel yn dat-
guddio gormod ar ei dwyfron. Roedd Lisa yn brysur yn gosod
y dillad gwlyb o flaen y tân.

'Does 'na ddim ffisiw.'

Gwridodd Dorcas a chroesodd ei dwylo ar ei bron gan edrych
yn betrusgar at y ffenestr. Roedd arni eisiau gofyn i'w chwaer ar
ba achlysur y byddai hi'n gwisgo gŵn mor — mor fydol, a hithau
ond yn gweini ym Mrynmawr. Ond ymataliodd am nad oedd hi
am glywed yr ateb.

'Wyt ti'n sychach rŵan? Fydd y dillad 'ma ddim chwinciad
yn sychu o flaen y tân, 'ma, gei di weld. Mi a' i nôl Ellis i chdi
wedyn.'

Edrychodd Dorcas o'i chwmpas a gwelodd fod pob man yn
dwt ac yn lân, y llawr carreg bron yn wyn o'i fynych sgwrio, a'r
dresal a'r cwpwrdd tridarn yn ddisglair yn fflamau'r tân.

'Ydy Malan yn well?'

'Na, mae hi'n dal yn ei gwely. Mae'r meddyg yn deud fod ei
chalon hi'n wan ar ôl y pwl diwethaf 'na.'

'Mae digon o waith gen ti yma felly.'

Rhedodd Lisa ei llaw dros y dillad stemllyd, a gwelodd Dorcas
ei llygaid yng ngolau'r tân. Roeddynt yn disgleirio fel barrug yn
yr haul.

'Does gen i ddim ofn gwaith.' Ac ychwanegodd yn araf 'Os ca'i
lonydd i feindio fy musnes fy hun.'

Roedd Dorcas mewn penbleth. Oddi ar iddi fod ym Mrynmawr,

fe dyfodd Lisa yn ddieithr iddi ar adegau. Wrth gwrs efallai fod
peth bai arni hi, roedd Ellis yn llenwi cymaint o'i bywyd, a
hwyrach mai hi oedd wedi tyfu i ffwrdd oddi wrth Lisa, nid Lisa
oddi wrthi hi. Eto i gyd, roedd 'na rywbeth . . . Newidiodd y
testun.

'Ble mae'r plant?'

Roedd Lisa'n eistedd ar y llawr a'i breichiau yn cofleidio ei
phennau gliniau. Syllai i'r tân yn fyfyrgar.

'Drwy drugaredd maen nhw efo Margaret Owen yn Nyffrydan.
Tra bo'r meistir yn Llundain beth bynnag.'

'Mae hi rhyw lun o berthyn i'r teulu yntydi?'

Taflodd Lisa ei phen yn ôl ac edrychai ar Dorcas o gornel ei
llygaid.

'Mae hi'n debyg o fod yn perthyn yn nes ryw ddydd, gei di
weld.'

'Be wyt ti'n feddwl?'

'Mi fydd hi'n wraig Brynmawr gyda hyn.'

Roedd y syniad yn un newydd i Dorcas. I ŵr briodi ddwywaith
—ai da ai drwg oedd hynny? Hyd yn oed os oedd y wraig gyntaf
wedi marw. Be fyddai'n digwydd yn y nefoedd, pan fyddai'r tri
gyda'i gilydd? Efo pr'un o'r gwragedd fyddai Rowland Ellis? Ond
roedd y Beibl yn dweud na fyddai 'na ddim gwreica na gwra yn y
nefoedd. Doedd hi ddim o bwys felly. Doedd Dorcas ddim yn
hoffi'r syniad. Roedd hi am fod gydag Ellis yn y byd hwn *ac* yn
y byd a ddaw. A phe bai Ellis yn marw o'i blaen hi — fe'i gorfod-
odd ei hun i wynebu'r posibilrwydd — ni fyddai hi byth, byth,
byth yn priodi neb arall.

'Wyt ti'n siŵr?'

'Nag ydw, debyg iawn — ddim yn *siŵr*. Ond mae na arwyddion
go glir. At bwy fydd Rowland Ellis yn sgwennu ei hanes yn Llun-
dain a phobman arall ran hynny? At bwy fydd y plant yn mynd
o hyd ac o hyd? Mae Meistres Owen am ddod i'w hadnabod yn
dda, am ei gwneud ei hun yn hanfodol, ac am wneud yn siŵr fod
y plant yn ei charu hi.'

'Lisa! Paid a siarad felna!'

Cododd Lisa ar ei thraed yn araf.

'Pam na cha' i? Os ydw i'n gweld pethau'n glir mewn ffordd arbennig, pa raid imi gelu hynny'n fursennaidd? Cofia, dydw i'n gweld dim bai ar Fargaret Owen. Mae gŵr Brynmawr yn ifanc ac yn olygus, ac yn gefnog. A chan croeso iddi i'r plant, ddyweda'i i, yn enwedig yr Ann 'na.'

Roedd golwg trwblus ar wyneb Dorcas.

'Dydw i ddim yn hoffi dy glywed di'n siarad fel hyn. Rwyt ti'n gwneud i bethau swnio'n annymunol rhywsut, ac yn — yn llygredig.'

Dyheai Dorcas am i'r dillad sychu ac iddi hi gael gweld Ellis — Ellis a oedd mor syml, mor ddifeddwl drwg, mor lân, mor dyner. Cronnai'r dagrau y tu ôl i'w llygaid, ond ni ddaethant i'r golwg. Cafodd eisoes ddigon o brofiad o gelu dagrau.

Yn sydyn teimlodd ddwy fraich amdani a boch gynnes ei chwaer yn cofleidio ei boch hithau.

'Rwyt ti'n iawn, Dorcas. Mi rydw i'n hen sguthan weithiau. Ac rwyt ti mor dda. Dwyt ti ddim yn sylweddoli pa mor dda. Rydan ni wedi ein gneud yn wahanol iawn i'n gilydd.'

Llanwyd y stafell â'r cymod rhwng y ddwy chwaer, ac eisteddasant am sbel yn agos at ei gilydd. Tarfwyd ar eu distawrwydd cynnes gan guro mawr ar ddrws allanol y gegin.

'Dario, mi rydw i wedi cloi'r drws,' ebychodd Lisa. 'Ellis sy 'na yn siŵr iti, yn methu deall be sy'n mynd ymlaen yma.' Cododd ei llais. 'Gan bwyll, gan bwyll! Mi rydw i'n dŵad rŵan.'

'Na, Lisa!' sgrechiodd Dorcas yn wannaidd. 'Y wisg yma . . .'

'O, fydd dim ots gan Ellis. Mi eglura'i wrtho,' galwodd Lisa'n ddidaro dros ei hysgwydd.

Roedd Dorcas mor awyddus i weld Ellis, ac mewn ofn dybryd iddo fynd oddi yno ond roedd arni arswyd rhag i Ellis ei gweld hi felly, a chydiodd yn ei chlogyn. Gwelodd ar unwaith fod hwnnw'n dal yn rhy wlyb i'w wisgo. O, wel hwyrach y byddai Ellis yn deall. Bodlonodd Dorcas ar blethu ei dwylo ar ei dwyfron unwaith eto ac edrych yn hyderus tua'r drws.

Erbyn hyn roedd Lisa wedi dadfolltio'r drws a'i agor. Ond nid Ellis a safai yno.

Gwelsant ddau ŵr dieithr wedi eu gwisgo mewn lifrai a

gyhoeddai yn rhy dda natur eu swydd. Llwydodd y ddwy chwaer
o'u gweld, ond cadwasant yn dawel.

'Ydy gŵr o'r enw Ellis Puw yma?'

Gallai Dorcas daeru iddi sgrechian, ond rhywsut ni ddaeth y
sŵn o'i genau. Cydiodd Lisa yn ei llaw yn dynn, a throdd y sgrech
yn ochenaid. Tybed a oedd y dynion wedi sylwi? Lisa oedd y
gyntaf i gael ei llais yn ôl.

'Nac ydy . . . Does neb o'r enw Ellis Puw yma. Ga'i ofyn eich
neges gydag o, syr?'

'Cwnstabliaid i'r ustusiaid ydan ni. Pam oeddech chi mor hir
yn dadfolltio'r drws?'

Gwthiodd y siaradwr heibio i'r ddwy i mewn trwy'r drws.
Roedd ei lygaid yn goch yng ngolau'r tân, a'i farf yn diferu dŵr.
Dilynwyd ef gan y cwnstabl iau. Doedd dim blewyn ar ei wyneb
llwyd ef.

'Ble ydach chi'n ei guddied o?'

Safodd Lisa o flaen y cwnstabl barfog gan geisio rhwystro'i
ffordd.

'Dydan ni ddim yn cuddied neb yma. Dydy Ellis Puw yn ddim
i ni. Be sy wnelo chi ag o?'

'Mae gynnon ni warant yn ei erbyn am iddo greu aflonyddwch
y tu allan i Eglwys y Plwy.'

Daeth Dorcas allan o'r cysgodion y tu ôl i Lisa. Fe ffromwyd
hi gan y cyhuddiad, ond yn fwy gan wadiad ei chwaer.

'Wnaeth Ellis Puw erioed greu aflonyddwch yn ei fywyd.'

Edrychodd y cwnstabl arni fel pe bai o'n ei gweld hi am y tro
cyntaf. Symudodd ei lygaid o'i hwyneb yn araf i lawr ei gwddf
a gorffwys ar y gwynder noeth. Daeth gwên fach oer i'w geg.

'Mae Ellis Puw'n rhywbeth i *chdi* felly. Tyrd yma.'

Ni symudodd Dorcas. Tynnodd y cwnstabl ei gleddyf o'i wain
a gwaeddodd yn fygythiol: 'Tyrd yma!'

Symudodd Dorcas yn araf i sefyll o'i flaen ef.

'Pryd welest ti Ellis Puw ddiwethaf?'

Atebodd Dorcas mewn llais clir a'i synnodd hithau gymaint â
neb.

'Y Sabath diwethaf.'

'A! Y Sabath. Aeth Ellis Puw i Eglwys y Plwyf i addoli fel pob Cristion da. Aeth o? . . . Ateb fi!'

Edrychodd y cwnstabl unwaith eto ar y rhaniad dwfn rhwng y ddwyfron ac ar wychder y wisg. Gwenodd ei wên oer unwaith eto. Yna gydag ystum fwriadol trodd yn ôl at Lisa. 'Chdi! Dangos i mi lle bydd y gweision yn cysgu. Shadrach, aros di i warchod yr hogan arall, a gofala nag ydy hi'n symud cam o'r lle 'ma.'

Bu bron i Lisa wrthod, ond newidiodd ei meddwl. Heb ynganu gair fe aeth allan i'r buarth a'r cwnstabl yn ei dilyn.

Gweddïai Dorcas â'i holl enaid am i Ellis gadw draw. Pistylliai'r glaw yn erbyn y ffenestr, yr unig sŵn yn y gegin. Roedd llygaid y cwnstabl ifanc arni fel cath ar lygoden. Er iddi straenio ei chlustiau ni allai benderfynu a glywsai hi sŵn traed yn dynesu ai peidio. Roedd ei nerfau fel tannau telyn wedi ei thiwnio'n rhy dynn. Diolchodd fod Lisa a hithau wedi gadael i'r gwyll droi'n nos heb iddynt oleuo na llusern na channwyll, ac mai'r unig oleuni oedd hwnnw a ddeuai oddi wrth y tân. Dechreuodd gilio i'r cysgodion y tu ôl i'r setl, ond roedd hynny 'n rhy beryglus gan y cwnstabl.

'Tyrd yn ôl yma i ganol y llawr.'

Roedd ei law yntau ar ei gleddyf hefyd. Doedd dim i'w wneud ond ufuddhau. Symudodd yn nes ato, ond prin ei bod hi'n ymwybodol o'i gwarcheidwad. Roedd ei meddwl yn dilyn Lisa a'r cwnstabl arall i'r llofft stabal lle cysgai'r gweision. Byddai Dafydd wedi noswylio ers meityn yn ddigon siŵr, a Twm y gwas newydd wedi mynd adre at ei fam ym Mwlchcoch. Byddai Ellis yn rhwym o gyrraedd yn hwyr neu'n hwyrach — un ai yn y gegin neu yn y llofft stabal. A'i holl enaid dyheai Dorcas am i'r cwnstabliaid flino ar aros o gwmpas a mynd adre cyn iddo ddod.

Syrthiodd colsyn ar yr aelwyd, a rhuthrodd Dorcas ymlaen i'w adfer i'r tân. Tybiai'r cwnstabl ifanc ei bod hi am ffoi a chamodd ymlaen i afael yn ei garddwrn.

'Aros di lle rwyt ti'r hŵr!'

Dychrynodd Dorcas. Doedd neb erioed wedi galw'r enw yna arni o'r blaen. Ofnai fod y dyn yn mynd i'w tharo, ond bodlonai

hwnnw ar ei thynnu'n ôl i ganol y llawr a gollwng ei braich fel
pe bai'n fflamau o dân. Yna gwnaeth ystum araf o sychu ei law
ar ei glun. Gwelodd Dorcas fod ei wefusau'n crynu a'r chwys yn
sefyll ar ei dalcen llwyd.

'Pam y gelwaist ti hynny arna'i?' sibrydodd Dorcas.

'Am dy fod di'n ei haeddu.'

Roedd yntau'n sibrwd hefyd, ac i Dorcas roedd hyn yn cyfleu
ei gasineb yn waeth nag unrhyw weiddi.

'Y wisg yna . . . dim ond putain a feiddiai . . .'

Llwyddodd Dorcas i wenu peth, a chroesodd ei breichiau ar ei
mynwes unwaith eto.

'Gwisg fenthyg yw hon. Mi wlychais at fy nghroen yn dŵad
yma.' Cyfeiriodd at y dillad gwlyb ar y gadair, a'r stêm yn dal i
godi arnynt. 'Dyna fy nillad i.'

Ond gwrthododd y cwnstabl droi ei lygaid oddi wrthi. Aeth
ymlaen fel pe bai heb ei chlywed a'i lais yn esgyn.

'Babilon Fawr, mam puteiniaid a ffieidd-dra y ddaear . . . Mi
a welais y wraig yn feddw gan waed y saint a chan waed merthyron
Iesu . . .'

Aeth y dyn ymlaen ac ymlaen yn dyfynnu o'r Ysgrythur, ac
yn dod yn nes ac yn nes. Ysgyrnygai'r geiriau'n uwch ac yn uwch
nes bu raid iddi orchuddio ei chlustiau â'i dwylo rhag y gwall-
gofrwydd.

'Mi a weles un ohonoch chi'r digywilydd rai yn cerdded stryd-
oedd y dre yn noeth. Pwy ond gwraig a'i phechodau fel ysgarlad,
yn briod â Satan, a wnâi hynny? Ateb fi.'

Roedd y cleddyf allan o'r wain a min y llafn yn ddisglair
fygythiol wrth ei gwddf. O Dduw, gweddïai Dorcas, os mai hwn
yw fy munud olaf, gad imi ymadael yn deilwng ohonot ti. Ellis,
ble rwyt ti?

'Ateb fi!'

Caeodd ei llygaid a chyda'i holl egni fe'i gorfododd ei hun i
beidio â symud yn ôl. Gad iddo fod yn gyflym. Gad imi fod yn
ddewr. Gad iddo ddŵad rŵan cyn imi fethu â dal . . .

Ond ni ddaeth dim. Agorodd Dorcas ei llygaid. Roedd y
bachgen wedi troi ei gefn arni. Llyncodd fel pe bai'n dal i deimlo'r

llafn wrth ei gwddf, ond gwyddai fod ei pherygl drosodd am y tro.

'Rwyt ti'n rhy ddigywilydd i deimlo ofn. Dyna pam rwyt ti'n sefyll yno mor llonydd. Beelsebub ydy dy Dduw, a'th gariad. Fe wyddost y daw o i'th achub. Roeddet ti am fy hudo i ond oeddet ti. Roeddet ti am imi anghofio fy nyletswydd a chwennych rhoi fy llaw allan i gyffwrdd â'th fron. Ond fe roes yr Arglwydd y gallu imi dy fwrw ymaith. Ac mi a orchfygais Satan a'i law-forwyn'.

Er ei syndod clywodd swn dagrau yn ei lais. Ar unwaith anghofiodd ei holl bryder a'i pherygl, a pherygl Ellis hefyd am y tro. Teimlodd yn sydyn nad oedd yn y llencyn hwn o'i blaen, er gwaethaf ei lifrai a'i gleddyf, y gallu i wneud niwed iddi. Dyn mewn gwewyr oedd hwn, ac roedd yn rhaid iddi ei gysuro. Yn dyner iawn fe roes ei llaw ar ei ysgwydd. Roedd ei ymateb yn chwim. Ysgydwodd ei hun yn rhydd a chwifiodd ei gleddyf uwch ei ben, gan weiddi arni i gadw draw, ac ar yr un pryd yn cilio i bellafoedd y stafell.

Ble *roedd* Ellis? A pham roedd Lisa a'r cwnstabl arall mor hir yn dod yn ôl? Erbyn hyn roedd ei gwroldeb wedi diflannu, a blinder llethol wedi cymryd ei le. Teimlai'n oer ac yn grynedig, ond ni feiddiai eistedd i lawr, er bod ei charcharor fel rhith yn y cysgodion.

Clywodd swn y tu allan i'r drws. Llais dyn yn chwerthin, y swn olaf y disgwyliai hi glywed heno. Taflwyd y drws yn agored a chamodd y cwnstabl i mewn gyda Lisa y tu ôl iddo. Craffodd Dorcas i'r pydew du tu cefn. Dim golwg am Ellis. Ymlaciodd am y tro cyntaf ers hanner awr.

Roedd y cwnstabl mewn hwyliau da. Gadawodd i Lisa ei basio ac yna rhoes glowten bach direidus iddi ar ei phen ôl. Gwenodd Lisa'n ôl arno.

'Ho, Shadrach! Yn gofalu am dy garcharor? Be sy'n bod? Hy? Mae golwg syn arnat ti?'

Daliai'r cwnstabl ifanc i lechu yn y gornel, ac nid atebodd ond mwmian rhywbeth. Wedi edrych arno gyda pheth chwilfrydedd, cododd y llall ei sgwyddau'n awgrymog ac meddai wrth Lisa,

'Mi fydd o'n cael 'sbeidiau fel hyn. Ond rydan ni wedi dysgu peidio â chymryd gormod o sylw. Mae o'n gwneud ei waith yn dda.'

Daeth Shadrach allan o'r cysgodion ar hyn, a throdd ei lygaid tanbaid ar ei uwch swyddog.

'Fe ddaethon ni yma gyda gwarant i restio'r gŵr, Ellis Puw.' Chwarddodd y llall. 'Purion . . . purion. Rwyt ti'n iawn, Shadrach.'

Camodd at y drws a'i agor unwaith eto. 'Wel, os nad ydy'r deryn yma, does dim diben aros, nag oes? Fe ddown ni'n ôl.' Edrychodd ar Lisa a chaeodd un llygad yn awgrymog. 'Ac yn ôl . . . yntê, Shadrach?'

Edrychodd y ddau ddyn ar ei gilydd, yr ieuangaf gyda golwg ffrochwyllt yn ei lygaid golau. Bloeddiodd y llall yn ei wyneb 'Tyrd, Shadrach!' Daliodd y ddau i edrych ym myw llygaid y naill a'r llall. Shadrach oedd y cyntaf i edrych i ffwrdd.

Ar ôl i'r drws gau ar eu hôl, clywodd y ddwy chwaer fonllefau o chwerthin yn diasbedain drwy'r tywyllwch. Methai Dorcas edrych ar Lisa, er bod honno yn ewyllysio iddi wneud. Ni bu erioed y fath deimladau cymysg yn rhwygo'i mynwes. Rhyddhad am fod Ellis am y tro yn ddiogel; syndod am i'r cwnstabl ollwng yn ei dasg mor hawdd; amheuon oer ynghylch y rheswm paham yn gwthio, gwthio eu ffordd i mewn i'w hymwybyddiaeth; a thrwy'r cwbwl ei chof am gasineb a thrueni Shadrach. Cadwodd ei llygaid ar y tân.

Mae hi'n gweld bai arna'i, ebe Lisa wrthi'i hun. Ond fe ddylai hi fod yn ddiolchgar. Mae'r cwnstabliaid wedi mynd, yntydyn nhw? Ac Ellis yn saff — dros dro beth bynnag. Os ydy hi'n caru Ellis mae unrhyw bris yn werth ei dalu. Mi wnes hynny iddi hi — ac i Ellis, a does dim rhaid iddi edrych felna. Pam na ddywedith hi rywbeth? Be yn union sydd yn ei meddwl hi? Gallasai'r dyn hwnnw fod wedi mynnu cael Dorcas, ac mi fuasai hynny'n waeth. Ond fi roedd o am gael, medda fo. Profiad yn adnabod profiad, a gadael y gwyryfon i'r llanciau. Dyna oedd ei eiriau, er gwaethaf y wisg roedd Dorcas yn ei gwisgo. A dechrau talu'r pris ydy hyn, Dorcas, wyt ti'n sylweddoli? Fe ddaw hwn yn ôl eto . . . *Tybed* ddaw o'n ôl . . .?

Pan gyrhaeddodd Ellis rhyw awr yn ddiweddarach, wedi bod draw yn y Brithdir gan obeithio gweld Dorcas ac yn gofidio am iddo ei cholli hi ar y ffordd, roedd Lisa wedi mynd i'w llofft, a Dorcas yn dal i syllu i farwydos y tân. Dychrynodd wrth weld ei gwedd, esgyrn ei hwyneb yn fain gyda gwelwder, a'r blotiau du o dan ei llygaid. Rhoes hithau ochenaid hir o ryddhad o'i weld a phwysodd ei phen ar ei fynwes gan gydio ynddo bron yn anniodd-efol o dynn.

IV

Fe ddaeth Rowland Ellis adre o Lundain cyn pen yr wythnos i ddarganfod fod ei was ieuangaf yn y carchar.

Pan geisiodd Dorcas y noson honno gyfleu yn araf rhwng ei dagrau wrth ei chariad yr hyn a ddigwyddasai, ni chyfeiriodd o gwbl at ei hamheuon ynghylch ei chwaer. Ond nid y diniweityn a ddaethai gyntaf i Frynmawr oedd Ellis Puw bellach. Ar ôl iddo holi ei hun pam y bu'r cwnstabl mor barod i ymadael, fe wyddai'r ateb ar unwaith.

Roedd pris ei ryddid yn rhy fawr ganddo. Drannoeth fe aeth i lawr i'r dref a churo ar ddrws Plasyndre lle y trigai'r Ustus Lefi Huws. Haerai nad oedd ef yn euog o greu cynnwrf y tu allan i Eglwys y Plwyf. Ni ddisgwyliai wrandawiad ac nis cafodd. Am y tro cyntaf yn ei fywyd clywodd dwrw drysau'r carchar yn cau amdano.

Aeth Rowland ar unwaith i edrych amdano a Dorcas gydag ef. Ofnai gael anhawster, ond fe ofalodd cildwrn yn llaw Siôn Pyrs eu bod yn cael mynediad. Fe gawsant Ellis yn gorwedd ar fatras o wellt budr, drewllyd, ond roedd ef yn lled siriol. Disgwyliai fod allan erbyn diwedd y mis bach wedi iddo sefyll ei braw yn yr hen lysty.

Ni wyddai Rowland beth i'w ddweud wrtho. Gallasai fod wedi cynnig rhagor o arian i'r ceidwad er mwyn i Ellis gael triniaeth arbennig, ond gwyddai na fyddai Ellis am iddo wneud hynny. Nid efe oedd yr unig Grynwr yn y carchar. Edrychodd Rowland o'i amgylch a sylwodd ar y diffyg goleuni, oddigerth oddi wrth ffenestr ddi-wydr gyda'i barrau heyrn wrth y nenfwd, y llawr lleidiog, yr aroglau ffiaidd, gweiddi a griddfan y carcharorion eraill pob un mewn rhyw fath o breseb, a weddai'n well i wartheg yn hytrach nag i ddynion. Yna edrychodd ar Ellis unwaith eto, a rhyfeddai at ei addfwynder a'i ostyngeiddrwydd, ac at y tawelwch digyffro a feddiannai nid yn unig efe ond Dorcas hefyd.

Roedd Dorcas yn hen gynefin â chuddio ei theimladau. Ond nid peth cuddiedig, ffug oedd ei llonyddwch hi y tro hwn. Wedi'r ing cyntaf o sylweddoli fod Ellis am dderbyn ei garcharu fel rhywbeth anorfod, fe drodd hyn yn buredigaeth iddi. Teimlai'r baich llethol o euogrwydd yn dylifo o'i gwythiennau. Roedd hi'n barod yn awr i wynebu unrhyw beth, am i Ellis wneud y weithred hon o iawn am yr hyn a wnaed. Estynnodd ei sirioldeb allan i Ellis a'i gynnal.

Heb ddeall yn iawn gymhellion y ddau hyn, synhwyrodd Rowland eu tangnefedd. Edrychodd arnynt gyda syndod yn gymysg a pharch. Gobeithio y caf eu gras nhw pan ddaw f'amser innau, oedd ei bennaf ddymuniad.

Oblegid erbyn hyn fe wyddai mai mater o amser yn unig oedd hyn. Eisoes cawsai rybudd ei fod ef yn agored i'w ddirwyo am iddo wrthod talu ei ddegwm. Byddai'n gwrthod ymhellach dalu'r ddirwy, ac fe arweiniai hynny'n anochel i atafaelu ei eiddo a'r carchar. Yn y cyfamser roedd ganddo ddyletswydd i ofalu fod Ellis Puw yn cael gwrandawiad cyfiawn.

Ar ôl gadael y carchar, fe alwodd i weld Lefi Huws. Heb amlhau geiriau daeth at ei neges ar unwaith.

'Mi hoffwn i wybod, Lefi Huws, ar ba dir y taflwyd fy nghyfaill Ellis Puw i'r carchar.'

Dyn bach o ran corff oedd yr ustus, a'i goesau'n gam, p'un ai o'i enedigaeth neu o fynych hela roedd hi'n anodd dweud erbyn hyn, mor bell yn ôl oedd dyddiau ei blentyndod. Dioddefai y diwrnod hwnnw oddi wrth annwyd trwm, a phan arweiniwyd Rowland i'w bresenoldeb roedd o'n eistedd yn ei barlwr o flaen tanllwyth o dân, a'i goesau wedi hanner eu suddo mewn twbyn o ddŵr mwstard. Gorweddai ei berwig ar fwrdd wrth ei ochr, ac am ei ben gwisgai gap nos o wlân.

Os clywodd Lefi lais ei was yn cyhoeddi enw ei ymwelydd a hwnnw'n dweud ei neges ni chymerodd arno, dim ond tisian yn swnllyd i'w gadach poced. Arhosodd Rowland yn amyneddgar.

Ar ôl i'r twrw ddistewi, ailadroddodd y neges. Erbyn hyn cawsai
Lefi amser i hel ei feddyliau.

'Mae hi'n dweud ar y warant sy gen i mai gwas i Rowland Ellis,
boneddwr, ydy Ellis Puw. Does dim sôn am gyfaill.'

'Mae Ellis yn weithiwr ym Mrynmawr, Lefi Huws. Dydy hynny
ddim yn rhwystr iddo fod yn gyfaill i mi.'

'Os ydy eich gwas yn y carchar, mae o wedi cyflawni trosedd.'
Pwysleisiodd Lefi y gair gwas, ac yn sydyn trodd i edrych yn
graff ar Rowland.

'Syr! Yr ydych chi yn cyflawni trosedd yn awr.'

'Felly . . .?'

'Eich het, syr. Fe feiddiwch ymweld â boneddwr yn ei dŷ ac
anghofio diosg eich het.'

Atebodd Rowland yn gwrtais nad oedd yn arferiad ganddo
dynnu ei het fel act o foesgarwch. Roedd ei barch tuag ato yn
mynd yn ddyfnach na thrwy ddangos arwydd fel diosg het.

Cafodd yr ustus bwl o besychu eto.

'Does dim rhyfedd ein bod ni'n eich rhoi chwi'r Cwaceriaid yn
y carchar,' ebychai rhwng tagu. 'Chlywais i yn fy myw y fath
haerllugrwydd.' Ar ôl cael ei wynt ato aeth ymlaen, ond gyda
chysgod o wên yn ei lygaid bach direidus.

'Pe tasa pawb yn ymddwyn felly, fydde 'na 'run meistir na
gwas nac awdurdod na pharch. Byddai'r wlad yn anrhefn i gyd.
Beth ddwedwch chi am hynny, syr? Hei?'

'Na fydde. Oblegid does dim lle i anrhefn lle bo cariad a
gwirionedd yn teyrnasu.'

'Geiriau dewr, ŵr ifanc. Ond pan fyddwch chi wedi byw ar yr
hen ddaear 'ma gyhyd ag yr ydw i, mi welwch mai i'r ychydig
rai o blant dynion y rhoddwyd cariad a gwirionedd — fel Cal-
finydd da, mi haera' i mai dim ond i'r etholedigion. Mae'r rhelyw
o ddynoliaeth wedi 'u meddiannu yn y Cwymp gan ddrygioni,
gwagedd a thwyll.'

'Ond mae'r Goleuni gan bob dyn ond iddo wrando ar ei neges.'
Roedd Lefi Huws wedi sychu ei draed erbyn hyn ac yn eu dal o
flaen y tân i'w cynhesu. Edrychodd Rowland arno â llygaid
newydd. Ni ddisgwyliai i'r ustus ddal pen rheswm ag ef fel hyn.

'Sut fedrwch chi fod yn siŵr?' gofynnai Lefi Huws ar ôl dis-
tawrwydd. 'Na —' fel yr agorai Rowland ei geg i ateb. 'Gadewch
i mi ofyn hyn i chi'n bwyllog, syr. Y goleuni oddi mewn 'ma . . .
o, peidiwch â synnu. Rydw i wedi darllen, ac wedi gwrando . . .
Sut mae bod yn siŵr, deudwch chi, fod y llais yna oddi mewn yn
dod oddi wrth Dduw, ac nid oddi wrth y Diafol? Wyddoch chi,
mae dynion yn gallu eu twyllo 'u hunain, dynion da hefyd. Mae
llais cydwybod a dymuniadau dyfnaf dynion yn gallu cyd-redeg
i'w rhyfeddu weithiau. A phwy ydw i, neu bwy ydach chi i
ddweud mai eich cydwybod chi sy'n iawn, ac nid fy nghydwybod
i?'
  'Am nad cydwybod dyn yw'r goleuni,' atebodd Rowland yn
dawel. 'Am mai rhodd oddi wrth Dduw ydyw. Dywedodd Morgan
Llwyd, 'Nid rhaid wrth na Bibl na Phregethwr. Mae gennym y
gwir Bregethwr yn sefyll ym Mhulpud ein Calonnau, a Llyfr
ynom a wasanaetha os dilynwn ef, ac os daliwn sylw arno fel Gair
neu Gannwyll yn llosgi ynom mewn lle tywyll. Ac yn lle pob llais
oddi allan dilynwn ni ac ufuddhawn i'r llais a'r goleuni sydd o'r
tu fewn'.'
  Taflodd Lefi Huws ei ben yn ôl dan chwerthin.
  'Ond Piwritan da oedd Morgan Llwyd, machgen i, ymunodd o
ddim efo'ch sect chi, wedi'r cwbl. Pam? Am eich bod chi'n mynd
i'r eithaf ffôl.' Trodd ei ben rownd ac roedd ei lais bron yn
gyfeillgar. 'Pam raid i chi a'ch bath fod yn gymaint o niwsans i
ni, deudwch?'
  Cododd yn araf a daeth at Rowland gan roi ei law ar ei ysgwydd.
'Gwranda, ngwas i. Cred di be fynnot ti, ond paid ti â gwneud
sbloet o'r peth. Cer i'r Eglwys ar y Sul, tala dy ran o'r degwm, a
phaid â gwneud dim rhagor i rwygo'r Eglwys a'r wlad yn waeth
nag maen nhw wedi'u rhwygo'n barod. All neb gymryd oddi arnat
yr hyn rwyt ti'n ei gredu, ond er mwyn heddwch a synnwyr
cyffredin, cadw'n dawel yn ei gylch.'
  Ysgydwodd Rowland ei ben yn araf.
  'Mi wn fod dy fwriad yn dda, Lefi Huws, yn dweud hyn
wrtho'i' — sylwodd ar yr ustus yn gwingo wrth glywed y 'dy'
gorgyfarwydd — 'ond i mi byddai gweithredu felly yn cau allan

bob ystyr i fywyd.' Trodd at yr ustus dan deimlad mawr. 'Oni weli di fod yn rhaid i mi ddisgwyl wrth oleuni'r Crist, ac o'i gael fod yn rhaid i mi ufuddhau. Does gen i'r un dewis.'

Caledodd wyneb yr ustus.

'Does dim yn fwy moethus, syr, na hunan-gyfiawnder. Os bydd fy nghydwybod i yn dawel, caiff yr Eglwys a'r wlad a'r Brenin a'r gyfraith i gyd fynd i'r Diawl. Dyna sydd y tu ôl i'ch geiriau. Ond rydych chi'n rhy ifanc i sylweddoli eto mor ffiaidd yw hyn. Ac yn awr, gyda'ch caniatâd, mi orffennaf wisgo amdanaf.'

Trodd ei gefn ar Rowland.

'Ac Ellis Puw?' gofynnodd y dyn ifanc.

'Bydd ei brawf yn un teg.'

Syllodd Rowland ar y cefn ystyfnig a gwelodd mai ofer dadlau ymhellach. Tynnodd ei het yn dynnach am ei ben.

'"Tangnefedd fo gyda thi,' ebe ef, ac ymadawodd.

Fe ddygwyd Ellis Puw i sefyll ei brawf, ond prin y bu yn y llys ddeng munud. Cynigiwyd iddo Feibl, gofynnwyd iddo godi ei law dde a chymryd llw o ymwadiad. Gwrthododd Ellis gan egluro'n ofalus nad oedd ei gydwybod yn caniatáu iddo gymryd llw o unrhyw fath.

'Ewch ag ef ymaith,' gorchmynodd Lefi Huws, ei lais fel rhew. Ac unwaith eto aed ag Ellis Puw o olwg ei gariad a'i gyfeillion. Deliwyd â phob un o'r Crynwyr yn yr un modd, saith ohonynt i gyd, un ai ar y tir eu bod nhw'n amharchu'r Llys drwy wrthod diosg eu hetiau neu am eu bod nhw'n gwrthod cymryd y llw.

Edrychodd Rowland ar Dorcas o gil ei lygaid. Roedd hi'n welw ond yn dawel. Llifodd peth o'i thangnefedd allan i'w wythiennau cynhyrfus ef, a'i gysuro.

Cyn iddo ymadael â'r llys, gofynnodd am fenthyg papur a phluen ac inc. Sgrifennodd nodyn i Lefi Huws a'i roi i un o'r cwnstabliaid. Daeth yr ateb yn swta gyda negesydd, 'Na.'

Gwyddai Rowland y byddai pob un o'r Crynwyr adnabydd-edig yn y fro yn dilyn Ellis Puw a'r lleill cyn gynted ag y deuai'r esgus. Yn wir, synnai iddo ef ei hunan gael ei arbed cyhyd. Nid am y tro cyntaf llanwyd ei feddwl â phryder, nid am yr hyn a ddigwyddasai iddo fe, ond am a ddeuai o'i blant. Amlwg ddigon fod Malan yn rhy hen i ymgodymu â nhw. Lisa? Ond yn anad dim roedd angen rhywun i ddysgu i'r ddwy fach y gwahaniaeth rhwng da a drwg.

Dim ond un allai wneud y gorchwyl hwn i'w fodloni. Roedd trefn ei ymresymu yn gyfarwydd iddo erbyn hyn. Nos ar ôl nos, gorweddai'n effro yn ei wely yn ei holi ei hun. A ddylwn i ofyn i Farged Owen, Dyffrydan, fy mhriodi? Roedd y plant yn ei hoffi. A hithau'n eu hoffi nhw. Deallai a rhannai ei ddyheadau ysbrydol dyfnaf. Felly nid aberth fyddai iddi wynebu peryglon bywyd fel gwraig i Grynwr. Cawsai yntau ryddid meddwl (os cawsai hefyd ryddid corff gan yr ustusiaid) i deithio a phregethu. Gwyddai am ei threfnusrwydd fel gwraig tŷ, a byddai gwell llun ar bethau ym Mrynmawr nag a fu ers dyddiau ei fam.

Beth felly oedd yn ei atal? A phob tro y deuai i'r rhan yma o'i ymresymu gwelai luniau ei ddychymyg yn cymryd lle geiriau oer rheswm. Gwelai berthen o wallt sidan yn llifo dros y gobennydd, gwddw mor llyfn â cholomen yn toddi i ddwyfron gynnes, a chlun oer yn gorwedd y tu allan i'r cwrlid yn aros iddo ei gorchuddio â'i gorff.

Dywedai un rhan o'i feddwl wrtho'n galed fod pellter angau yn cryfhau atgofion rhamantus ac yn tynnu llen dros yr annymunol. Daeth sŵn geiriau olaf, maleisus, Huw Morris i'w glustiau. Ond gwaeddai'r rhan arall 'Rwy'n ddyn chwech ar hugain oed, ac mae nwyd a serch a chariad yn cronni ynof.' O, fe edmygai Farged Owen, ei thynerwch, ei thangnefedd, ei deallusrwydd — rhedodd ei feddwl yn chwim dros ei rhagoriaethau — fe'i hedmygai hi fel yr edmygai ef Ellis Puw a Jane Owen. Onid oedd angen mwy na hyn i rannu gwely oes gyda gwraig? Doedd o ddim nes at wybod yr ateb.

Roedd Lefi Huws yn synfyfyrio. Tybed a oedd Rowland Ellis yn disgwyl iddo dderbyn ei gynnig mewn gwirionedd? Os nad oedd, yna gorchest a rhagrith o'r math gwaethaf oedd ei gais i

gymryd lle Ellis Puw yn y carchar. Os oedd — wel, nid dyma'r
tro cyntaf iddo glywed am Grynwyr yn gwneud hyn. Yn wir, fe
glywsai i weithredoedd o'r fath ennyn edmygedd Cromwell ei
hunan chwarter canrif ynghynt. Gwyddai Lefi nad oedd Rowland
Ellis heb wybod sut le oedd y tu mewn i furiau carchar Dolgellau
chwaith. Gwyddai iddo fod yn ymweld yn gyson yno â'i gyfeillion
y Crynwyr.

Y felltith ar y bobl 'ma! Mor bendant eu bod nhw'n gwybod
ffordd Dduw yn well na neb arall. Dynion digon diddrwg rhai
ohonynt — Tomos Ellis, gŵr rhadlon Iscregennan, a brodyr
Gwanas. Ond styfnig. Bobol annwyl, roeddan nhw'n styfnig. Wel,
nid yfô oedd yn llunio'r gyfraith. Dim ond yn ei gweinyddu, ac
roedd ganddo ddigon o barch i drefn a rheol ar ôl yr holl flynydd-
oedd gwaedlyd o ryfel ac anrhefn i fynnu bod y gyfraith honno
yn cael pob chware teg.

Bu Lefi Huws yn swyddog ifanc ym myddin Maesygarnedd, a
thrigai atgofion am erchyllteroedd y pedwar degau o hyd yn ei
fynwes. Cofiai gyda phoen barhaus weld ydlannau'n llosgi a
chlywed sŵn sgrechian gwragedd a phlant yn cael eu treisio, a
chyrff dynion a adnabu ef gynt yn drewi ar yr heolydd. Dyn yn
erbyn ei gyd-ddyn, brad, arian llwgr a'r dial creulonaf. Pa ryfedd
iddo addoli yn awr wrth allor trefn y gyfraith? Cyfiawnder oedd
gobaith gwareiddiad, a gwendid peryglus oedd trugaredd. Pan
ddienyddiwyd Maesygarnedd yn '60, tyngodd Lefi lw y byddai'n
deyrngar i'r brenin newydd ac i ba awdurdod bynnag a deyrnasai
ar y pryd. Digiodd wrth ei gefnder, Robert Owen, am fynd i'r
pegwn arall. Ond gwrthryfelwr fu hwnnw erioed. Wel, câi rhai
pobl bleser anghyffredin o hunan-gosbedigaeth, fel mynachod
Rhufain yn fflangellu eu cyrff eu hunain â gwiail. Lawn gyn
waethed oedd y ffordd y croesawai'r Crynwyr y cyfle i fynd i'r
carchar, er mwyn dwyn tystiolaeth, chwedl hwythau.

Os oedd Rowland Ellis am barhau gyda'i ffwlbri, roedd o'n
gwybod y canlyniadau. Agorodd ei geg yn llydan ac estynnodd ei
freichiau uwch ei ben. Cerddodd i fyny'r grisiau i'w lofft, lle bu'r
gwas yn tynnu'r badell dwymo o'r gwely yn barod iddo ddringo
i mewn iddo.

Bore trannoeth fe gafodd ymwelydd ben bore. Parodd hyn gryn syndod iddo oblegid gwyddai mai cysgu tan hanner dydd oedd arferiad y Parchedig Morris Jones — cysgu nes iddo sobri, ychwanegodd Lefi Huws yn ei feddwl.

Ond heddiw, doedd dim golwg effeithiau cwrw arno am unwaith. Cerddai'n ofalus i mewn i barlwr Lefi Huws gan estyn ei law allan yn bwyllog. Mae ei geg o fel tîn iâr, meddyliai Lefi, oblegid doedd fawr o hoffter rhwng y ddau ddyn. Peth purion oedd cymryd llymaid, ond roedd gweld unrhyw ddyn yn chwîl gaib, heb sôn am Berson, yn torri ar draws syniad Lefi am drefnusrwydd pethau. Ac felly y gwelsai ef Morris Jones yn amlach o lawer na fel arall.

'Eich gwas, syr,' ebe Lefi gan amneidio ei ben prin ddigon i fod yn foesgar.

'Maddeuwch imi am eich trafferthu mor blygeiniol, a chithe —' dechreuodd y Person, a'i lais fel triog cymylog.

Torrodd Lefi ar ei draws yn ddiamynedd:

'Mae'n rhaid fod gennych chi neges go bwysig.'

'Wel oes. Neu fyddwn i ddim yn breuddwydio cymryd eich amser.'

'Ie?'

'Wel, wrth gwrs fe sylweddolwch fod yn rhaid imi gymryd sylw o bob peth a glywaf yn y dyddiau cythryblus hyn, *cum grano salis*, wrth gwrs yntê? Ond er hynny . . .'

Syllodd Lefi yn awgrymog ar y cloc mawr yn y gornel. Ni fedrai hyd yn oed y Person anwybyddu ei ystyr. Diflannodd y triog o'i lais.

'Daeth pethe i'm clustie neithiwr a yrrodd gwsg o'm gafael yn lân.'

Celwyddgi, meddylai Lefi Huws, does dim yn amharu ar dy gwsg meddw di. Ond cadwodd ei feddyliau iddo'i hun.

'Pwy yn eich tyb chi yw'r peryclaf yn ein mysg ni heddiw?'

Agorodd Lefi Huws ei flwch snisin a chynnig pinsiad i'r Person. Sylwodd fod llaw hwnnw'n grynedig wrth ei godi i'w drwyn.

'Y Diafol yw'r ateb cywir, goelia' i.'

'Ie. Ond ymhlith pa bobl mae'r Diafol yn trigo, ddwedech chi?'

Atebodd Lefi yn ysgafn: 'Chi, syr. Fi. Fo. Pob creadur meidrol.'

'Oni ddywedech chi mai Rhufain yw trigfan Satan?'

Syllodd Lefi ar ei ymwelydd gyda chwilfrydedd.

'Wel?'

'A bod y Pabyddion yn llechu yn ddirgel o dan enwau eraill?'

Pwysodd y Parchedig Morris Jones ymlaen yn ei gadair yn gynhyrfus.

'Mae gen i dyst yn barod i dyngu iddo weld croes ac allor mewn stafell gudd yn un o'r ffermdai mawr nid nepell o'r dref hon. Mwy na hyn, gwelodd ddynion yn moesymgrymu o flaen delw o'r Forwyn Fair ac yn mwmian paderau.'

'Pwy ydy'r tyst yma?'

'Dyn o'r enw Huw Morris —'

Torrodd Lefi Huws ar ei draws gan chwerthin.

'Roeddwn i'n amau mai rhywun felna fyddai'n lledaenu stori felly. Mi fentra' i enwi'r ffarm i chi hefyd. Brynmawr, hei? Ar fy ngwir, syr, prin y byddai parddu cyn-was dialgar yn fy nghadw inne'n effro drwy'r nos.'

Roedd y Person wedi ffromi. Ond dyn o bwysau yn yr ardal oedd Lefi Huws, a daeth y triog yn ôl i'w lais.

'Digon posibl eich bod chi'n iawn. Er mae gen i ddigon o brofiad o ystrywiau'r Pabyddion i beidio â synnu at ddim. Fe gytunwch 'u bod nhw'n dal i beryglu bodolaeth y Wladwriaeth? Fe gytunwch hefyd yn ddiau fod ganddyn nhw ddylanwad rhyfeddol mewn — mewn uchel-leoedd?'

'Cyfeirio yr ydych chi at Ei Fawrhydi, ein Brenin Siarl, wrth gwrs,' cyfarthodd Lefi Huws yn blwmp.

Plethodd y Person ei geg ac edrychodd yn frysiog dros ei ysgwydd.

'Ddwedais i ddim mo hynny.' Doedd ei lais ddim mwy na sibrwd. 'Y cwbl rydw i'n awgrymu ydy fod yn rhaid i ni sylwi ar bob cyhuddiad o ddifri, nes i ni ei brofi'n amgenach.'

'Pe bawn i'n cymryd sylw o bob prepian sy'n dod i'm clustie, mi fyddwn i wrthi ddydd a nos yn gwrando achosion. Be 'dach chi am i mi wneud, ddyn? Dodi Rowland Ellis mewn heyrn am fod ei was yn mynnu dial arno?'

Cododd y Person ar ei draed, a'i ben yn ysgwyd fel cangen mewn corwynt.

'Os nad ydych chi'n barod i wrando ar dystiolaeth Huw Morris, hwyrach y gwnewch chi wrando arnaf fi. Mi glywes inne ŵr Brynmawr yn annerch torf o bobl ar y Lawnt tu allan i'r Eglwys. Roedd ei eiriau'n llawn cabledd yn erbyn Eglwys Dduw a'i hoff-eiriaid. Fe'i clywes o â'm clustie fy hun yn dweud yr athrod mwya drygionus amdana'i yn bersonol. Ac roedd ganddo afel y diafol ar y bobl. Roeddwn i'n gorfod diodde 'u clywed nhw'n fy ngwawdio. Myfi offeiriad Duw. Lefi Huws, rwy'n mynnu bod y dyn peryglus hwn yn cael ei gosbi.'

'Ar dir athrod yn eich erbyn chi — neu ar dir bod yn Babydd?'

'Ar dir ei fod yn gableddwr dychrynllyd — dylid llosgi ei dafod allan a'i losg-nodi ar ei dalcen.'

Yn y distawrwydd a syrthiodd rhwng y ddau syrthiodd pen yr ustus yn is ac yn is ar ei fron. Tybiodd y Person ei fod wedi cysgu. Ond yn sydyn, cododd ei ben a safodd ar ei draed. Cerddodd at y ffenestr, yna trodd yn sydyn, ei ddwy goes dew ar led.

'Fe wyddoch chi a minne, syr, mai cachgi a hysbyswr llwfr ydy Huw Morris. Ond fe anghofiwn hynny am y tro. Mae'n rhaid i ni unwaith ac am byth adfer trefn a pharch yn yr hen ardal hon. Rydym ni'n dau'n gytûn mai'r gyfraith a'r Eglwys ydyw sail Protestaniaeth sefydlog yn ein plith.'

'Purion.'

'Felly, rhaid i ni gryfhau nerth braich yr Eglwys. Os buom yn rhy lac gyda'r gwrthgilwyr, fe ddaw'r penyd arnon ni maes o law. Os caf enwau'r sawl na ddaw i addoli yn Eglwys y Plwy yn ystod y mis nesa, fe gânt eu gwysio gerbron y llys.'

Syllodd y ddau ddyn ar ei gilydd fel dau geiliog mewn cylch cyn ymladd. Lledodd gwên denau dros wyneb y Person.

Lledodd gwên hefyd dros wyneb Huw Morris. Safai o dan gysgod y goeden ywen tra chwipiai gwynt main mis Mawrth bob gwelltyn a phob llychyn sych a godai o'r ffordd bantiog. Uwch ei ben canai'r gloch yn hongian wrth yr ywen fel ellyll gwallgof.

O'r fan hyn gallai weld stondinau'r farchnad, y gwragedd yn ceisio taro bargen gyda'u hwyau a'u menyn, a'r dynion yn gwerthu ŵyn cynnar a pherchyll.

Roedd hi'n cario basged drom, ac yn gwau ei ffordd drwy'r dyrfa drystiog. Cyn pen dim roedd o wrth ei phenelin ac yn cymryd y fasged oddi arni.

'Mae'n rhy drom iti, y fech.'

Rowndiodd Lisa arno fel fflach.

'Dydw i ddim yn gofyn nac yn disgwyl moesgarwch gen ti, Huw Morris.'

'Paid â bod yn gas. Rydw i'n ffrind iti, wyst ti.'

Roedd hi wedi teneuo, ei hwyneb yn llwytach ac yn feinach nag y bu. Ond roedd ei gwefusau'n feddal ac yn aeddfed, ac roedd y caledwch newydd yn ei llygaid yn her.

'Mae gen i rybeth i'w ddweud wrthot ti.'

'Does dim diben dweud dim.'

Bu raid iddynt neidio o ffordd ceffyl a throl yn rholio'n ben-derfynol drwy'r bobl. Gwasgodd y dyrfa amdanynt, a chymerodd Huw fantais o'r cyfle i roi ei fraich am ei chanol. Clywodd y cryndod a saethodd drwy ei chorff, sylwodd fel hebog ar y llygaid yn hanner cau a'r geg yn hanner agor.

'Tyrd i Goed Pandy,' sibrydodd yn ei chlust. 'Mae 'na sgubor glyd ar y ffordd.'

Wedi'r cwbwl roedd o'n hoff o'r fechan. Fel doli glwt pan gyffyrddai ef â hi, ac eto digon o'r ddraenen ynddi i roi min ar bopeth. Eitha peth, erbyn meddwl, ei chadw o Frynmawr heno.

'Ces fy nghyflogi gan Hywel Vaughan ar ôl gadael Brynmawr, wsti?'

Gwthiodd Lisa ymlaen heb gymryd arni ei glywed, ond doedd dim modd symud gyda haid o bobl o'i blaen a Huw'n dal gafael yn ei braich o'r tu ôl.

'Dyna iti le werth chweil sy'n yr Hengwrt. Mae hyd yn oed y morynion yn cael cynfasau sidan i gysgu ynddyn nhw.'

Gwyddai Lisa fod Huw yn dweud celwydd, ond fe goswyd ei chwilfrydedd. Sylwodd Huw ei bod hi'n gwrando'n astud.

'Ac mae 'na bobl fawr o Lundain — welest ti rytsiwn beth.

Dawnsio a chwarae dis tan ganiad y ceiliog. Ond yr ynni sy gan y bobl 'ma! Maen nhw allan cyn hanner dydd yn hela'r hydd neu'r sgwarnog. Ac mi fyddet ti wedi gwirioni dy ben efo'r dillad crand. Ambell waith mi fydda'i mewn pryd i ddal y giât yn agored i rai o'r boneddigesau pan ddôn nhw allan i wylio eu gwŷr yn cychwyn. Mae'n rhaid i mi ddeud hyn wrthot ti — mi fyddi di'n chwerthin. Un tro, mi ges i goron gan un ohonyn nhw. Ceiniog mae'r rhan fwya ohonyn nhw'n 'i rhoi, wyst ti. Ar ôl iddi roi'r goron i mi, gofynnodd imi gyfrwyo ei cheffyl iddi yn y stabal ymhen chwarter awr. Elli di ddyfalu pam? Doedd 'na neb arall o gwmpas yn y stabal, ac mi ddoth miledi yno — er mwyn hawlio tâl am y goron.'

Aeth saeth o wenwyn drwy Lisa. Trodd ei phen o'r neilltu.

'Dydw i ddim yn mynd i wrando ar dy g'lwydde di, Huw Morris. Gad i mi fynd.'

Chwarddodd yntau. 'Mae gen i ragor na hynny allwn i ddeud wrthot ti, mech i. Ond dyna ni. Os nag oes arn't ti eisiau clywed, dyna hi yntê?'

Gollyngodd ei braich yn sydyn, a gwyddai ar unwaith iddo amseru'r peth i'r dim. Synhwyrai ei phetruster. Clywodd ei llaw ar ei fraich ef yn awr, a'i llais yn dynerach nag y bu.

'Doeddwn i ddim yn meddwl brifo dy deimlade di, Huw. Mi rydw i'n falch dy fod di'n hapus yn dy le newydd. Wir, rŵan.'

Tynnodd Huw y llaw drwy ei fraich ef.

'Wel, tyrd i rywle gwell na hyn i wrando arna'i te.'

Cydiodd yn ei basged, ac aeth y ddau drwy Benuchardre i gyfeiriad Coed y Pandy.

Pam roedd y drws ar agor? Disgwyliasai weld golau lamp yn un o leiaf o'r ffenestri. Rhaid ei bod hi'n hwyrach nag y meddyliai. Ond pam roedd y drws ar agor?

Safai ar y rhiniog, rhyw barlys yn ei rhwystro rhag symud drosto. Y distawrwydd oedd y peth mwyaf annioddefol.

'Meistr?'

Dim ond y gwynt fel carreg ateb. A phobman yn dywyll fel y

fagddu. Roedd rhyw lanastr fawr wedi sgubo dyn o'r byd, hi oedd yr unig un ar ôl.

'Meistir!'

Cododd waedd i'w gwddf fel pe bai'n dod o'r tu ôl iddi. Edrychodd i gyfeiriad y llofft stabal, ond doedd dim arlliw o oleuni o'r fan honno chwaith. Mae pawb yn gelain. Dim ond y fi sydd ar ôl. O mam fach, be wna'i? O Dduw mawr, paid â'm cosbi fel hyn! Wna'i byth eto, ond iti ddeud mai hunllef ydy hyn, a bydda' i'n deffro toc.

Dorcas! Roedd Dorcas am ddod i'r cwrdd heno. A Lewis Owen Tyddyngarreg, a Dafydd Ifan o Lanfachreth, a Gainor ei wraig, ac eraill na chofiai hi ddim pwy rŵan. B'le'r oedd pawb? Daeth fflach o obaith. Hwyrach fod y meistir wedi danfon rhai ohonyn nhw adre gyda llusern. Ond Dorcas? Roedd Dorcas wedi deud y byddai'n aros i'w gweld hi. A Malan? Beth am Falan? A'r plant?

Ni allai oddef aros yn rhagor. Ymbalfalodd ei ffordd i mewn i'r tŷ, a dechreuodd sgrechian:

'Malan! Malan!'

Ar unwaith clywodd sŵn plentyn yn crio. Yna un arall yn ymuno. Deuai'r lleisiau o'r llofft. Cripiodd Lisa i fyny'r grisiau, gan wylo gyda rhyddhad o wybod bod y ddwy fach o leiaf yn fyw.

'Ann! Ann fach! Be sy'n bod? B'le 'dach chi.'

Wrth ei chlywed hi, dechreuodd y ddwy feichio crio dros bob man.

'Eisio gola! Eisio gola!' gwaeddai Ann.

'O'r gore, mech i, mae Lisa'n dŵad rŵan.'

Rhedodd i lawr drachefn, cystal ag y medrai hi yn y tywyllwch i chwilio am gannwyll. Ar ôl hydoedd, daeth o hyd i un a llwyddodd i'w chynnau oddi wrth y marwor yn y pentan haearn. Bu bron iddi lewygu wrth weld y llanastr o'i blaen hi.

Roedd cadeiriau wedi eu taflu'n rhibidi-res ar lawr, mwy o gadeiriau nag a welsai hi yno erioed o'r blaen, nes iddi gofio am y Cwrdd. Ar y dresal, gwagle lle bu llestri piwtar. Uwd o'r crochan wedi ei arllwys am ben y setl dderw wrth y tân. A'r ffenestr agored yn siglo 'nôl ac ymlaen fel hurtyn lloerig. Rhedodd i fyny i'r llofft

eto gan geisio gweiddi geiriau cysurlon i'r plant. Dal i grio roedd
Ann, ond safai Siân yn ei choban yn troi cudyn o'i gwallt o gylch
ei bys, ei cheg yn llydan agored, a'r golwg pell, gwirion 'na yn ei
llygaid.

'Malan cyci.'

Cydiodd Lisa yn Ann a chofleidio'r corff bach crynedig.

'Na ti'r fech. Rwyt ti'n ddiogel rŵan.'

'Malan cyci.'

Roedd Siân yn rhy ifanc i ddeall beth oedd ofn, ac roedd 'na
rywbeth yn dwp ynddi prun bynnag. Ann oedd yr un ag angen
cysur arni. Beth oedd y fechan wedi'i weld? Dechreuodd y
plentyn iau ar ei chwerthin afreolus.

'Taw'r sŵn gwirion 'na, rŵan, Siân, a cher i dy wely.'

Rhwng crio Ann a chwerthin Siân, ni wyddai Lisa beth i'w
wneud.

'Be ddigwyddodd? B'le mae pawb? Dwed wrth Lisa? Na, paid
â chrio mwy. Dwed wrtha'i 'n dawel.'

O'r diwedd fe ddaeth y geiriau drwy'r dagrau. Bu dynion mawr
cryf yno, yn gwneud twrw dros y tŷ i gyd. Fe'u clowyd nhw i
mewn yn y stafell gan un o'r dynion. Roedd 'na dwrw mawr, ac
roedd gan y dyn flew ar ei ddwylo, ac roedd o wedi troi ei hun
yn wenci ac wedi neidio ar Malan.

'Malan!' gwaeddai Siân wrth glywed yr enw. 'Malan yn cyci.'

Daeth rhyw ofn dychrynllyd ar Lisa. Cododd y gannwyll uwch
ei phen ac edrychodd o'i chwmpas.

'B'le mae Malan, Ann?'

Glynodd Ann yn dynn wrth ei sgerti, gan gladdu ei hwyneb yn
y plygiadau a dechrau igian crio unwaith eto. Ond tynnodd Siân
ei bys ô'i cheg a phwyntio gyda phleser i gysgodion pella'r stafell.

'Malan cyci. Malan cyci ar lawr fan 'na.'

O gam i gam nesaodd Lisa at y bwndel o ddillad ar lawr. Yn
araf ac yn ofnus trodd y dillad drosodd. Dechreuodd riddfan yn
dawel.

'O Dduw mawr! O Dduw mawr!'

Roedd hi'n dal yn yr un fan pan gyrhaeddodd Marged Owen,
Dyffrydan, i gasglu'r plant o dan ei gofal.

V

Ni bu carchardai Dolgellau erioed mor llawn. Cadwasai'r Rheithor gofnod gofalus o'r holl rai na fu'n bresennol yn Eglwys Sant Mair am fis cyfan. Y canlyniad fu'r cnwd rhyfeddaf o wrthgilwyr, a hanner poblogaeth yr ardal y tu ôl i farrau, yn ddynion a gwragedd. Yn ogystal â'r Crynwyr fe ddaeth o dan y fflangell Fedyddwyr, Annibynwyr, Sociniaid, Antinomiaid a dilynwyr sectau eraill, heblaw'r diogyniaid cyffredin.

Ond ar ôl wythnos neu ddwy aeth y nifer yn llai ac yn llai. Roedd y rheswm yn syml. Pan alwyd hwy gerbron yr ustusiaid bodlonodd rheiny ar gynnig i'r carcharorion gymryd llw o wrogaeth i'r brenin a goruchafiaeth. Ufuddhaodd pob un ond y Crynwyr. Safai'r rheiny, naw ar hugain ohonynt, fel derw, gan adrodd, obb un yn ei dro . . .

'. . . Gorchmynnodd Crist ein Harglwydd Na thwng ddim: nac i'r nef; canys gorseddfa Duw ydyw; nac i'r ddaear; canys troedfainc ei draed ydyw; nac i Jerwsalem; canys dinas y brenin mawr ydyw. Ac na thwng i'th ben; am na elli wneuthur un blewyn yn wyn, neu yn ddu. Eithr bydded eich ymadrodd chwi, Ie, ie; Nage, nage; oblegid beth bynnag sydd dros ben hyn, o'r drwg y mae . . .'

Gwyddai pob un yn y llys beth fyddai'r canlyniad. Digwyddasai'r peth o'r blaen i bobl fel Robert Owen, Dolserau, a Chadwaladr Tomos o'r Bala. Dirwyo'r Crynwyr i hanner canpunt yr un. Hwythau'n gwrthod talu. Felly atafaelu eu heiddo i'w arwerthu gan y Siryf. Onid oedd gan ddyn eiddo, yn ôl i'r carchar ag ef.

Diolchodd Rowland yn ei galon fod Marged Owen yn rhydd. Gwyddai y byddai rhywun yno i ofalu am ei blant. Addawsai ei gâr, Lewis Owen, Tyddyngarreg, gadw llygad ar y fferm, ond brau iawn oedd gafael Lewis yntau ar ei ryddid gan ei fod ef a'i deulu hefyd yn awr wedi ymuno â'r Cyfeillion.

Roedd Lisa wedi gwrthod yn lân ymadael â Brynmawr. Am ryw reswm teimlai'n gyfrifol am farwolaeth Malan, a doedd dim modd i Farged ei chysuro. Felly penderfynodd Marged aros yno gyda hi a'r plant nes y byddai ef yn ôl. Llygaid go bŵl oedd gan yr hen Ddafydd i'w cadw arnynt i gyd, ond fe wnaethai ei orau, ac fe ddeuai Twm draw o'r Bwlchcoch bob dydd i wneud a fedrai.

Ond fel roedd hi'n digwydd, doedd dim rhaid aros yn hir. Un bore, agorwyd drws y carchar gan y ceidwad, agorwyd sgrol hir ganddo a darllenwyd rhestr o enwau.

'Yn rhydd i fyned ymaith, trwy ras ei Fawrhydi . . . Rhisiart Humfrey, Elis Morus, Lewis Ifan, Rowland Ellis . . .'

Holodd Rowland pam nad oedd enwau Ellis Puw a Dorcas ymhlith y rhain. Gwrthod ateb wnaeth y ceidwad. Mynnodd Rowland Ellis fel dinesydd rhydd ei fod yn cael gweld Lefi Huws ei hun a rhoi'r cwestiwn iddo fe.

'Mae'r ateb yn syml,' ebe'r ustus pan gafodd Rowland ef ei hun wyneb yn wyneb ag ef unwaith eto. 'Pan ewch chi adre, fe gewch fod gwerth hanner canpunt llai o stoc gennych nag o'r blaen. Hyd y gwn i, does gan nac Ellis Puw na Dorcas Robarts eiddo gwerth hanner canpunt. Felly mae'n rhaid iddyn nhw aros lle maen nhw. Dyna gyfraith y wlad.'

'Anfon dy weision i mofyn gwerth canpunt yn rhagor o stoc o'm heiddo i,' ebe Rowland. 'Gwyddost nad yw'n bosibl i mi fynd yn rhydd a gadael ar ôl rheiny sy'n fy ngofal i.'

Roedd o'n ysu am gael gweld y plant, ac am sawru arogl pridd Brynmawr. Wrth i'r tri, Ellis, Dorcas ac yntau, ddringo'r llethrau yn rhydd unwaith eto, synnai mor drom oedd ei galon.

O'u cwmpas, disgleiriai blagur y cyll a'r cerddin yn wyrdd ryfeddol ar ôl y glaw. Roedd briallu a llygaid Ebrill yn melynu'r cloddiau, bronfraith a mwyalchen am y gore, a'r cymylau yn rhedeg ras mewn wybren rydd. Ond tanlinellu cwmwl o ofnau oedd hyn i gyd.

Ow! fy nghalon, tor os torri,
Pam yr wyt yn dyfal boeni,
Ac yn darfod bob yn 'chydig
Fel iâ glas ar lechwedd llithrig?

Rhyfedd fel y deuai'r hen benillion yna i'r meddwl ar adegau fel
hyn. Dechrau yn unig ar atafaelu oedd y tro cynta hwn. Gwyddai
fel y lleihaodd eiddo Robert Owen Dolserau ar hyd y blynddoedd.
Beth pe bai o'n mynd yn ôl ac yn ôl i'r carchar, a dod adre ryw
ddydd i ganfod fod Brynmawr ei hun wedi mynd o'i ddwylo? Er
bod yr haul yn dal i dywynnu, sylweddolodd ei fod o'n crynu o
oerni.

Trodd i edrych ar Ellis a Dorcas yn cerdded law yn llaw rai
camau y tu ôl iddo. Cerydd ar ei ddigalondid oedd yr edrychiad
ar wynebau'r ddau hyn. Braidd na chenfigennai atynt am nad oedd
eiddo ganddynt i'w garu, ac i lyffetheirio eu ffydd yn y presennol
gogoneddus. Ac eto, roedd y cnawd yn llyffethair hefyd. Cofiodd
eiriau'r Golomen . . . 'Y cnawd yw pob peth dan yr haul a'r
sydd o'r tu allan i'r dyn oddi mewn. Pa beth bynnag sydd ddarfod-
edig, ac nad yw dragwyddol, cnawd yw. Cnawd yw synnwyr dyn
a phleser y byd. Cnawd yw chwaryddiaeth hen ac ifanc. Cnawd
yw amser a phob peth a'r a derfynir ynddo. Cnawd yw ewyllys a
dirgelwch dynion. Cnawd yw gweddïau a phregethau llawer . . .
A gwellt yw pob cnawd . . . Y cnawd yma yw gelyn Duw,
gwenwyn dyn, lifrai uffern . . .'

Clywodd y ddau y tu ôl iddo yn chwerthin wrth i Ellis gario
Dorcas yn ei freichiau dros ddarn o dir corsog. Roeddynt eisoes
wedi anghofio drysau heyrn y carchar.

Fel y disgwyliai roedd Marged Owen a Lewis Tyddyngarreg
yno i'w croesawu. Ond am y plant y chwiliai ef gyntaf. Dal i atsain
yn ei glustiau roedd sŵn eu sgrechiadau o'r llofft, ac yntau'n
ddiymadferth ym mreichiau'r milwyr.

Roedd y plant yn swil, ac yn cuddio y tu ôl i Farged. Ond
arweiniodd hi nhw ymlaen. Cofleidiodd Rowland y ddwy yn dynn
a dagrau anghyfarwydd yn rhedeg i lawr ei ruddiau.

Adroddai Lewis fel y cymerwyd rhai o'i wartheg gorau gan weision y Siryf, ac fel y deuent yn ôl eilwaith i hawlio'r atafaelu ar ran Ellis a Dorcas.

'Colled o yn agos i bumcant iti, goelia' i. Ond os wyt ti'n fodlon, mi hoffwn i roi peth o'm stoc i iti, i leihau tipyn ar y golled. Mi gei di dalu'n ôl yn nes ymlaen os lici di.'

Synnodd Rowland Ellis. Er na ellid galw Lewis yn gybydd, gwyddai Rowland ei fod o'n gwybod gwerth y geiniog. Os bu erioed ddatganiad clir o'r newid a wnaed gan adnabyddiaeth o'r Goleuni oddi mewn, dyna oedd ystyr cynnig Lewis Owen.

Y noson honno, ar ôl cynnal cwrdd ym mharlwr Brynmawr, gofynnodd Rowland Ellis i Farged Owen ei briodi, ac fe dderbyniodd hithau.

Byr yw hoedl yr haul yn Nyffryn Mawddach, ond pan ddaw, mae'n gweddnewid pobman. Gwrthbwynt i ddisgleirdeb y weirglodd yw cysgodion dwfn y coed. Mor dlws yw lliw gwyrdd yn erbyn awyr las, myfyriai Dorcas, wrth edrych i fyny ar frodwaith y dail. Erbyn iddyn nhw droi'n felyn a choch mi fyddai hithau'n wraig i Ellis. Cododd ei sgerti beth a dechrau neidio a rhedeg bob yn ail o un boncyn i'r llall, nes iddi gofio am yr wyau yn ei basged.

Ymhen deng munud mi fydda'i yn y dre, ac ymhen yr awr mi fydda'i wedi gwerthu'r wyau i gyd ac ar y ffordd i Frynmawr i'w gyfarfod. Ellis, Ellis, Ellis . . .

Lluniodd ei gwefusau yr enw drosodd a throsodd, y tro hwn yn chwareus, dro arall yn dyner, nawr gydag anadl synhwyrus hir, nawr fel byddai ei mam yn ynganu ei henw hi.

Ac eto cydiai rhyw dristwch yn ei gwddf am fod tristwch yn nes at hapusrwydd mawr nag y mae at lonyddwch digyffro. Ceisiai hoelio ei meddwl ar yr hydref, a dychmygu sut fywyd fyddai iddi fel gwraig i Ellis Puw. Addawsai Rowland Ellis fwthyn bach iddyn nhw ar ffiniau tir Brynmawr. Bu hi yno gydag Ellis yn edrych drosto, bwthyn bach dwy stafell, ond yn glyd ofnatsan, gyda ffenestri go iawn yn lle cloriau. Ond iddyn nhw gyrraedd yr hydref yn ddiogel, mi fyddai bywyd yn baradwys.

Byddai Marged Owen a Rowland Ellis yn priodi tua'r un adeg, a chynhesai ei chalon wrth feddwl am hyn. Un dawel oedd Marged, ond cyffyrddus iawn i fod yn ei chwmni. Hoffai yn arbennig ei pharodrwydd i wenu — nid gwenu ffals, gwag, gwenu gwneud. Ond gwên oedd yn dechrau yn y llygaid cyn cyrraedd y gwefusau. Prawf o hyn oedd y rhychau bach bob ochr i'w llygaid. Hi oedd yr unig un a allai drin y plant. Un fywiog iawn a thlws i'w ryfeddu oedd Ann. 'Mwrddrwg' ebe pawb amdani, ond gyda thynerwch a chariad a goddefgarwch yn y llais. Ond roedd Siân yn wahanol, gyda'i gwallt llipa a'r glafoeri di-ben-draw o'i cheg agored, ei gweiddi cynddeiriog a'i chanu grwndi am oriau ar y tro. Gyda Marged yn unig roedd hi'n berffaith dawel. Dringai ar ei glin a gosod ei phen ar ei bron a syrthio i ryw fath o gysgadrwydd yn sigliad rheolaidd ei mynwes.

Fel pawb arall clywsai Dorcas sïon am fam Siân ac am natur genedigaeth yr ail blentyn. Clywsai gan Lisa droeon gymaint ag a wyddai neu ag a ddyfalai hithau. Tybed a wyddai Marged Owen? Doedd posibl fod celu cyfrinach rhwng y ddau. O leia roedd hi am i Ellis wybod popeth amdani hi, a hithau amdano fo. Ac yn ôl at Ellis y daeth ei meddyliau yn anochel unwaith eto.

Golwg newydd a ffres oedd ymhobman yn y dre, yr hen gerrig wedi sychu'n lân ar ôl cawodydd Mai ond heb eto eu blino gyda llwch tes yr haf. Aeth heibio i fintai o blant yn chwarae dawnsio'r fedwen haf o gylch cangen o ddraenen wen. Rhedasant yn gyflymach a chyflymach o gylch yr eneth fach a ddaliai'r gangen yn ei llaw gan weiddi chwerthin nes o'r diwedd faglu ar draws ei gilydd a chwympo yn un pentwr am ben ei gilydd. O waelod y pentwr daeth sgrechiadau myglyd y fedwen.

Chwarae'n troi'n chwerw. Rhedodd at y plant. Ond wedi ei bodloni ei hun nad oedd y fechan ddim wedi brifo'n arw, cerddodd yn ei blaen. Ychydig o lathenni oddi wrth y plant roedd yn rhaid iddi groesi'r bont dros afon Aran. Ond wrth iddi roi troed arni safodd rhywun yn ei llwybr fel cwmwl ar yr haul. Aeth rhyw oerni drwyddi wrth iddi adnabod wyneb llwyd main Shadrach y cwnstabl. Safodd yno heb ddweud dim, ei lygaid yn tanbeidio fel

dau gleddyf noeth. Ceisiodd wthio heibio iddo, ond cymerodd
yntau gam i'r chwith i'w rhwystro.

Mae'r dyn yn lloerig, sylweddolodd Dorcas yn sydyn. Edrych-
odd o'i chwmpas am help. Y tu ôl iddi, roedd y plant wedi ailgydio
yn eu chwarae ac yn ddall i ddim arall. O'i blaen roedd tair
gwraig yn dechrau codi eu lleisiau. Ond ffraeo ymysg ei gilydd
roeddan nhw. Bechgyn yn pysgota'n hamddenol ar lan yr afon,
dau henwr yn myfyrio'n fud ar y gorffennol, a doedd yna neb arall
i'w weld. Clywodd Shadrach yn dechrau siarad.

'Be wnest ti i'r plant yna, y witsh? Pa haint sydd arnyn nhw
rŵan, y?'

Rhwng pob brawddeg glywadwy roedd ei wefusau'n dal i
symud. 'Roedd hitha'n debyg i chdi . . . pob putain yn debyg
i'w gilydd.'

Er ei bod hi'n olau dydd a phobl o gwmpas, roedd mwy o ofn
ar Dorcas y tro hwn nag o'r blaen. Prin y gallai glywed ei eiriau
gan mor isel oedd ei lais.

'Roedd ganddi'r un gwallt, a'r un geg . . . ac roedd hitha'n
hoff o ddangos ei bronnau i'r byd gael gweld . . . Ac roedd y
dynion yn dŵad yn un ar ôl y llall ac yn gadael coron ar y bwrdd,
un dau tri . . .' Roedd ei lais yn codi, a sŵn dagrau ynddo. 'Nes
mod i'n gorfod troi yn fy ngwely a chau fy nghlustiau rhag sŵn
eu traed. Coron . . . glywest ti? Coron. A'i choron hitha'n
deilchion mân ar lawr fel pys llygod dan draed.'

Trodd i ffwrdd i geisio dengid gyda'i holl nerth, ond roedd ei
law am ei garddwrn yn dynn fel crafanc.

'Coron ddeudais i. A'r lembo bach yn gweiddi ar ei fam a
hitha'n rhoi ei bronnau llawn i ddynion, un ar ôl y llall. Chditha
hefyd y witsh!'

Roedd o'n troi ei braich, a dechreuodd Dorcas weiddi am help.
Peidiodd y gwragedd ar ganol eu ffraeo. Cododd y bechgyn eu
pennau o'r afon a daeth distawrwydd ofn dros y plant. Dim ond
y ddau hen ŵr a ddaliodd i syllu ar yr olygfa yn ddidaro. Roedden
nhw wedi gweld y cyfan o'r blaen.

Gwaeddodd un o'r gwragedd a theimlodd Dorcas afael Shad-
rach yn gwanhau am eiliad. Fe'i rhwygodd ei hunan yn rhydd

a rhedodd nerth ei thraed i gyfeiriad y dre i geisio ymgolli yn
nhorf y farchnad. Clywai swn traed ar ei hôl, ond ni throdd ei
phen i weld pr'un ai Shadrach ynteu rhywun arall oedd yn ei
dilyn. Daliodd i redeg nes bod y gwaed yn canu yn ei chlustiau a'i
choesau wedi mynd yn ddideimlad. Fe'i cafodd ei hun y tu allan
i iard y Llew Aur a'r ceffylau a'r wagenni yn gyrru ymlaen heibio
iddi. Roedd hi'n dechrau meddwl fod ei pherygl drosodd pan
welodd hi ef yn dod heibio'r gornel o hen senedd-dy Owain
Glyndŵr a thyrfa o bobl ar ei ôl yn gweiddi ac yn chwifio ffyn.
    'I'r Gadair Goch â hi!'
    'I'r afon â'r witsh!'
    'Crynwr ydy hi! Mi gwelais hi yn y llys.'
    Roedd hyn yn ddigon o brawf. Ond beth oedd angen prawf?
Roedd Shadrach yn gwnstabl ac felly byddai tipyn o hwyl yn
ddigon saff. Os nad oedd yr eneth yn witsh roedd hi'n Grynwr
cableddus ac yn haeddu ei chosbi. Os *oedd* hi'n witsh, rhaid oedd
gofalu am ddiogelwch i'w plant a'u gwŷr a'u gwartheg.
    Roedd yr wynebau gwawdlyd yn awr yn bwrw i lawr arni, yn
ei hamgylchynu, yn tynnu ei chap oddi am ei phen ac yn ei daflyd
i'r awyr. Teimlai fysedd poeth yn crafu ei gwddw ac yn rhwygo
ei gwisg lwyd yn ddarnau.
    Cododd ei phen wrth glywed yr enw 'Crynwr!' Yn sydyn
ciliodd ei hofnau. Roedd rhywun wrth ei hochr yn gwasgu ei
llaw ac yn ei chynnal. Trodd gyda dagrau o ryddhad.
    'Nhad!'
    Ond doedd yna yr un wyneb ffeind cyfarwydd yno. Dim ond
crechwenau a lleisiau gwawdlyd yn gweiddi 'Hw, mlaen! How!
How!'
    Syrthiodd y ffyn ar ei chefn noeth, a gwthiwyd hi ymlaen i
waelod y bont fawr. Roedd cynhyrfusrwydd disgwylgar y dorf
i'w deimlo'n amlwg. Fuodd 'na neb yn y Gadair Goch oddi ar
amser trochi Betsan Prys, ac roedd si ar led fod y gyfraith yn
bwriadu rhoi terfyn ar yr hen arferiad. Cyn bo hir fyddai dim
hwyl i'w gael wrth weinyddu cyfiawnder, a dyna gyfraith gwlad
yn cymell pob witsh i gael tragwyddol heol i reibio fel y mynnai.
Wel, doedd y peth ddim yn gyfraith eto, ac os oedden nhw'n cael

gwared â witsh y tro hwn y gwyddid ei bod hi'n Grynwr trwynsur, cableddus, gorau oll.

Daeth rhywrai â'r Gadair Goch ymlaen, hen declyn haearn wedi rhydu gydag aml drochiad yn afon Wnion. Gwthiwyd Dorcas iddi, a gollyngwyd y trosol i'w le. Cydiwyd yn y gadair, un bob ochr gan ddau ddyn: Shadrach a rhyw ddyn arall a chanddo goesau digon hir i sefyll yn y dŵr dwfn heb ei drochi. Aeth y waedd i fyny:

'Un . . . dau . . . tri . . .'

Chlywodd hi mo'r gweiddi. Roedd hi'n hedfan drwy'r awyr a'i thu mewn yn codi yn ei herbyn. Yna cwffio am ei gwynt a'r dŵr yn canu yn ei chlustiau fel rhaeadr, yn llenwi ei llygaid a'i cheg.

'I fyny â hi, hogia. Rŵan 'te. Unwaith eto. Un . . . dau . . . tri . . .'

Erbyn y trydydd trochiad roedd Dorcas wedi colli pob ymwybyddiaeth.

Bu Gwallter, y towr o'r Ganllwyd yn gwylio'r cyfan gyda dychryn a thosturi. Nid dyma'r tro cynta iddo weld y trochiad gwraig yn y Gadair Goch. Yn yr hen amser peth digon cyffredin oedd hyn, yn rhy gyffredin i enryn teimlad o unrhyw fath. Ond oddi ar amser y Gwarcheidwad, fe aethant yn anamlach. Hwyrach fod gwg yr ustusiaid yn rhoi mwy o fin ar greulondeb y bobl, hwyrach fod geneth landeg fel hon yn ennyn teimladau mwy cyntefig yn y dynion nag a fyddai hen wrach — ni wyddai Gwallter yn iawn, ond gwyddai fod gweld y peth wedi bod mor ffiaidd iddo fel pe tai rhywun wedi ei ddyrnu yng ngwaelod ei fol. Gwaeddai Shadrach ar y dyn arall i ddal ei afael yn y gadair, i roi trochiad arall iddi. Ond edrychai hwnnw i lawr ar ben diymadferth Dorcas, ac yn sydyn mwmiodd; 'Naci, wir. Dyna ddigon, wsi.' Dyna oedd teimlad y dorf hefyd. Wedi cael eu gwala o hwyl, daeth rhyw anghysur crostynt, ac edrychasant ar Shadrach fel pe bai o'n ddyn sy'n dal yn feddw a phawb arall wedi sobri. O un i un dechreuasant gilio draw nes bod neb ar ôl ond Shadrach a rhyw ddyrnaid o bobi, a Gwallter.

Roedd Shadrach wrthi'n ysgwyd corff diferol y ferch, ac yn mwmian Mam . . . Mam . . . Mam . . .

'Gad iddi fod rŵan, gyfaill,' ebe Gwallter gan roi ei law ar ysgwydd Shadrach. Ysgydwodd hwnnw ei hun fel ci newydd ddod o'r afon, ac yn sydyn aeth yn llipa. Cododd Gwallter ben Dorcas yn dyner. 'Mae hi'n dal yn fyw. Yli, mae gen i drol wrth law. Dyro help i'w chario hi, ac mi a i â hi adre.'

Fel pe bai ei ewyllys yn llaw'r llall, ufuddhaodd Shadrach. Cyn bo hir roedd ffurf lipa Dorcas yn gorwedd ar y drol, a gwnaeth Gwallter ei orau i orchuddio ei noethni â gwellt cynnes.

'Ble mae ei chartre hi? Wyddost ti?'

Ysgydwodd Shadrach ei ben, ond mwmiodd rywbeth am Brynmawr. Fel pe bai hi wedi clywed yr enw, dechreuodd Dorcas symud.

'Ellis . . . Ellis . . .'

'Dyna ti mech i,' ebe Gwallter. 'Rwyt ti'n reit ddiogel rŵan.' Ond dechreuodd y ferch droi a throsi yn anniddig. Rhoes Gwallter ysgytwad i gyfrwy'i ferlen, a chychwynnodd ar hyd Ffos y Felin i gyfeiriad y Domen Fawr. Pan drodd i edrych ar Shadrach, roedd hwnnw'n sefyll yn stond yn edrych ar eu hôl a'r dagrau'n llifo i lawr ei ruddiau.

Gorweddai ar gwmwl gwyn yn cael ei siglo nôl ac ymlaen fel pluen yn y gwynt. Weithiau roedd y cwmwl yn boeth a hithau'n brwydro i ymgodi allan o'r gwres. Dro arall gorweddai ar fynydd o iâ, a'r pinaclau'n gwthio'n greulon i mewn i'w chefn. Ond doedd hi ddim am sgrechian . . . doedd hi ddim am sgrechian . . .

Hofrai cwmwl arall uwch ei phen hefyd, a thrwyddo gallai weld wynebau lledrithiol yn mynd a dod. Ambell waith roedd hi'n tybied iddi adnabod yr wyneb. Pwy oedd honno â'i llygaid yn chwerthin a'r rhychau bob ochr iddyn nhw? O, roedd hi wedi blino. Cyn y gallai gofio, roedd yr wyneb wedi diflannu ac un arall yno. Wyneb ifanc, heb fod llawer mwy na phlentyn, yn dweud ei henw. A rŵan wyneb ifanc arall, wyneb dyn a'r brychni'n drwchus o dan y llygaid. Roedd ymylon y llygaid hynny'n goch, ac roedd hi'n ysu am gael dweud wrtho nad oedd dim angen crio . . . Gad i'r wyneb gwelw, cariadlon aros yno am byth. Roedd hi am godi i sychu'r dagrau ymaith. Roedd hi am weld y wên annwyl yn dod yn ôl.

'Ellis . . . Ellis . . . Ellis . . .'

Ac rŵan roedd y ceffyl du yn ôl, yn taflu ei ben nobl tua'r nef, a'r anadl yn codi fel tarth o'i ffroenau. Ond ei hanadl hi oedd honno. Roedd hi'n ddiogel tra daliai'r ceffyl i edrych ar i fyny. Ryw ddiwrnod fe fyddai'n ymostwng ei ben i lawr i'w hwyneb hi, ac yn meddiannu'r cyfan. Roedd yn rhaid iddi gadw peth anadl yn stôr aι y diwrnod hwnnw. A dyna beth oedd yn brin ganddi. Roedd ei hanadl wedi boddi yn y Gadair Goch . . .

Seriwyd ei thalcen gan y llaw oer, a'i phuro drwyddi. Agorodd ei llygaid i wenu arno, gwên dangnefeddus, ryfeddol.

'Ellis . . .'

Caeodd ei llygaid unwaith eto, ond y tro hwn roedd y wên yn dal ar ei gwefusau.

VI

Claddwyd Dorcas liw nos yn y fynwent newydd ar dir Tyddyn Garreg. Rhoddwyd y llain o dir i'r Cyfeillion gan Lewis Owen ac roedd eisoes fwy nag un yn gorwedd yno. Sylwodd Rowland nad elai Ellis yno ryw lawer, onibai iddo fynd ar adegau nas gwyddai ef amdanynt. Yn allanol prin y dangosai'r gwas unrhyw deimlad, ond anaml iawn oedd ei eiriau, a'i wyneb yn feinach nag erioed. Un noson bu raid iddo fynd i lofft y gweision ganol nos i ymofyn help at fuwch glaf, ond ar drothwy'r drws a'i law ar y glicied, ymataliodd. O'r ochr draw daeth i'w glustiau swn griddfan isel.

Yr unig adeg y siaradai Ellis oedd ambell waith yng Nghyrdd-au'r Cyfeillion. Pan dorrodd ar y distawrwydd, roedd ei eiriau'n llawn cariad a thosturi wrth erlynwyr y Crynwyr. Faint, tybiai Rowland, gostiai iddo lefaru felly? A oedd Ellis yn ei orfodi ei hunan i ddweud y geiriau cariad, yn gwthio'r brawddegau drwy'i enau yn y gobaith y byddai'i wir deimladau yn canlyn ei eiriau? *Yr wyf yn credu, O Arglwydd. Cymorth fy anghrediniaeth i . . .*

Roedd Marged ac yntau am briodi yn yr hydref. Dyna pryd y byddai Dorcas ac Ellis hwythau wedi priodi hefyd, ac o barch i Ellis bu'r ddau yn sôn am ohirio eu priodas nhw. Ond ni fynnai Ellis mo hyn.

'Bydd Dorcas yn drist os na wnewch.'

Pan soniai amdani o gwbl siaradai amdani yn y presennol fel pe bai hi yno gydag ef. Ac yr oedd her yn ei lygaid yn rhoi taw ar y neb a fynnai ei geryddu.

Fel y mae profedigaeth yn creu ei hamdo ei hun o gylch y byw a adewir, myfyriai Rowland. Dieithryn oedd Ellis, ei wir feddyliau yn glos mewn rhwydwe. Ac eto roedd yna ryw lonyddwch newydd, dyfnach yn perthyn iddo, ac am y tro cynta erioed, teimlai'r meistir fod y gwas yn hŷn nag ef.

Prin oedd y cynhaeaf y flwyddyn honno, oblegid ar ôl gwanwyn cynnar bu'r haf yn un gwlyb odiaeth. Syllodd Rowland ar yr ŷd yn gorwedd yn llipa ar y meysydd, ac yn duo'n drist, ac ymhell o fod yn llawn roedd y sguboriau gwair. 'Tywydd iawn i'r maip a'r rwdins,' ebe Dafydd y gwas hynaf, hen wladwr i'r carn, yn barod i gymryd ergydion natur fel y delent. Ond gwyddai gŵr Brynmawr fod cynhaeaf da yn bwysig iddo eleni, gyda chynifer o'i wartheg wedi eu hatafaelu ac edrychai'n bryderus ar dlodi'r gwlybaniaeth o'i flaen.

Soniodd am ei ofnau wrth Robert Owen Dolserau pan deithiai'r ddau i'r Cwrdd Blynyddol ym Maldwyn.

'Digon o waith bod yr erlid ar ben. Maen nhw'n debyg o fynd â phob erw'n perthyn i'r fferm fesul tipyn, yn ogystal â'r 'nifeiliaid i gyd. Does wybod lle bydd hyn oll yn darfod.'

Nid atebodd y gŵr hŷn. Craffodd Rowland arno'n sydyn, a daeth gwrid araf i'w wyneb.

'Mae pethe r'un fath i tithe, hefyd, gyfaill, mi wn,' mwmiodd gyda chywilydd yn ei lais.

'Ac i gannoedd eraill hefyd,' ychwanegodd Robert Owen. 'Ac mae'n ddychryn o beth, ffrind ifanc, mi wn.'

'Paid â nghamddeall i, Robert Owen. Dydw i ddim yn debyg o wadu'r hyn a oleuwyd imi. Dim ond . . . dim ond mai'r peth caleta ydy . . . derbyn popeth yn dawel heb wneud dim.'

'Be all rhywun ei wneud heblaw derbyn? A diodde?'

'Ond fe fuost ti'n filwr. Sut wyt ti'n gallu derbyn cymaint? A thithe wedi arfer gweithredu.' Nid arhosodd am ateb. 'Mae rhywbeth mawr o'i le ar yr ardal yma. Wyddost ti fod yr erlid wedi tawelu yn Lloegr? Yr union adeg pan yw carchar Dolgellau yn gorlifo — yn llawnach o Grynwyr nag mae'r llethrau acw'n llawn o ddefaid.'

Marchogent i lawr Bwlch Oerddrws i gyfeiriad Dinas Mawddwy gan ddisgwyl cyrraedd Dolobran cyn nos. Brithwyd y bryniau gan smotiau melyn-wyn y defaid tawel. Yn uwch i fyny gorchuddiwyd copâu'r mynyddoedd o bob ochr iddynt gan niwl. Dechreuodd y glaw mân ddisgyn unwaith eto, a symudodd Robert Owen yn araf-boenus yn y cyfrwy, gan dynnu ei glogyn yn dynnach amdano.

'Crydcymala eto?'

'Hy . . .' oedd yr unig ateb, ond o gil edrych ar wyneb ei gydymaith, gwelodd Rowland ei fod yn gwingo dan boen. Roedd deng mlynedd mewn carchar llaith wedi gadael eu hôl ar gorff y cyn-filwr.

Aeth gwefr o ddicter drwyddo.

'Be sy'n creu'r casineb creulon yma yn Nolgellau? Dydy'r peth hyn ddim yn newydd. Cofio nhad yn dweud am amser Mari Waedlyd, a gwragedd a morynion yn y dre yn diodde serio eu bronne oddi wrthyn, a'r dynion yn cael eu pedrannu a'u llosgi. A dydyn nhw fawr gwell heddiw.'

Ffrwynodd ei geffyl ac arhosodd i wylied nant yn byrlymu'n swrhllyd dros y cerrig, heb na'i gweld na'i chlywed.

'Taswn i'n sicr eu bod nhw'n gweithredu fel hyn ar sail rhyw egwyddor fawr, rhyw deyrngarwch hynod at y Fam Eglwys, fel petae, fe fydde'n wahanol. Ond nid dyna ydy o. Lefi Huws, ie. Mae o'n addoli trefn. Ond am y lleill . . . Wyt ti ddim yn teimlo fod Drygioni yn cerdded y bröydd heirdd yma?'

'Na. Nid Drygioni pur. Ofn. Diffyg dychymyg hwyrach. Mae pechod yn aml iawn yn canlyn diffyg dychymyg.'

'A malais ac eiddigedd at y sawl sy'n mynnu sefyll y tu allan i'r praidd dof?'

'Fe gei di gymydau fel hyn ar hyd a lled y wlad. Digwydd bod yn un ohonyn nhw mae Dolgellau.' Ar ôl distawrwydd, ychwanegodd, 'Y mynyddoedd o gwmpas, ella — yn cloi'n calonne i mewn yn ogystal â'n cyrff.'

Daeth cysgod o wên i wyneb Rowland.

'Hwyrach dy fod ti'n iawn, Robert Owen. Mae'n wir bod y Cyfeillion bron bob un yn byw yn uchel ar lethrau'r mynyddoedd.'

Yn Nolobran yr oedd deg ar hugain o Gyfeillion wedi ymgynnull. Sylwodd Rowland mai Saesneg a siaradai eu lletywyr, gyda'i gilydd, y ddau frawd Thomas a Charles Lloyd. Ni fedrai beidio ag edmygu eu hosgo tywysogaidd, y trwynau main a'r llygaid byw, hyderus, eu boneddigeiddrwydd tawel. Saesneg hefyd oedd iaith y Crynwyr o Nantmel yn Sir Faesyfed, a'r rhai o Ddinbych-y-Pysgod. Ond parablai'r rhelyw yn rhugl ac yn naturiol yn Gymraeg, ac amlwg eu bod yn ddealladwy i bawb.

Dioddefiadau'r Cyfeillion a gafodd y sylw blaenaf. Bu pob un o'r cynrychiolwyr yn ei dro yn darllen rhestr hir o enwau a'r erledigaeth arbennig a ddioddefwyd ganddynt. Roedd y rhestrau'n faith ac yn drist. Ond, ebe Richard Davies o'r Drenewydd, nid mor faith ac nid mor anobeithiol ag yr ymddangosai yn y Cwrdd Hanner Blynyddol diwethaf. Efallai fod diwedd yr erlid mewn golwg. Nag oedd, ddim, haerai Thomas Lloyd. A gofynnodd i Robert Owen adrodd am helyntion y Crynwyr yn Sir Feirion-nydd.

Un oedd hanes Dorcas ynghanol rhestr o ddigwyddiadau cyff-elyb drwy'r sir. Ond bu raid i Rowland Ellis gau ei lygaid wrth glywed y ffeithiau moel, a phan agorodd ef nhw drachefn, roedd fel pe bai gwe pry cop wedi clymu pob un. Unwaith eto fe gafodd ei feddyliau yn dilyn yr un trywydd.Sut oedd popeth yn mynd i orffen? I Ellis, i deulu Dolserau, i Farged, i'r plant, iddo yntau . . .?

Roedd llais Thomas Lloyd yn gwthio trwodd ar ei feddyliau. Sôn yr oedd am George Fox.

'Diolch i'r Arglwydd, mae'r llesgedd a fu'n ei flino ers blwyddyn yn cilio, a'i nerth yn dychwelyd. Mae'n paratoi ar hyn o bryd ar gyfer taith i Ewrob yn y flwyddyn newydd, gan alw yn yr Almaen a'r Iseldiroedd. Bydd nifer o Gyfeillion yn mynd gydag ef, a gweddïwn ar i'r Arglwydd roddi ei nawdd a'i nerth i'r daith.'

Arhosodd am ennyd cyn mynd ymlaen. Yna siaradodd mewn llais isel ond brwdfrydig.

'Bu rhai ohonom ers tro a'n breuddwydion wedi eu hoelio ar Arbrawf Sanctaidd mewn gwlad bell. Meddyliwch amdani, o fy Nghyfeillion. Gwlad lle mae cariad yn teyrnasu, lle mae cyf-iawnder yn gweithredu trwy gariad, lle mae dynion yn rhydd i addoli fel y mynnant, lle mae Deddf Gwlad wedi ei sylfaenu ar y goleuni dwyfol oddi mewn. Teyrnas Ddaear yn deyrnas ein Harglwydd a'i Grist Ef.

'Y mae dros yr Iwerydd diroedd lawer, mor anial yn awr ag oedd Gardd Eden cyn i'r Arglwydd chwythu ei anadl sanctaidd drosti. Os bydd Duw yn ein harwain ni i'r tiroedd hyn i sefydlu teyrnas Plant y Goleuni yno, dydw i ddim yn credu y byddwn ni yn brin o'i ddilyn.' Doedd y syniad ddim yn un newydd i'r un ohonyn nhw. Fe soniwyd am y breuddwyd bob tro y bu Cwrdd yn Llundain. Ond dyma'r tro cynta iddo gael ei wyntyllio yng Nghymru. Ar ôl distawrwydd myfyrgar, dywedodd un wraig,

'Onid dihangfa rhag erledigaeth yw'r siarad a'r sôn am y deyrnas hon dros y môr? Onid arfaethwyd i ni dystio yn Rhyfel yr Oen drwy sefyll yma a derbyn yr hyn a ddaw?'

Ond roedd Thomas Lloyd eisoes wedi ystyried y ddadl honno. 'Fe glywsoch oll y dystiolaeth,' ebe fe, 'sef bod yr erlid wedi dechrau tawelu. Ond ni fynnai neb ohonom ddianc pan oedd yr erledigaethau ar eu hanterth. A oes angen gwell prawf o gywirdeb ein cymhellion? Fe 'madawodd y Tadau Pererin hanner can mlynedd yn ôl. Fe aeth y Bedyddwyr hwythau o Gymru bymtheng mlynedd yn ôl. Does neb yn eu galw nhw'n llwfrgwn. Ond fe fyddwn ninnau yn mynd nid gyda'r bwriad o ffoi eithr i baratoi teyrnas newydd ar gyfer Dydd yr Arglwydd.'

Daeth haul euraidd yr hydref cynnar i mewn i'r stafell drwy'r ffenestri tal a goleuo wyneb y siaradwr. Ar y mur y tu ôl iddo ymestynnai silffoedd yn llawn llyfrau o'r nenfwd hyd at y llawr, ac uwchben y lle tân cerfiedig, disgleiriai silff o un mur i'r llall gyda llestri o gopr ac arian.

Anodd iawn ymysg y tangnefedd dysgedig hwn oedd cofio bod y perchennog wedi treulio deng mlynedd yng ngharchar y Trallwm. Ac yn awr soniai yn eiddgar am adael y cyfan a chychwyn bywyd newydd ryw bedair mil o filltiroedd i ffwrdd. Rhyfeddai Rowland at hyn.

Cymysg oedd teimladau'r cwmni hefyd. Ochrai Robert Owen (o bawb) gyda Thomas Lloyd. Ond go brin y gallai Rowland weld bai arno, ac yntau wedi diodde cyhyd. Gyda Thomas hefyd yr oedd Cyfeillion Nantmel a rhai Sir Benfro. Y rhai o Gaernarfon a Biwmaris a Dinbych yn amheus. Roedd yr hyn a ddywedodd un dyn yn atsain meddyliau Rowland. Siaradai'r gŵr hwnnw yn gyflym a'i ben yn ysgwyd fel melin wynt.

'Mae 'na rai ohonoch chi yma'n gartrefol yn yr iaith Saesneg — yn fwy felly hwyrach nag ydach chi yn Gymraeg. Ond does 'im ond rhaid i chi wrando arna'i am hannar eiliad i wbod 'na 'chydig iawn o Saesneg sy gen i — a'r Cyfeillion erill o Fôn ac Arfon hefyd, o ran hynny.' Pwyntiodd ei fys at bob un o'r cwmni yn ei dro. 'All rhywun ddeud wrtha'i sut 'dan ni'n mynd i ddygymod ag iaith newydd yn ogystal â gwlad newydd, deudwch?'

Gwenodd Thomas Lloyd arno.

'Mae'r Cyfaill yn iawn i godi'r cwestiwn. Gallaf ddweud hyn wrthoch chi. Y bwriad yw i gadw'r Cymry gyda'i gilydd mewn un dalaith, rhyw Gymru newydd fel petai, yn burach ac yn lanach na'r un sydd gennym yn awr. Ac ni fydd angen i neb newid ar ei arferion nac ar arferion ei blant.'

'Ia — ond pa sicrwydd sy gynnon ni?' gofynnai'r gŵr o Gaernarfon.

'Dim ond gair y Cyfeillion yn Llundain,' atebai Tomos. 'A pha sicrwydd gwell a fynnoch, ffrind?'

Cafodd Rowland y teimlad eu bod nhw'n trafod rhywbeth hollol haniaethol — rhywbeth na fyddai fyth yn cyffwrdd â'u byd. Ni fedrai Thomas Lloyd enwi na man na lle na dyddiad na dim o'r manylion a fyddai'n symud y syniadau o dir breuddwyd a damcaniaeth i dir sylweddol. Teimlai fod y gŵr o Arfon yn gweld bwganod cyn eu bod yno. Yn y diwedd nid argyhoeddwyd neb yn wahanol i'r hyn a gredasant ar ddechrau'r cyfarfod.

Ar ôl cyrraedd adre, gyrrwyd trafodaethau'r Cwrdd o'i feddwl gan gymaint y llafur ar y fferm. Syrthiodd nosweithiau'r hydref o'u hamgylch a chyda chwymp y dail yn raddol bach ymlaciai'r prysurdeb. Ac o'r diwedd cawsai amser i chwarae gyda'r plant a sylwi fel yr oeddynt yn prifio.

Marged oedd echel eu byd. Treuliasant gymaint o amser yn Nyffrydan ag y gwnaethant ym Mrynmawr, mwy os rhywbeth. A gwelodd Rowland wrid fel blodau'r afallen yn llusgo'n ôl i ruddiau

Ann. Mwy gwyrthiol fyth gwelodd belydrau o ddeall a synnwyr yn dechrau goleuo llygaid Siân.

Cerddai a rhedai Marged gyda nhw ar fin y llyn, lle plygai'r bedw a'r helyg drosodd i'r dŵr yn gariadus. Dysgasant ganddi adnabod cri'r gylfinhir uwchben y gweunydd a safasant yn llonydd gyda hi i wylio'r hebog yn hofran cyn disgyn ar ei ysglyfaeth. Rhedasant ati gan wasgu yn eu dwylo rai o blanhigion y rhostiroedd ac adrodd eu henwau ar ei hôl — gold y gors, meillion, briallu Mair, cloch yr eos, blodyn taranau . . .

Yn ôl yn Nyffrydan roedd y plant wedi dod o hyd i lyffant yn llechu wrth ymyl carreg y drws. Neidiodd Ann i ffwrdd mewn dychryn ond roedd Siân ar ei chwrcwd yn canu grwndi i'r creadur.

Syllai Marged ar y plentyn yn cydio ynddo'n ofalus ac yn cerdded ar goesau simsan i ganol y buarth i'w ollwng yn rhydd yno. Os gallai cariad ac amynedd glirio'r niwl a gymylai feddwl y fechan roedd ganddi stôr o'r ddau i'w roi iddi. Er mwyn Siân ei hun yn sicr, ond yn arbennig er mwyn ei thad.

Ni thwyllai Marged Humphrey hi ei hun ynghylch teimladau ei dyweddi tuag ati. Gwyddai iddo deimlo'n gysurus ac yn dangnefeddus yn ei chwmni. Ni ofynnai ddim arall ganddi. Os dyheai hithau am iddo anwesu ei grudd ambell waith, neu gyffwrdd â'i braich yn annisgwyl, neu ddangos angerdd sydyn yn ei lygaid, ni fradychai ddim iddo. Roedd hi'n barod i fod iddo yr hyn yr oedd arno ei eisiau, yn fam i'w blant, yn wrandawr, yn drefnydd ddiffwdan, yn gyd-deithiwr ysbrydol. Mygodd y llais a ofynnodd yn ddistaw bach am ba hyd y byddai hynny'n ddigon ganddi.

'Dewch blant. Rhaid i ni fynd adre i Frynmawr.'

Daeth Siân ati ar unwaith a chofleidio yn ei sgerti. Ond dechrau strancio a wnaeth Ann.

'Isio mynd i'r beudy i weld Dewyrth yn godro.'

'Tydy hi ddim yn amser godro eto. Tyrd.'

Roedd Ann am fynd yn ôl i'r llyn i chwarae, roedd hi wedi anghofio beth oedd enw blodyn ac am gael un i ddangos i Farged. Heliai bob math o esgus dros beidio â chychwyn adre. Ochneidiodd Marged. O'r ddwy fe gawsai Siân simpil lawer yn haws i'w thrin.

'O'r gore. Rhaid i ni gychwyn hebddot ti. Mi fydd hi'n dywyll cyn bo hir, ond mi ffeindi di'r ffordd, decini.'

Gafaelodd yn llaw Siân a chychwyn mynd gan ddisgyblu ei hun i beidio ag edrych dros ei hysgwydd, a pheidio â gwrando ar y floedd a'i dilynodd. Profodd agosrwydd cyson y bloeddiadau mai hi a orfu y tro hwn.

Rhedodd y plant at eu tad i'w gyfarch. Collasant bob swildod ohono bellach oddi eithr pan fu oddi cartref ar daith go bell. Yna fe gymerai ryw awr neu ddwy i'r dyn dieithr ddod unwaith eto o fewn cylch cyfyng eu hadnabyddiaeth ac yn dad cyfarwydd.

Safai Marged wrth y drws yn y cysgodion yn edrych ar y tad gyda'r ddwy ferch un ar bob glin iddo. Rwyf y tu allan i'r uned hon, meddyliai yn sydyn a rhyw dyndra newydd yn ei thagu. Mae'r tri wedi anghofio amdana' i.

Camodd i mewn i'r stafell, ac ar unwaith roedd Rowland wedi gosod ei blant o'r neilltu ar ar ei draed yn ei chyfarch.

'Tyrd, Marged, mae golwg wedi blino arn't ti. Tyrd i eistedd.' Cydiodd yn ei dwylo a'i thynnu at y setl. Roedd y plant wedi sylwi ar fasged a'i llond o afalau yn y gornel, ac wedi syrthio arni a dechrau chwarae gyda'r peli coch a gwyrdd.

'Na, hidia befo. Gad iddyn nhw chwarae,' ebe Rowland pan geisiai Marged eu rhwystro. 'Mae arna i eisiau siarad efo chdi.'

Mae ei wallt yn syrthio i lawr ar ei dalcen r'un fath â'r diwrnod y gweles i o'n cario corff noethlymun Siân Morris. Dyna pryd y gwyddwn y mod i'n ei garu. Mae ei wyneb yn feinach rŵan, a'r llinell rhwng yr aeliau'n ddyfnach, ond yr un ydy o. Siân Morris a minne — y ddwy ohonon ni wedi dechrau dyheu amdano. Fel y pwysai hi ei chorff yn erbyn ei gorff o — a'i ddychryn. A minna'n awr yn dyheu am deimlo fy nghorff yn ei erbyn, ac yn ofni ei ddychryn.

Roedd ei eiriau a'i olwg yn dyner heno. Cwynai'r gwynt yn erbyn y ffenest, yn llefain am y glaw i ddod. Neidiai'r fflamau yn swnllyd o gwmpas y boncyffion. Daeth eu cynhesrwydd ati i gymysgu gyda rhyw lawenydd newydd yn ei chalon.

'Mi fûm i'n siarad hefo Ellis Puw heno.'

Aeth eiliadau heibio cyn iddo fynd ymlaen. Trodd ei meddyliau
ii at Ellis hefyd. Roedd rhywbeth wedi marw ynddo, ac eto roedd
rhywbeth arall wedi ei eni ynddo. Roedd o'n wahanol beth bynnag.
'Wyddwn i ddim sut i ddechrau sôn wrtho am ein priodas ni.
Ond fel petai o'n gwybod yn union beth oedd ar fy meddwl i,
wyddost ti beth ddeudodd o?'

Caeodd Rowland ei lygaid.

'Mae Dorcas a mi,' medda fo, 'wedi ein huno mewn ffordd
ia freuddwydies i oedd yn bosib. Does dim rhaid i ti a Marged
poeni am fy nheimlade i. Gobeithio y gnewch chi'ch dau briodi'n
fuan'.'

Teimlai Marged y dagrau'n cronni yn ei llygaid. Yn dyner fe
roes Rowland ei law o dan ei gên, a phlygodd ei ben i'w chusanu.
Ffrwynodd hithau'r awydd angerddol i daflu ei breichiau amdano
i'i wasgu ati.

Ond ni fu priodas rhyngddynt y mis hwnnw.

Ar ôl marwolaeth Dorcas gadawyd llonydd i'r Crynwyr fel pe
pai ei throchiad wedi gweithio ar y dorf fel catharsis. Ond llonydd
yn parhau yn rhy hir oedd hyn yng ngolwg y Rheithor. Hyd yn
iyn, bu'n dibynnu ar rapscaliwns y dre i godi stŵr yn eu herbyn.
Ac os oedd talu i fod am boenydio rhy frwdfrydig, nid busnes
Morris Jones oedd hynny. Ond daeth distawrwydd mawr ar
popeth fel pe bai pawb wedi penderfynu goddef os nad derbyn
y creaduriaid rhyfedd yn eu plith.

Yr hyn a boenai'r offeiriad oedd ei sefyllfa fregus ef ei hun.
Roedd angen dybryd arno i wneud rhywbeth i'w ddyrchafu ei
hun unwaith eto yng ngolwg ei noddwr. Hywel Vaughan. Cawsai
dafod go lym gan y Siryf y tro diwethaf y daeth i'w glustiau fod
ei ddeiliad wedi ei gario o'r Eglwys ar ganol gwasanaeth y bore.
Y tro nesa, rhybuddiai Hywel Vaughan . . .

Dod o hyd i ffordd o blesio sgweiar yr Hengwrt? Nid hir fu
ei bendroni. Roedd yr ateb wrth law. Casâi ef, Morris Jones, y
Cwaceriaid am iddynt ddwyn gwaradwydd am ei berson a'i

barchus arswydus swydd. Ond fe wyddai fod casineb Hywel Vaughan ganwaith yn fwy. Pa ffordd well o adfer ei le a'i ddiogelwch personol na thrwy gael ei weld a'i glywed yn lladd yn ffyrnig ar elynion ei feistr?

Yn yr Eglwys y Sul dilynol, darllennodd restr o enwau'r sawl na fu yn Eglwys y Plwyf yn ystod y mis. Neu o leiaf *rai* na fu yn Eglwys y Plwyf. Gadawodd allan enwau'r Annibynwyr a'r Bedyddwyr a'r Antinomiaid a'r Sosiniaid. Enwyd nifer y byddai'n ymarferol eu rhestio nhw gyda'i gilydd yn gyfleus — Crynwyr bob un.

VII

Rhyw fath o seler o dan y llys oedd eu carchar, ac arogl tamp-rwydd yn codi o'r grisiau cerrig yn arwain i lawr iddi. Yn y gell ei hun yr arogl hwn oedd y lleiaf o'r rhai ffiaidd a'u cyfarchodd. Deuai hynny o oleuni a oedd yno drwy ffenestr wrth y nenfwd, ffenestr wedi ei bario'n solet, ond heb wydr iddi. Gallai unrhyw un a elai heibio bwyso i lawr pe bai o'n dymuno a syllu arnyn nhw drwy'r barrau. Mawr oedd yr hwyl a gawsai'r plant am ben y carcharorion.

Deg ohonyn nhw oedd yn y gell honno — saith o ddynion a thair merch, a dau wely ar eu cyfer i gyd. Codai'r ceidwad saith swllt yr un arnyn nhw am y gwelyau, gan awgrymu'n sur fod celloedd gwaeth na hon i'r sawl na fedrai neu na fynnai dalu.

Aethant ati i ddwyn rhyw lun o drefn waraidd i'w bywyd drwy osod y gwelyau i'r merched ym mhen pella'r gell, a'r dynion i gymryd eu siawns ar hynny o wellt oedd ar eu cyfer ar lawr. Pan oedd hi'n bwrw glaw a'r gwynt yn chwipio i mewn o'r de-orllewin, bu raid i bawb gilio i'r pen arall i ymochel. Buan iawn y suddodd y glaw i mewn i'r llawr pridd a phrin bod digon o wellt i orch-uddio'r llaca budr. Ambell waith byddai'r ceidwad yn dod â gwellt cymharol ffres iddyn nhw ar ôl mynych ofyn, ond yn amlach byddai mor fud i'w ceisiadau â Chader Idris ei hun.

Gwingai Rowland wrth weld Marged a Gainor Ifan a Jane Owen y naill ddydd ar ôl y llall yn ceisio eu cadw eu hunain yn lân ac yn gymen. Gwrthodai'r ceidwad ddod â dŵr ymolchi iddyn nhw ac anghenion eraill heb godi crogbris.

Roedd yna un fantais i'w safle gor-gyhoeddus. Gallai Lisa ac eraill ddyfod at y ffenest gydag ambell ddilledyn glân, a bwyd, a hyd yn oed lyfrau. Ond cymwynas beryglus oedd hon, oblegid gwgai'r ceidwad yn enbyd ar y ffordd hon o ddwyn ei unig gyn-haliaeth oddi arno. Daliwyd llances yn gwneud yr un gorchwyl i garchorion eraill un tro, ac fe'i cafodd hithau ei hunan yn y carchar gyda'i chyfeillion.

Ond dal i ddod a wnaeth Lisa. Ar ôl marw Dorcas ni fu llawer o drefn arni. Treuliodd oriau yn wylo ar ei phen ei hun, heb fod yn siŵr p'un ai hiraeth am Dorcas, euogrwydd am ei phechodau neu ofn fflamau uffern oedd ucha yn ei meddwl. Ond yn sydyn fe'i cafodd ei hun ar ei phen ei hun yn gofalu am y plant ym Mrynmawr heb neb i weld fod y fferm a'r stoc yn ddiogel heblaw hithau a'r hen Ddafydd a Thomos y gwas o'r Bwlchcoch. Gweithiodd hyn arni fel gwyrth. Cododd ei phen allan o'i phlu. Cymenodd ei gwisg, glanhaodd y tŷ drwyddo draw, trwsiodd ddillad y plant, gofalodd am eu bwyd a rhedodd i lawr i'r dre gan nôl a chario i'r carcharorion hyd eithaf ei gallu.

Byddai pethe'n anodd i'w diodde synfyfyriai Rowland pe tasai pawb ar ei ben ei hun, er gwaethaf yr anghysurdod i'r merched. Sugnai'r cwmni ryw nerth y naill oddi wrth y llall. Anos fyddai diodde'r drewdod a'r oerni miniog a sgrechiadau gorffwyll parhaus yr hen butain yn y gell agosa.

Aeth ei lygaid o un i'r llall. Jane Owen, ac ugeiniau o rychau newydd o gwmpas ei cheg a'i llygaid, ei chroen fel memrwn tenau, ond ei serenedd fel lamp yn dal i oleuo'r tywyllwch. Y wraig ifanc, Gainor Ifan, a'i gŵr Dafydd mewn carchar arall. Weithiau eisteddai fel cerflun o farmor yn gwrthod bwyd ac yn plethu ei dwylo. Dro arall siaradai'n ddibaid — am y plant, am Dafydd, am y gath, am ei Modryb Sioned, nes bod pawb yn dyheu am roi bysedd yn eu clustiau a sgrechian arni i roi taw arni. Ar hyn o bryd plethai'i sgert yn brysur ofalus, ei sylw i gyd wedi'i hoelio ar gael pob plethen yn union yr un faint. Pan aeth y plethiadau'n rhy niferus iddi eu cadw mewn trefn gyda'i bysedd, gollyngodd afael ynddyn nhw a dechrau o'r dechrau unwaith eto.

Safai Marged wrth y ffenestr er mwyn i'r llyfr yn ei llaw ddal y goleuni. Chwaraeai gwên fach o gwmpas ei cheg, ond roedd hi wedi ymgolli yn ei darllen. Chwythai'r gwynt i mewn gan chwarae mig o gylch y barrau a datod plethiadau ei gwallt. Roedd ffurf ei chorff yn dechrau tywyllu yn erbyn y goleuni cilgar. Sylwodd mor hir oedd ei gwddw ac mor syth ei chefn, ac mor dyner ymchwydd

ei bron. Byddai Marged yn fam berffaith i'w blant, meddyliai am
y canfed tro. Ond daeth hefyd i'w feddwl am y tro cynta —
hwyrach y cawn ni blant ein hunain. Daeth awydd drosto i
gyffwrdd yn ei llaw. Roedd wedi dechrau croesi ati cyn cofio bod
y cwmni wedi codi mur rhwng y merched a'r dynion, dychmygol
ond cadarn.

Aeth un wythnos yn ddwy a dwy yn fis. Fel y tynnai'r flwyddyn
at ei therfyn aeth y gell yn oerach ac yn oerach. Ar y dechrau y
pethau mwyaf annioddefol oedd y diffyg awyr iach a'r arogleuon
chwys ac ysgarthion cyrff dynol. Ond gyda'r oerni fe anghofiwyd
yr anghysuron hyn yn y dioddefiadau mwy.

Gwaethygu beunydd a wnaeth peswch Edward Prys, Dolgun.
Cludwyd un o'r gwelyau i ochr y dynion, ac un bore methodd â
chodi ohono. Gwrthododd y ceidwad roddi gwrthban iddo. Cyn
toriad gwawr drannoeth roedd yr hen ŵr wedi marw.

Cludwyd ei gorff ymaith mewn sach, ac am y tro cynta torrodd
Gainor Ifan allan i wylo'n ddibaid. Gwnaeth Marged a Jane eu
gorau i'w chysuro, ond roedd yr oerni a'r ffieidd-dra a'r caethiwed
yn drech na hi. Bu'n wylo trwy'r dydd a thrwy'r nos, yn udain ac
yn nadu nes yn y diwedd gwympo i ryw syrthni anesmwyth.

Bu'r lleill yn gwrando arni'n dosturiol, pob un yn gweddïo am
hunan-ddisgyblaeth a nerth i ddal, er fod pob cynneddf yn gweiddi
allan am ei hefelychu ac ymollwng. Ellis oedd yr un a'i tawelodd
hi yn y diwedd. Cododd ar ei draed ac aeth drosodd ati. Rhoes ei
law ar ei thalcen poeth. Aeth cryndod drwyddi gan ei hysgwyd
o'i chorun i'w thraed, ac yna gydag ochenaid hir fe aeth yn hollol
lonydd. Tybiai Marged a eisteddai wrth ei hymyl ei bod hi wedi
llewygu, ond sibrydai Ellis mai cysgu yr oedd. Penliniai yn y
gwellt wrth ei hymyl.

'Mae gen ti ddawn anghyffredin, Ellis Puw,' ebe Rowland gan
gofio Steffan. 'Fe ddylet fod yn feddyg.'

Gwenodd y llall. 'Mae'n rhaid cael addysg i fod yn feddyg.'
Ychwanegodd ar ôl distawrwydd: 'Mi rydw i'n cofio clwad fod
rhyw allu rhyfedd gan fy mam i helpu cleifion.'

'Ond doedd posib fod ti wedi dysgu ganddi hi. Mi fuo hi farw
ar dy enedigaeth di on'd do?'

Neidiodd meddwl Rowland yn syth at ei ferch, Siân. Os oedd plant yn etifeddu galluoedd eu rhieni hyd yn oed heb iddynt eu hadnabod erioed, beth oedd Siân wedi ei etifeddu a hithau erioed heb weld ei mam?

Yn araf iawn bu raid iddo dderbyn y posibilrwydd fod yna nam ar feddwl ei ferch. Ai dyma beth oedd ystyr pechodau'r tadau'n ymweld â'r plant? Ar bwy roedd y bai? Anodd ganddo gredu fod Duw yn cosbi dyn drwy ddial ar ei blentyn. Gwaeddai ei holl enaid allan yn erbyn y fath gabledd. Ac roedd yn rhaid iddo garu Duw. Mynnai cyflwr Siân ei fod yn gafael yn dynn yn ei gred yn nhrugaredd y Creawdwr. Ffordd arall y gorweddai gorffwylledd iddo, a'r byd a bywyd yn gwbl ddisynnwyr.

Un diwrnod fe ddaethai adre i glywed sŵn sgrechiadau yn llenwi'r llofft. Rhedai i fyny'r grisiau gan feddwl yn siŵr fod lladron neu lofruddion wedi torri i mewn, ond nid oedd yno neb ond Siân ac Ann. Safai Ann y tu ôl i'r drws yn syllu ar ei chwaer, dagrau o ddychryn yn dylifo i lawr ei gruddiau. Yn ei breichiau yr oedd doli glwt wedi ei gwisgo mewn cap ffrils a siôl. Ond o enau Siân y daeth y sgrechiadau dibaid. Safai yn wynebu'r wal gan daro doli glwt arall yn ei herbyn yn wallgof. Staeniwyd y wal gan y llif llwch a redai allan o'r ddol. Roedd hi wedi colli arni ei hun yn lân.

'Siân!' Ond prin y gallai glywed ei lais ei hun. Clywodd rywun yn rhedeg heibio iddo, a gwelodd Marged yn gafael yn y plentyn ac yn murmur yn ei chlust. Trodd Siân ati a beichio wylo, ond yn fwy naturiol y tro hwn. Yn araf bach llwyddodd Marged i dawelu'r plentyn. Ymhen hir a hwyr cafodd wybod gan Ann beth oedd achos yr helynt. Cawsai'r ddwy y doliau yn anrhegion gan Farged, y ddwy ddol wedi eu gwisgo yr un fath gyda phais a betgwn a siôl bob un. Rhan o'r pleser oedd gwisgo a dadwisgo'r doliau am yn ail. Llwyddai Siân i ddadwisgo ei dol hi yn burion, ond methiant bob tro fu ei hymgais i'w hailwisgo. Er iddi geisio dynwared ei chwaer, doedd ganddi r'un clem sut i roi'r dillad yn ôl ar y ddol. Aeth yn ffyrnicach bob tro y ceisiai ac yn y diwedd trodd ei chynddaredd yn erbyn y ddol.

Ochneidiodd Rowland yn dawel. Y tro hwnnw roedd Marged

yno i'w chysuro. Ond beth pe digwyddai rhywbeth cyffelyb eto, a Marged heb fod yno? Gweddïai y byddai Lisa'n ddigon amyneddgar a doeth i wybod beth i'w wneud.

Y diwrnod wedyn daeth y milwyr i'w cyrchu nhw a'u gyrru ar droed i'r Bala i sefyll eu praw gerbron y Barnwr Walcott.

Cyn gynted ag y gwelsant y Barnwr yn syllu arnynt ar draws y neuadd, fe wydden nad gwiw disgwyl trugaredd ganddo. Roedd ei eiriau'n cadarnhau eu pryderon. Dyfynnodd hen ddeddf o ddyddiau Mari Waedlyd wrth gyhoeddi'r cyhuddiad yn eu herbyn, sef 'eu bod yn uniongyrchol neu yn anuniongyrchol yn euog o gyflwyno gallu tramor i'r wlad a chreu *imperium in imperio* trwy ufuddhau i weithrediad tramor yr hyn a berthyn i'r Sofran yn unig. A'u bod ymhellach yn cyhoeddi goruchafiaeth y Pab uwchben Coron Lloegr.'

Roedd Rowland wedi blino cymaint ar ôl cerdded y deunaw milltir i'r Bala, ac yn pryderu cymaint ynghylch cyflwr y gwragedd, anodd oedd hoelio'r meddwl ar eiriau'r Barnwr. Ychydig iawn o oriau a gawsant i orffwys cyn cael eu gorfodi i ddod i'r llys i sefyll eu praw. Suddodd ei galon wrth glywed yr un hen gelwydd yn y cyhuddiad o *praemunire*. Gwyddai yn iawn beth oedd y penyd arferol. Bod y tu allan i amddiffyniad y Goron, a cholli tir ac eiddo i'r Goron.

Synnai ato'i hun o ganfod nad oedd hyn yn peri'r un gofid iddo ag yn y gorffennol. Mae'n debyg, meddyliai, imi baratoi fy meddwl ar gyfer hyn yn nyddiau cyntaf fy nhroi at y Cyfeillion. Mewn un ystyr, roedd y ffaith fod y peth yn mynd i ddigwydd yn rhyddhad. Roedd o'n ifanc. Fe fyddai Marged wrth ei ochr i gynnal ei fraich ac i'w garu. Dechrau o'r newydd yn rhywle arall, efallai.

Sylweddolodd mai dyma'r tro cynta iddo amgyffred amdano'i hun yn mynd i'r America. Rhaid bod geiriau Thomas Lloyd wedi syrthio ar dir mwy ffrwythlon nag y tybiasai. Ond gadael y fro hon?

Roedd y Clerc yn awr yn dechrau cynnig y llw i bob un ohonynt. Cododd y cyfieithydd i drosi ei eiriau i'r Gymraeg. Yn y distawrwydd a ddilynodd edrychai'r Cyfeillion yn syth i gyfeiriad

y Barnwr heb yngan gair. Taranodd hwnnw ar draws y llys fod
Deddf Gwlad yn gorchymyn iddynt ateb. Daeth llais Rowland yn
isel ond yn glir.

'Pe bai yn ein gallu i gymryd llw, llw o deyrngarwch i'r Brenin
Siarl fyddai hwnnw, gan ein bod ni oll yn gwadu goruchafiaeth y
Pab. Ond fe ŵyr pawb yn y llys hwn bellach mai ein cred ni yw
hyn — sef yn gymaint ag y gorchmynnodd Crist i ni beidio â
thyngu llw, nad yw'n gyfiawn i'w olynwyr Ef dyngu llw hyd yn
oed pe rhoddid eu cyrff i'w llosgi.'

Torrodd y Barnwr ar ei draws.

'A ydych chwi'n haeru nad oes Cristnogion mewn unrhyw
eglwys na sect oddieithr yn eich cymdeithas chi?'

'Mae yna amryw o bobl dda yn eu galw eu hunain yn Grist-
nogion.'

'Yr ydych yn osgoi'r ateb. A ydych *chi* yn credu fod y bobl dda
hyn yn Gristnogion.'

Syrthiodd tawelwch ar y llys. Gwyddai pawb fod tynged y
carcharorion yn dibynnu ar yr ateb, a gwyddai pawb fod hyn yn
braw ar eirwirdeb y Crynwyr.

'Nid oes neb ag sy'n anufuddhau i orchmynion yr Arglwydd
yn blentyn y Goleuni.'

Fflachiodd gwefr drwy'r Llys, ac edrychai pob llygad ar y
Barnwr, y rhan fwyaf ohonynt yn eiddgar ddisgwylgar. Troes
hwnnw at y Rheithwyr.

'Fe glywsoch eiriau'r carcharor. Gadawaf i chwi farnu trosoch
eich hunain faint o gabledd sydd yn y geiriau hynny. Os credwch
chwi fod y carcharor yn dweud y gwir, yna y mae yn ddieuog. Os
credwch nag ydyw'n dweud y gwir, yna y mae'n gelwyddog, a
rhaid nid yn unig ddiystyru ei dystiolaeth ond edrych yn ddwfn
ar ei gymhellion yn dweud y fath gelwydd. Chwi wyddoch fod
yna bwerau mawr yn y wlad hon yn ein dyddiau ni, yn bygwth
ein traddodiadau Protestannaidd, yn cynllunio yn ddirgel i dan-
seilio ein Cyfundrefn Gyfansoddiadol. Ystyriwch hyn yn fanwl a
rhoddwch eich dedfryd gerbron Duw. A yw'r carcharorion hyn
yn euog neu yn ddieuog?'

Cafodd yr ateb yn ddisymwth. 'Euog.'

Amneidiodd y Barnwr ei ben yn foddhaus. Gadawodd i ddis-
tawrwydd ymdaenu dros y Llys unwaith eto, ac yna rhoes ei
ddedfryd.

'Y mae'r Llys hwn yn dedfrydu'r dynion i gael eu crogi a'u
pedrannu a'r gwragedd i'w llosgi.'

Llifodd 'O!' hir drwy'r stafell. Prin y gallai neb goelio'u
clustiau. Un peth oedd cosbi'r creaduriaid gwirion ond peth arall
oedd ei dienyddio. Edrychai pawb yn hurt ac yn syfrdan ar y
Barnwr, ond yr oedd ef wedi codi ar ei draed yn barod i orchymyn
fod y carcharorion i gael eu cludo ymaith.

Y Barnwr oedd y Barnwr, ac y fo oedd piau dweud. Yn barod
roedd y rhan fwyaf o'r gwrandawyr wedi dechrau derbyn mai hon
oedd cyfraith gwlad, ac nid y nhw oedd yn gyfrifol. Erbyn yfory
byddai min eu braw wedi pylu. Ychydig iawn ohonyn nhw a
gawsai gyfle i weld pedrannu a llosgi yn eu byw, ac eisoes roedd
awydd cynhyrfus yn dechrau ysgogi rhai i dderbyn y profiad
newydd hwn.

Am y Cyfeillion, safasant fel creaduriaid wedi eu clymu â
rhaffau. Misoedd onid blynyddoedd o garchar — parod oedd eu
meddyliau ar gyfer hynny. Ond roedd y ddedfryd hon yn anghred-
adwy. Syrthiodd Gainor Ifan yn swmp ar lawr. Symudai
gwefusau Jane Owen yn araf ond dyna'r unig arwydd o'i chyn-
hyrfusrwydd hi. Trodd Marged at Rowland a thorrodd y neges o
gariad yn ei llygaid drwy oerni ei galon. Yna hi a benliniodd wrth
ochr Gainor i geisio ei hymgeleddu.

Ond yn sydyn fe dynnwyd sylw pawb oddi ar y carcharorion at
aflonyddwch yng nghefn y neuadd. Trodd Rowland ei ben i
ddilyn sylw'r lleill, yna sythodd gyda diddordeb newydd.

Yn gwthio ei ffordd drwy'r dorf fe welai ffigur tal Thomas
Lloyd Dolobran. Yn ei ddilyn ef roedd gŵr canol oed, gŵr dieithr
i Rowland, wedi ei wisgo mewn dillad Cwnsler y Brenin.
Gwaeddai Thomas Lloyd wrth brysuro ymlaen.

'F'Arglwydd Farnwr, erfyniaf ganiatâd i siarad yn yr achos
hwn. Neu yn hytrach —' gan gyfeirio at ei gydymaith, 'ganiatâd
i'r Cwnsler Corbett ddweud ei neges.'

Ac yn y Llys y foment honno nid oedd yno neb ond y Barnwr

Walcott a'r Cwnsler Corbett, dau hen elyn yn y Gyfraith. Cofiai Walcott gyda chasineb perffaith fel y gorchfygwyd ef yng Nghaerwrangon flwyddyn ynghynt yn achos George Fox. Pa felltith a ddaeth â'r Cwnsler hwn i'r Bala, ac ar yr un neges yn ddiamau? 'Mae'r ddedfryd wedi ei phasio. Does dim rhagor i'w ddweud.' 'Eich pardwn, f'Arglwydd, ond y *mae* rhagor i'w ddweud. Neges sy gennyf oddi wrth v Barnwr Hale. Y *Prif* Farnwr,' ychwanegai gyda phwyslais awgrymiadol.

Eisteddodd Walcott i lawr yn araf.

'Fe ddylech fod wedi cyrraedd cyn hyn, Mr. Corbett,' mwmiodd yn flin.

Ac meddai Corbett, 'Am ryw reswm, f'Arglwydd, (a hwyrach mai chi a ŵyr paham) amhosib oedd cael copi o'r cyhuddiad yn erbyn y carcharorion hyn. Mae neges y Prif Farnwr yn ymwneud â'r cyhuddiad a chyda'r ddedfryd.'

Dechreuodd Walcott golli ei dymer a chodi ei lais.

'Sut mae a wnelo eich neges â'r cyhuddiad a'r ddedfryd a chithau heb fod yn bresennol i glywed yr achos?'

'Am fod gennyf le i gredu, f'Arglwydd, eich bod chi o dan gamargraff ynglŷn â'r gyfraith. Fel ag o'r blaen.'

Aeth si o ryfeddod drwy'r llys at eofndra y Cwnsler. Tawodd pawb yn eiddgar a chlustfeinio i gael gwybod beth fyddai'r ymateb.

'F'Arglwydd,' ebe Corbett heb aros am ateb y Barnwr a'i lais yn diasbedain drwy'r llys. 'Nid oes hawl gennych i ddienyddio na gŵr na gwraig ar *praemunire* — sef y drosedd o gyflwyno gallu dramor i'r wlad.'

'A pham nad oes, dywedwch i mi, Gwnsler.'

'Oherwydd eich bod wrth wneud yn mynd yn ôl Deddf Praemunire 1392 sef Deddf De Heretico Comburendo. Ac fe ddiddymwyd y gosb eithaf am y drosedd honno gan y Ddeddf Oruchafiaeth 1562.'

Daeth goleuni bach caled i lygaid y Barnwr. Pwysodd ymlaen ar ei fainc.

'Purion. Purion. Ond y mae gwrthod cymryd y llw o Oruchafiaeth yn drosedd o deyrnfradwriaeth. Ac fe wyddoch chi, Mr. Corbett, beth yw'r gosb am honno.'

'Ie?' gofynnodd Corbett a gwên fach ddisgwylgar ar ei wefusau. Ffyrnigodd y Barnwr yn lân, ac adroddodd ar dop ei lais.

'Ie, Mr. Cwnsler. Mi a ddywedaf wrthoch chi. Peri i'r carcharor gael ei lusgo ar hyrdlen i'r man dienyddio, ac yna gael ei grogi wrth ei wddf hyd bron at farw, eithr cael ei gymryd i lawr, a thra erys yn fyw bod tynnu ymaith ei ymysgaroedd a'u llosgi o flaen ei wyneb, a bod torri ei ben ymaith oddi wrth ei gorff a rhannu ei gorff yn bedair, yn ôl pleser y Brenin —'

'Na!'

Torrodd y gair noeth ar draws y llall fel cleddyf.

'Na, f'Arglwydd. Nid yn ôl pleser y Brenin.'

Agorodd Corbett rowlyn o femrwn a'i gyflwyno i'r Barnwr.

'Fe welwch yn ôl hyn fod ei Rasusol Fawrhydi a'i Senedd wedi gweld yn dda i ddiddymu'r Ddeddf honno. A'r neges sy gennyf gan y Prif Farnwr yw hyn, sef ei fod yn synnu, f'Arglwydd, at eich dyfalbarhad yn ei gweinyddu. Yr unig eglurhad dros yr hyn a wnewch, yn ei dyb ef, yw fod eich casineb personol tuag at y sect hon o bobl a elwir yn Grynwyr wedi eich dallu a'ch byddaru chwi.'

Roedd y distawrwydd yn y llys fel pe bai pawb wedi anghofio sut i anadlu. Gwaeddai pysgotwr yn y stryd y tu allan fod ganddo frithyll ffres o Lyn Tegid ar werth, a'i lais yn troi bywyd-pob-dydd yn ddieithr a phell. Tynnodd y Barnwr ei law yn araf ar draws ei lygaid. Yna syllodd ar Gorbett yn hir cyn cydnabod ei orchfygu. Pan ddaeth y geiriau o'r diwedd fe ddaethant mor anfoddog â llygad maharen yn gadael craig.

'Yn wyneb y genadwri hon, yr ydym yn taflu allan y cyhuddiadau yn erbyn y diffinyddion. Rhyddhewch nhw, gwnstabliaid.'

Cafodd Rowland unwaith eto y teimlad fod hyn oll wedi digwydd o'r blaen a'i fod yn chwarae rhan mewn drama a'r geiriau a'r symudiadau eisoes wedi eu sgrifennu. Gwyddai cyn i'r peth ddigwydd y byddai Gainor yn dechrau chwerthin ac wylo bob yn ail, a Marged yn ei cheryddu yn anarferol o lym a pheri iddi beidio ar unwaith. Gwyddai y byddai'r dorf yn y llys yn gweiddi bonllefau ac yn curo eu dwylo ac yn heidio at y Cwnsler Corbett i'w longyfarch.

Gwelodd Thomas Lloyd yn croesi atynt.

'Mae gennyf gerbydau y 'tu allan. Fe ân a chi i'ch cartrefi ar unwaith.'

Edrychai'r gŵr o Ddolobran yn hapus gynhyrfus.

'Thomas Lloyd —' dechreuodd Rowland, ond torrodd hwnnw ar ei draws.

'Na, paid â dweud dim yn awr, Gyfaill. Bydd cyfle i ni siarad eto.'

Rhoes ei law ar ysgwydd Rowland. 'Rwy'n gobeithio — na, rwy'n sicr — mai dyma ddiwedd ar yr erlid mawr — am ychydig beth bynnag.'

Trodd i siarad â rhai o'r cyn-garcharorion eraill, a'u hannog i frysio allan at y cerbydau. Clywodd Rowland rywun yn gwasgu ei law. Troes yntau a chododd law Marged yn dyner i'w wefusau. Clywodd hithau ddeigryn poeth yn disgyn ar y llaw honno.

VIII

Gwireddwyd geiriau Thomas Lloyd. Heb ei lawn sylweddoli ar y pryd roedd Rowland a'r Cyfeillion i edrych yn ôl ar y pedair neu'r pum mlynedd a ddilynodd eu gollwng o'r carchar fel hafan dawel o dangnefedd. Yn fuan ar ôl yr achos yn y Bala bu farw'r Barnwr Walcott — marw o gasineb meddai'r rhai a wyddai am ei hanes yn erlid y Crynwyr. Fe gafodd ei lymder un effaith annisgwyl. Trowyd llanw cydymdeimlad pobl Penllyn ac Edeirnion a Dolgellau at y criw cyn-ddirmygedig. Goddefgarwch oedd y cyweirnod yn awr. Dal i chwerthin am ben y wisg syber, yr het megis wedi ei hoelio ar y pen, y gwrthod moesymgrymu, a'r ti a thithe byth a hefyd, ond cripiasai peth edmygedd i mewn i'r chwerthin. Os oedd rhain yn barod i wynebu carchar ac o bosibl angau dros eu daliadau rhyfedd, ymresyment, mae'n rhaid fod rhywbeth arbennig ganddyn nhw. Heidiai dynion a gwragedd a phlant i'r cyrddau, y mwyafrif o ran chwilfrydedd, ond rhai o ran awydd didwyll i wybod mwy. A chynyddu a wnâi nifer y rhai a arhoshai.

Yn y mis bach 1678 fe briodwyd Rowland a Marged, ac yn gynnar yn y flwyddyn ganlynol fe anwyd iddynt eu baban cyntaf. Roedd Rowland am roi'r enw Ellis arno ar ôl ei dad, Ellis ap Rhys, ond yn y diwedd fe gytunodd â Marged i'w alw wrth yr enw Rowland. Sylwai gyda diolch yn ei galon na wnaethai dyfodiad ei phlentyn ei hun fymryn o wahaniaeth i ofal Marged am ei dwy lysferch. Ac roedd y ddwy yn dotio at eu brawd bach. A'u chwaer. Oherwydd oedd Beth ganddyn nhw hefyd ers wythnos.

Safai Rowland wrth waelod y llwybr, ei benelin yn pwyso ar bren uchaf y llidiart. Wrth syllu i fyny i gyfeiriad y tŷ gollyngodd ymaith ochenaid hir, foddhaus.

Cynaeafau cnydiog. Cyrddau fel ffrydiau melys. Goddefgarwch ei gymdogion. Ac atgofion am aeaf 1676 namyn hunllef echrydus.

Dymunai i bawb o'i gwmpas fod yn hapus hefyd. Ac mi roeddent.
Gwenodd wrth gofio iddo ddod ar draws Lisa a Thomos Owen y
gwas ym mreichiau ei gilydd. Fe wnâi Tomos ŵr campus iddi —
dyn a thipyn o bwysau ynddo fo, heb fawr o eiriau, ond mor
deyrngar a thriw ag oedd ei ragflaenydd yn strywgar a di-ddal
arno.

Trueni na fai Ellis wedi cymryd at Lisa hefyd. Ond falle y
byddai cymhariaeth barhaus anorfod rhwng y ddwy chwaer yn
ormod o dreth arno. Fe'i cawsai ei hun yn gofidio lai a llai am
Ellis. Yn wir, rhyfyg fyddai dal i ofidio yn wyneb yr addfwynder
tawel hwnnw. Rhyfeddai pawb a gofiai'r llanc swil, ansicr at yr
hunan-hyder diymhongar a'i nodweddai yn awr. Ar ôl ei ryddhau
o'r carchar dechreuai deithio o amgylch yn pregethu'n eofn.
Onibai am yr ysbryd newydd, goddefgar yn y tir, yn ôl yn y
carchar ar ei ben y byddai yn sicr. Pregeth syml oedd ganddo.
Gwyddai Rowland hi bron cystal ag Ellis ei hun. Un peth oedd
yn angenrheidiol, sef adnabod llais Crist oddi mewn, yr hwn oedd
y gwir Fugail, a'i ddilyn ef ymhob peth, a chael bywyd tragwyddol
ganddo.

Clywsai yn ei feddwl y llais syndod o gyfoethog yn tarddu fel
rhaeadr o'r corff eiddil.

'Eto fe a ddywed rhai pobl druain anwybodus "Nis gwyddom
ni ddim. Nid oes gennym ni ond coelio y gwŷr o ddysg, y peth
a ddywedont i ni. Oblegid y maen nhw yn darllen ac yn gwybod."
Ond nid dyna'r ffordd iti ddyfod byth yn un o ddefaid Crist.
Oblegid pe buasai'r pysgotwyr a'r gwŷr anllythrennog gynt yn
coelio'r gwŷr o ddysg, ni buasent byth yn credu yng Nghrist nac
yn dyfod yn ddilynwyr iddo, hefyd nis derbyni byth mo Grist,
goleuni y bywyd yr hwn sydd yn rhoddi gallu i'r sawl a'i der-
bynio ef i fod yn feibion i Dduw . . .'

Y glaw yn sgubo dros ei war, ei wallt coch yn diferu o dan yr
het gron a chysgod y cantel yn tanlinellu llwydni ei wyneb — ond
roedd nerth personoliaeth Ellis wrth bregethu yn goresgyn hyn
oll. Atseiniai'r llais yn ôl o furiau allanol yr eglwys (oblegid
pregethai bob cyfle posibl i'r bobl ar eu ffordd i Sant Mair) —

'Yr wy'n bwriadu rhag dy gas
Ond cael dy ras i'm helpu.
Lle bûm yn pechu a'm gwar yn syth
Na wnelwyf byth ond hynny.

Nis galla'i ddim, o'm rhan fy hun
Ond fel y mochyn eilwaith,
Ymdroi'n y dom, Duw gwared fi
O bob drygioni diffaith . . .'

Marchogai dau ŵr tuag ato o gyfeiriad Coed y Pandy, ond yn gwyll bu raid iddynt gyrraedd o fewn canllath iddo cyn iddo allu ei hadnabod. Pan welodd pwy oedd yno brysiodd ymlaen i'w farch yn gynnes.

'Siôn ap Siôn, Thomas Lloyd, mae'n dda gen i'ch gweld chi na. Dewch i fyny i'r tŷ. Bydd Marged yn falch o wneud pryd o vyd i chi.'

Synhwyrai mai neges go bwysig a ddeuai â'r ddau yn unionsyth w weld fel hyn. Teimlai ynddynt gynyrfusrwydd eiddgar, ond edi ei ffrwyno am y tro. Ni ofynnodd iddynt ddim ac ni soniwyd im ganddynt hwy ychwaith nes eu bod nhw'n eistedd wrth y wrdd bwyd. Wedi gweld fod digonedd i'w fwyta ar y bwrdd, wnaeth Marged am y drws gan ddweud ei bod hi'n sicr fod an y tri faterion preifat i'w trafod. Ond mynnodd Siôn ei bod 'n aros.

'Mae a wnelo ein neges â thithe yn ogystal, Marged.'

Daeth hithau yn ei hôl, ac eisteddai'r pedwar o gwmpas y wrdd, y goleuni o'r lamp yn y canol yn adlewyrchu wynebau ddgar disgwylgar y dynion.

'Hyn sy gen i'n fyr,' ebe Siôn. 'Chi wyddoch i ni sôn o dro i :o am y syniad o gael Arbrawf Sanctaidd, mewn man lle gallwn odi cymdeithas wedi ei sylfaenu ar y gwirionedd a roddwyd i ni.'

Clywodd Rowland ei galon yn curo'n gyflymach, a gwrthryfel eddfol yn codi yn ei fynwes.

'Mi fûm i yn Llundain ryw fis yn ôl, ac yno mi a gefais sgwrs rda William Penn.'

Edrychodd ym myw llygaid Rowland fel pe bai yn ei herio.

'Rywsut, Gyfeillion, mi a welaf law yr Arglwydd yn ein tywy:
ni yn nes at wireddu'r cynllun hwn a heuodd Ef yn ein calonnau.
Roedd Siôn wedi newid ei feddwl, felly, Neu tecach efalla
fyddai dweud ei fod wedi penderfynu ar ei farn. Oblegid cofia
Rowland yn sydyn na chynigiasai ef farn y naill ffordd na'r llal
pan wyntylliwyd y syniad yn ei ŵydd ef gynta. Gwyddai an
frwdfrydedd Thomas Lloyd o'r cychwyn cynta, ac nid syn gandd
weld y gŵr hwnnw yn pwyso ymlaen gyda gwên ar ei wyneb, y
gwrando ar Siôn yn astud.

Cafodd William Penn (meddai Siôn) ddarn helaeth o dir y
Lloegr Newydd rhwng Massachusetts a Virginia — rhywbetl
ynglŷn â dyled ar y Brenin i'w dad, y Llynghesydd Penn. Gwela
hyn fel cyfle i sefydlu math ar gymdeithas y bu'r Cyfeillion y
dyheu amdani.

Tynnodd Siôn ddarn o bapur o'i logell, a'i esmwytho ar
bwrdd yn ofalus.

'Mae o'n barod — na, yn awyddus — i rannu ei dir yn fâ
diriogaethau a'u gwerthu i Gyfeillion am brisiau rhesymol.'

Dechreuodd Siôn ddarllen y geiriau o'i flaen mewn Saesne
gofalus, gydag acen Gymraeg gref.

> To such persons as are inclined to the province, such i
> the expense a man with £100 cash would be under if h
> bought 500 acres and transported himself, wife, a chil
> and two menservants. It being understood that 500 acre
> of uncleared land is equivalent to 50 acres of cleared Englis
> or Welsh land.
>
> By taking along certain small articles, cloth, clothe
> harness, implements, etc., and selling them there, the lan
> will be paid for by the 50 per cent profit derived. The trans
> portation of the party would cost not more than £38 2. c
> with new clothes, skirts, hats, shoes, stockings and drawer.
> a ton of things to sell and four gallons of brandy and 2
> pounds of sugar for the voyage.

Roedd ar Rowland awydd torri ar ei draws a gofyn 'Ond be sy wnelo hyn â ni, oblegid mi a ddywedais eisoes nad oedd arna' i'r diddordeb lleia yn y peth.' Ond ar ei waethaf, clywodd fflam y diddordeb hwnnw yn dechrau cynnau yn ei fynwes wrth glywed llais miniog Siôn yn darllen. Ciledrychodd ar Farged, ond ni fradychai ei hwyneb hithau ddim o'i theimladau.

Arriving at the purchase in early summer, encamping and clearing 15 acres for ploughing, cutting out best timber for house, according to directions, planting, erecting the log cabin and getting in the crops brings the experience of this party up to winter when the prospect is not so pleasant as they have only green wood to burn.

Aeth llais Siôn yn ei flaen, a rhyfeddai Rowland at fanylder y llythyr — o gyfarwyddiadau sut i godi'r caban 'deg troedfedd ar hugain o hyd a deunaw o led' hyd at y math ar gynnyrch y gellid ei ddisgwyl o'r tir.

Gyda'r holl atafaelu a fu ar ei dir a'i stoc ar hyd y blynyddoedd, gwelsai Rowland ei fferm yn lleihau bron hyd at faint mân dyddyn, ac ymatebai'r ffermwr ynddo at yr hyn a glywai.

'Ond mae'r costau hyn yn gamarweiniol,' gwrthwynebai. 'Byddai'n rhaid cael ysgubor yn ogystal â thŷ.'

Torrodd Thomas Lloyd i mewn.

'Yn ôl hyn, cost tŷ ac ysgubor gyda'i gilydd fyddai pymtheg punt a chweugain, ac mae'n nodi pedair punt ar hugain a chweugain ar gyfer stoc. Mae William Penn wedi ymgynghori'n drwyadl gydag amaethwyr a chyfreithwyr cyn rhoi gair o hyn ar bapur, ac mae'n rhaid imi gyfadde fod y rhagolygon yn peri cryn hapusrwydd i mi.'

Ond gwelodd Siôn eu bod yn symud yn rhy gyflym.

'Does dim angen iti benderfynu 'n awr, Gyfaill. Y rheswm y daethom ni yma yn unswydd yw ein bod ni am osod y posibiliadau gerbron nifer o Gyfeillion da, a gofyn iddyn nhw ystyried y cynigion yn ddwys. Wnei di addo gwneud hyn?'

Cododd Rowland ac aeth at y ffenestr. Safodd yno a'i gefn

atynt a syllu allan i'r tywyllwch. Mor ddwfn oedd y tawelwch
teimlai mai dim ond ei feddyliau cynhyrfus ef oedd yn·gwneud
sŵn.

Edrychodd y ddau ddyn arall ar ei gilydd, ac aros mewn distaw-
rwydd iddo droi'n ôl. O'r diwedd fe wnaeth hynny.

'Ond pa angen sydd i ni fynd mor bell? Pam na allwn ni weithio
ar gyfer Arbrawf Sanctaidd yn ein gwlad ein hunain? Mae'r
ysbryd newydd yn cyniwair drwy'r wlad. Mae pobl yn awyddus
i'n clywed. Pam gadael ein cartrefi a'n cymdogion a'n dadwreiddio
ein hunain yn awr o bob amser?'

Mae o'n meddalu tuag atynt, meddai llais y tu mewn i Farged.
Mae o'n ceisio cael atebion da i'r rhwystrau sydd yn ei galon.
Gwelodd ei lygaid yn treiddio i wynebau'r ddau arall, yn chwilio
am ryw sicrwydd newydd y dymunai ei glywed, a chlywodd law
oer yn gwasgu'n dynn yn ei mynwes.

'Dydy pethe ddim mor dawel yn awr, Rowland Ellis, ag a
feddyliet ti,' ebe Thomas Lloyd. 'Glywest ti am ŵr o'r enw Titus
Oates? Glywest ti fel y dywedodd o llynedd iddo ddarganfod
cynllwyn Pabyddol i lofruddio'r Brenin? Duw a ŵyr beth oedd ei
fwriad, oblegid mae'n hysbys i bawb mai celwydd ydoedd. Ond
megis pob amser y bydd y chwedlau hyn yn cael eu lledaenu, fe
ddaw rhywun o rywle i'w troi i'w felin ei hun a'u cymryd yn
esgus dros ailgychwyn erledigaeth. Maen nhw eisoes wedi restio'r
hen Arglwydd Stafford ar y sail fod ganddo ran yn y plot, ac mae
o'n debyg o gael ei ddienyddio. Does dim rhaid imi ddweud wrthot
ti fel bydd y digwyddiadau pell hyn yn Llundain yn rhwym o roi
ffagl yn y tân yn erbyn pawb nad yw'n cydymffurfio ag Eglwys
Loegr. Ac fe ddaw'r effeithiau i'w teimlo ym Meirion gyda hyn.'

'Ond fe ddwedaist ti dy hunan, Thomas Lloyd, nad oedd yn
iawn i ni ffoi rhag erledigaeth.'

Crychodd Thomas ei dalcen gydag awgrym o ddiffyg amynedd
os gellid dweud fod dyn o'i hunan-feddiant ef yn meddu gwendid
o'r fath, ond torrodd Siôn ap Siôn i mewn.

'Gwir. Ond mae 'na ffordd arall o edrych ar bethe. A dyma'r
ofn sydd ar William Penn. Fe gafodd y tir yma, ac y mae'n rhaid
iddo wneud defnydd ohono. Tir bras a chyfoethog ydyw, medda

fo, a'r perygl mawr yw y byddai'n denu gwladychwyr bydol eu
hanianawd os gosodir y tir ar y farchnad agored. Gwêl William
Penn gyfle i ddefnyddio'r rhodd hon er budd Duw a'i Deyrnas
drwy ei gyfyngu i blant y goleuni. Oni dderbyniwn yr her, methu
fydd hanes y cynllun hwn a ysbrydolwyd yn ddiau gan yr Arg-
lwydd, ac fe â'r tir ffrwythlon hwn i ddwylo dynion o'r byd.'

'Felly. Mae'n ddyletswydd arnon ni adael ein cartrefi i siwtio
mympwyon William Penn!'

Trodd y tri dyn at Farged gan synnu at y min anarferol yn ei
llais.

'Na, Marged Ellis. Mae gan William Penn ddelfryd fawr a
sanctaidd,' ebe Thomas. 'Does dim galw arnon ni i'w feirniadu.
Dydy o ddim yn gorfodi neb i fynd. Rhoi'r cyfle yma i ni y mae
o. Fe gawn wrthod y cyfle os dymunwn hynny.'

'Cawn wrth gwrs,' atebodd Marged. 'Ac mi ddweda'i wrthoch
chi be sy'n mynd i ddigwydd rŵan. Mi fydd rhai ohonon ni'n
derbyn y cynnig — hwyrach am ein bod ni wedi ein swyno gan y
ddelfryd. Bydd rhai eraill ohonon ni'n mynd am fod arnon ni ofn
y dyfodol. A bydd rhai eraill eto'n mynd — rhaid i ni wynebu
hyn yn onest — am ein bod ninne, hyd yn oed blant y goleuni, yn
agored i gael ein swyno gan y sôn am diroedd breision. Ac fe
adewir gweddill yma fel y gadawyd gweddill o amser y proffwyd
Eseia ymlaen. Ond gweddill fydd hwn wedi ei wanychu ac wedi
ei ddiffrwythloni. Ar ôl i'r dail hyn grino fydd 'na ddim dail
newydd yn blaguro yn y rhan yma o'r wlad — byth eto. Nyni fydd
wedi gwrthod ein treftadaeth. A heb fod eisiau. Dach chi ddim
yn gweld? Does dim dewis gynnon ni rŵan nag oes? Os ydan ni
am gadw gyda'n gilydd yn gryf ac yn ddylanwadol, mae'n rhaid
i ni gyd fynd.'

Chlywodd Rowland erioed mo Marged yn siarad fel hyn o'r
blaen. Estynnodd law allan ar y bwrdd a chydio yn ei llaw hi.
Syrthiodd y pedwar i dawelwch fel pe baen nhw mewn Cwrdd.
Dim ond Marged ei hun a edrychai fel pe wedi ei dihysbyddu o
egni. Roedd croen ei hwyneb fel pe bai wedi ei dynnu'n dynn ac
yn wyn o bob ochr i'w thrwyn. O'r diwedd torrodd Siôn ar y
distawrwydd.

'Peth rhyfedd ydy cariad at fro. Marged Ellis — dydw i ddim am frifo dy deimladau — ond mae 'na berygl y gall. brogarwch gymylu ein cymhellion weithiau. Hwyrach mai hyn sy'n ein cadw ni rhag y wir adnabyddiaeth. Y cwbl ddwedaf fi yn awr yw — disgwyliwch wrth yr Arglwydd, ac ewch i b'le bynnag y bydd Ef yn eich arwain. Os teimlwch ar ôl dwys fyfyrio mai ei fwriad yw i chi wrthod y cynnig ac aros yma — bydded felly.'

Cododd ar ei draed, a gwnaeth Thomas Lloyd yr un modd. Gwnaeth Marged ymdrech lew i ymysgwyd o'i diffyg ynni, ond gwrthodasant ei chynnig iddynt fwrw'r noson yno, am eu bod am gael gair gyda theulu Dolserau. Wrth ffarwelio â nhw teimlai Rowland ei fod ef a Marged wedi eu siomi yn enbyd.

IX

Roedd y prynu mawr wedi dechrau. Clywsai gan frodyr Gwanas iddynt roi eu henwau i lawr ar gyfer 182 o erwau yr un. Mentrai Ellis Morris Dolgun Ucha ar 78 erw, ac Ifan ap William o Lanfachreth ryw 156 erw.

Dechrau chwalu roedd y cwmni bach o Grynwyr fel y bu i Farged ddarogan, yn chwalu cyn eu bod nhw wedi symud modfedd o'u cartren. Yn union ar ôl pob Cwrdd bu siarad mawr am y newyddion diweddaraf. Ychydig iawn o newyddion oedd ar gael mewn gwirionedd, a mawr fu'r pendroni a'r dyfalu ynghylch b'le yn union y byddent a sut y rhennid y tir.

Gwrandawodd Rowland ar y siarad ffyddiog a'r breuddwydion gyda theimladau cymysg.

'Yr hyn sy'n fy mhoeni i,' meddai wrth ei wraig, 'ydy sut yn y byd y bydd dyn fel Ifan ap William yn mentro gwerthu ei gynnyrch yn Saesneg. Does ganddo run clem am yr iaith. A does dim sicrwydd y bydd unrhyw Gymro arall o fewn pum can milltir iddo.'

Fe boenai eraill am hyn. Gwyddai Jane Owen, Dolserau, fod Robert a'i fryd ar gymryd rhan yn yr Arbrawf er gwaethaf ei oedran. Roedd eu trydydd mab, Gruffydd, mor eiddgar â'i dad dros fynd, a chan ei fod yn feddyg, roedd pwyso arbennig arno yntau i ymuno â'r cwmni, oblegid synhwyrai pawb mai'r rhan waethaf fyddai'r fordaith hir, a siawns nad meddyg fyddai'r dyn pwysicaf wrth law. Ond roedd ofnau Rowland yn poeni teulu Dolserau hefyd.

'Pe bawn i ddim ond yn cael sicrwydd gan William Penn y cedwid y Cymry i gyd gyda'i gilydd.' ebe Gruffydd. 'Oes rhywun a ŵyr ddwedodd o ragor am hyn?'

'Peth barbaraidd ydy'r iaith Gymraeg i ddyn o'i safle fo,' meddai Rowland, a'i feddwl yn hedfan yn ôl at ddyddiau ysgol.

'Digon o waith y bydd o'n barod i wneud trefniadau arbennig ar ein cyfer ni, yn enwedig os mai nod yr Arbrawf ydy cyd-fyw cymdeithasol.'

'Fe'i codwyd o yn Iwerddon,' ebe Jane Owen. 'Mae eu hiaith nhw'n wahanol, a hwyrach fod gynno fo fwy o gydymdeimlad nag a feddyliech chi.'

'Paham na ofynnwch iddo ynte?'

Parhau i siarad gyda'r lleill am y peth heb gynnig nag ef ei hun na'i deulu a wnâi Rowland. Ond wrth eu clywed ni allai lai na dal peth o'u brwdfrydedd heintus. Roedd y syniad yn un amhosibl iddo gwrs. Pwy wedi'r cwbl a fyddai'n gofalu am Brynmawr, a sut gallai Marged deithio gyda phedwar o blant ac un arall ar y ffordd? P'un bynnag, gwyddai beth oedd teimlad Marged, a dyna ben. Ond parai'r siarad diddiwedd am yr hinsawdd teg, y pridd da, y nentydd a'r meysydd, y cnydau o ŷd ar y gwastadeddau breision, y ffrwythlonder o goed cnau Ffrengig a chastanwydd, o eirin gwlanog a morwydd, o eirin gwylltion, gwrawnwin, cywarch a hopys — parodd hyn iddo sôn mwy a mwy ar yr aelwyd am gynlluniau ei gyfeillion, ac am y tro cyntaf yn ei fywyd i edrych ar lymder tir mynyddig godre Cader Idris, ei bwyso yn y glorian a'i gael yn brin.

'Dyn teg ydy Penn yn ôl y sôn,' aeth Rowland yn ei flaen, 'ac fe fydd yn sicr o roi gwrandawiad i chi. Dywedwch wrtho eich bod chi am aros yn dalaith Gymreig oddi mewn i'w diriogaeth ef.'

Roedd y syniad yn un gwerth rhoi cynnig arno. Dyma farn pawb. O leiaf fe fyddai'n ymgais i leddfu tipyn ar bryderon y llai dysgedig yn eu plith. Pan soniwyd wrth Siôn ap Siôn am y cynllun, fe lonnodd drwyddo.

'Os lluniwch lythyr ato, mi fyddwn i'n barod iawn i'w gyflwyno i William Penn. Ond gan nad yw'n fy mwriad i fynd i'r America fy hunan, mae'n well bod un ohonoch chi gyda mi.'

Yn y diwedd penderfynwyd anfon y meddyg gyda Siôn, a dechreuwyd ar y llythyr yn erfyn am i'r Crynwyr Cymreig i gyd aros o fewn i'r un dalaith heb ymyrraeth gan neb.

'. . . *For we declare with an open face to God and man that we desire to be by ourselves for no other End or purpose but that*

we might live together as a Civill Society, to endeavour to deside
all controversies and debates among ourselves in a Gospel order,
and not to entangle ourselves with Laws in an unknown tongue,
as also to preserve our Language that we might ever keep Corres-
pondence with our friends in the land of our Nativity.'
Er rhywfaint o syndod i rai, ac er llawenydd i bawb, cytunodd
Penn yn frwdfrydig. Dywedodd ei fod wedi gofyn am ganiatâd
gan y Llywodraeth i alw'r dalaith wrth yr enw Cymru Newydd,
ond fod Cymro, ysgrifennydd y Cyngor ei hun, wedi gwrthwynebu
hyn.

Pan glywodd Marged mai Pennsylvania oedd yr enw y pender-
fynwyd arno yn y diwedd, meddai:

'Dydy hi ddim yn syn gen i glywed fod y dyn hwnnw'n rhoi ei
enw ei hun ar y lle.'

Edrychodd Rowland arni yn hir cyn ateb.

'Marged, rwyt ti bob amser yn sarrug am William Penn — a
thithe heb ei weld erioed.' Ond yr oedd gwên yn ei lygaid.

'Wyt ti'n cofio'r llythyr gefais i genti o Lundain y tro cynta
hwnnw iti ei weld o? Roedd dy ddisgrifiad di ohono mor fyw, fel
lamp yn goleuo corneli ei gymeriad o.'

'Dydw i ddim yn cofio'n iawn be ddwedais i.'

'Mae popeth a glywes i amdano wedyn yn cadarnhau'r darlun
a gefais i drwy dy lythyr di — dyn balch, dewr, ond diddychymyg
ac ystrywgar.'

'Marged!'

'O, mi wn i o'r gore iddo gydsynio â chais y Cymry. Ond 'does
gynnon nhw ddim ar bapur i brofi ei addewidion. Cofia — mae
arno fo eisio poblogi ei dalaith doed a ddelo — efo Cyfeillion os
yn bosib.'

'Mi rwyt ti'n gwneud llai na chyfiawnder â William Penn wsti.
Rwy'n digwydd bod yn gwybod mai'r brenin a bwysodd arno i
gymryd yr enw Pennsylvania. Doedd Penn ddim yn fodlon o
gwbl.'

Ond nid argyhoeddwyd Marged. 'Fe fydd pawb yn difaru, mi
gei di weld.'

Edrychodd ei gŵr arni yn rhoi llaeth o'i bron i Beth, a Rowland

yn cropian ymhlith plygiadau ei sgerti. Synhwyrai mai cymhellion
cymysg a'i gyrrai i siarad fel hyn, pennaf yn eu plith ofn rhywbeth
newydd a dieithr yn dod i ddifetha undod a sefydlogrwydd y teulu.
Gwyddai fod Marged yn teimlo fod pethau'n iawn rŵan fel
roeddan nhw. Y fferm yn ara bach yn dechrau codi ar ei thraed
unwaith eto, y gweision a'r morynion yn dibynnu arnyn nhw am
gynhaliaeth feunyddiol, y plant yn gymharol ddiddig, yr erlid
wedi cilio.

Penliniodd wrth ei hochr, a chydiodd yn ei fab i rwystro iddo
grwydro'n rhy bell. Dechreuodd agor ei geg i'w sicrhau na fyddai
ef o leiaf byth byth yn fodlon symud o Frynmawr.

Ond tagodd y geiriau yn ei wddf. Ni allai bellach ei glymu ei
hun i lawr i roi'r sicrwydd hynny iddi. Bob tro y deuai rhywun yn
ôl o Lundain wedi bod yn sgwrsio â rhai a fu eisoes drosodd ym
Mhennsylvania, fe'i cafodd ei hun yn hongian ar ei eiriau, yn
drachtio i mewn y disgrifiadau o'r fforestydd mawrion, yr aceri o
blanigfeydd, y nentydd, y pryfed tân gyda digon o oleuni ynddynt
i ddangos y ffordd i'r teithiwr liw nos.

Yn y diwedd Lisa oedd yr un a roes yr ysgydwad tyngedfennol
iddo.

Roedd hi erbyn hyn yn bedair ar bymtheg oed, ei hwyneb eisoes
yn dechrau dangos ôl rhychau profiad, ond ei chorff mor feddal
a chrwn ag erioed. Daethai Tomos y gwas â'r sioncrwydd yn ôl
i'r ffordd y codai ei phen. Gwenai'n barotach yng nghwmni
Tomos nag y gwnaethai ers blynyddoedd. Un diwrnod fe ddaeth
ato a dweud ei bod hi a Tomos am briodi.

'Ardderchog,' ebe yntau. 'Pa bryd?'

'Wel, mae hynny'n dibynnu ar . . . roedd arnon ni eisio gofyn
un peth yn gynta.'

'Ie?'

'Mae na si ar led ych bod chi fel teulu am fynd i Bennsylvania
efo'r lleill,' ebe Lisa, a'i geiriau'n byrlymu allan yn eiddgar. 'Ydy'r
stori'n wir?'

Ni wyddai Rowland beth i'w ddweud. Ni wyddai sut y byddai
ei weision yn ymateb i'r syniad. Y syndod oedd ar ôl yr holl sôn
a'r siarad ni wyddai sut yr ymatebai ef ei hun.

'Yn wir, Lisa, aydw i ddim yn gwybod yr ateb. Fe fyddai'n golygu gwerthu Brynmawr — ei gwerthu neu ei gadael yng ngofal hwsmon.'

Ond ni wnaethai hyn mo'r tro. Byddai'n rhaid iddo benderfynu'n derfynol. Edrychodd arni'n sefyll o'i flaen yn disgwyl ateb gonest i'w chwestiwn. Gwnaeth ymdrech fawr i ddewis ei eiriau fel pe bai barnwr ger ei fron.

'Mae'n hanfodol i'r Cyfeillion gadw gyda'i gilydd, ac mae cymdeithas sanctaidd yn bwysicach na bro, na thraddodiad, na thras, pethau sy'n perthyn i'r byd hwn. Y gwir ydy fod tri chwarter o'n haelodau yn arfaethu prynu tir, ac wedi cael addewid gan William Penn eu bod nhw'n cael aros gyda'i gilydd. Be di'n dyletswydd ni, Lisa?'

Ond nid gyda'r forwyn y siaradai eithr gyda'i gydwybod ef ei hun.

'Ai i gynnal eu breichiau a rhoi ein cefnogaeth i'r Arbrawf Sanctaidd lle bynnag y myn Duw ei chynnal?'

'Meddwl roedd Tomos a fi hwyrach y basen ni'n cael dod efo chi.'

Torrodd llais Lisa ar ei draws mor bendant â phe bai gwyfyn wedi bwrw yn erbyn ei wyneb.

'Ond Lisa — wyt ti'n siŵr dy fod di — bod arnoch chi'ch dau eisiau mynd mor bell? Beth am dy fam?'

'Fedrwn i ddim mynd yn ddigon pell o'r lle yma.' Dywedodd Lisa hyn o dan deimlad cry. 'Ac am Mam, mi fydd hi'n iawn rŵan.'

Roedd y geiriau'n awgrymog.

'Be wyt ti'n feddwl?'

Ond daeth y llen i lawr dros wyneb Lisa a gwrthododd ateb, dim ond —

'Nid y fi pia deud.'

Roedd ei feddwl ormod ar gynllun newydd a'i trawodd yn sydyn, ac nid aeth ar ôl y dirgelwch. Pe bai o'n prynu hyn a hyn o dir, fyddai ddim rhaid iddo fynd yno ei hunan, dim ar unwaith beth bynnag, neu ddim ond pe bai amgylchiadau yn ei orfodi i fynd. Beth pe bai Tomos a Lisa yn mynd drosodd gyda'r fintai gynta i arloesi'r ffordd cyn iddo ollwng gafael yn derfynol ar Frynmawr? Yna, pe methai'r Arbrawf, gallai'r ddau ddod yn eu hôl i Frynmawr, a dim wedi ei golli. Os llwyddiant fyddai, gallai Marged ac yntau a'r plant fynd draw yna pan fyddai'r rhai lleiaf yn ddigon hen i deithio.

'Be faset ti'n deud pe bawn i'n prynu tir yno, ac i ti a Thomos fynd yno i weld sut le sy'na?'

Wrth egluro ei syniad wrth Lisa, cafodd bwl o euogrwydd o gofio ei fod yn sôn am hyn wrth y forwyn cyn dweud wrth ei wraig. Stopiodd ar hanner ei siarad, ond yr oedd wedi dweud digon i weld pa fath o effaith gafodd ei eiriau ar Lisa. Disgleiriai ei llygaid, a bu ond y dim iddi roi ei breichiau amdano. Bydd dau o leiaf yn hapus, meddyliai yn hanner trist, ac aeth i chwilio am Marged.

Yn y llofft roedd hi, newydd osod Beth i lawr i gysgu. Safai ar dop y grisiau yn syllu allan drwy'r ffenestr, pelydrau'r lleuad yn ariannu siâp ei chorff. Llyncodd Rowland ei anadl yn gyflym. Am eiliad dychmygai mai Meg a safai yno. Yr un osgo, yr un gwallt llaes yn disgyn am ei hysgwyddau, yr un bronnau'n chwyddedig â llaeth. Mewn munud mi fyddai hi'n troi yn y tywyllwch gan sibrwd 'Roli!' ac erfyn am y ruban a addawsai iddi o'r ffair. Ac roedd yntau'n llanc dwy ar hugain oed eto, a'i holl nwyd ifanc yn dyheu am gorff ei wraig.

Ond nid llais Meg a sibrydodd o dop y grisiau. Roedd llais Marged yn bendant a chlir.

'Does dim rhaid iti fod ag ofn deud wrtha'i.'

'Marged!'

Dechreuodd ddringo'r grisiau tuag ati ond yn ansicr. Trodd hithau gan estyn ei dwylo ato.

'Mi ddeudodd Lisa wrtha'i ei bod hi'n mynd i ofyn iti. Ac mi gweles hi'n siarad â thi cyn imi ddŵad i fyny yma.'

Gwasgodd Rowland hi'n dynn ato.

'A be ddeudaist ti wrth Lisa?'

Trodd Marged ei hwyneb ato gan chwilio gyda'i gwefusau am ei wefusau o.

'Be ddeudaist ti wrth Lisa?' mynnodd yntau.

'Deud wnes i y byddet ti'n falch o gael rheswm arall dros brynu
tir ym Mhennsylvania run fath â phawb arall.'

Am un eiliad anghysurus, teimlai ei bod hi'n chwerthin am ei
ben, ond roedd ei chynhesrwydd ac agosrwydd ei chorff yn gwrth-
ddweud hyn.

Wedi iddo unwaith gymryd cam pendant fel hyn, gallai deimlo
rhyw ryddhad rhyfedd yn dod drosto. Syrthiai ei broblemau i'w
lle o un i un fel plentyn yn chwarae gwneud patrwm efo darnau
lliw. Gorau po gynta iddo fynd i Dolserau yn awr i ddweud wrth
Doctor Gruffydd am ei fwriad iddo gael ychwanegu ei enw ef at
y rhestr, rhestr a oedd yn cynyddu beunydd.

Roedd Ellis yn hogi min ar y bladur pan ddaeth Rowland ato
i egluro ei gynllun iddo. Soniodd am y peth yn betrusgar. Ni
chlywsai Ellis yn trafod y posibilrwydd o ymfudo, ac ni wyddai
ei feddwl ar y peth o gwbl. Gwrandawodd y gwas mewn distaw-
rwydd.

'Fe fyddi 'di'n gweld eisiau Lisa a Thomos, debyg iawn,' gorff-
ennai braidd yn gloff. 'Ond fe fyddan ni yma am yn hir — hynny
ydy os awn ni o gwbl.'

Aeth Ellis ymlaen gyda'i hogi.

'Wyt ti'n fy nglywed i, Ellis? Be sy genti i'w ddweud?'

Cododd hwnnw ei ben ar unwaith.

'Yndw, wrth gwrs. Meddwl roeddwn i, dyna'r cwbl.'

Gwelodd y llall fod y gwrid parod wedi dod i'w wyneb.

'Meddwl oeddwn i — tybed gawn i ddod â gwraig efo mi pan
awn ni i'r Merica?'

'Gwraig, Ellis Puw?'

'Wel, ie. Gallai hi fod o help garw, yn y tŷ ac ar y tir hefyd os
bydd rhaid.'

Dyma'r peth olaf y disgwyliai Rowland glywed gan Ellis, a
chwarddodd yn uchel gyda boddhad mawr.

'Wel, yr hen bry, Ellis. Pwy ydy hi? Ydw i'n ei hadnabod hi?'

Trodd Ellis yn ôl at ei hogi ac meddai

'Sinai Robarts.'

Agorodd Rowland ei enau i roi ebychiad ond edrychodd Ellis
i fyny arno yn sydyn ac apêl fud yn ei lygaid. Syrthiodd distaw-
rwydd rhwng y ddau ddyn nes i Ellis ei dorri.

'Mae hi'n unig iawn arni, Rowland Ellis. A be ddaw ohoni?
Mae Dorcas a Steffan wedi mynd o'n blaena ni. Lisa ar fin priodi,
Gutyn a Sioned wedi cael llefydd da, ond mae Dafydd a Huw a
Lowri ac Ellyw ar ôl. Be ddaw ohonyn nhw? Wel, mi allwn i
edrych ar eu hola nhw, ac mae gin i beth arian wedi'i safio.'

Doedd dim byd i'w ddweud. Roedd teimladau Rowland yn rhy
gythryblus wrth edrych i lawr ar Ellis yn hogi fel pe bai ei fywyd
yn dibynnu arno. Daeth y dagrau i'w lygaid. Ond roedd y peth yn
arswydus o ddoniol hefyd — gŵr ifanc yn priodi gwraig a chanddi
eisoes naw o blant, a hithau'n fam i'w gariad. Ond gwawriodd
arno'n sydyn mai dyna oedd y peth rhesymol a phriodol i'r ddau.
Roedd Ellis yn briod â Dorcas gyn wired â phe bai hi'n dal yn
fyw, ac roedd Ellis a Sinai wedi eu clymu i'w gilydd yn anochel
drwyddi hi.

Rhoes Rowland ei law ar ysgwydd ei was ac meddai yn araf
'Cei ddod lle bynnag y byddaf fi yn mynd — a Sinai hefyd.'

Roedd y daith hir ar ben a'r cwmni o Grynwyr o Sir Feirion-
nydd yn sefyll ar y cei gyda'r cyfeillion a ddaethai i'w hebrwng.
Fel pawb arall arhosai Tomos a Lisa mewn tawelwch, ond gellid
synhwyro rhyw wefr gynhyrfus yn rhedeg trwy'r cwmni yn eu
clymu nhw y naill wrth y llall, er bod amryw ohonynt yn ddieithr
i'w gilydd.

Mynnasai Marged ddod gyda Rowland yr holl ffordd i hebrwng
y fintai gyntaf o ymfudwyr ar y daith hir ar hyd arfordir Bae
Ceredigion i'r harbwr yn Aberdaugleddau.

Doedd dim angen ffarwelio rhagor pan ddaeth y gair iddynt
ddringo ar fwrdd y llong. Roedd y ffarwelio eisoes wedi digwydd
yn Nolgellau. Bellach roedd fel pe baent eisoes wedi cychwyn ar
eu mordaith a'r cwmni bach o'u cyfeillion a oedd yn aros ar y
cei yn rhan o'u gorffennol.

Diwrnod llwyd oedd hi, y cymylau yn toddi i'r môr ar y gorwel,
a'r tonnau'n chwyddo'n anniddig, yn ysu am gael symud ym-

hellach, fel yr ysai'r cwmni i fod allan o olwg y tir 'gin yn bod ni wedi penderfynu mynd . . .'

Gwyliai Rowland y codi hwyliau a'r symud araf o'r porthladd fel pe bai o'n edrych ymlaen i'w ddyfodol ef ei hun. Sylweddolodd nad oedd troi'n ôl yn awr. Onid oedd ef wedi sylweddoli hyn o'r cychwyn cyntaf? Roedd ei dynged anochel ar fwrdd y llong honno a'r niwloedd yn dechrau cau amdani a rhoi gwedd ledrithiol iddi fel yr âi'n llai ac yn llai.

Clywodd Farged wrth ei ochr yn crynu, a gwelodd fod y dagrau'n hidlo i lawr ei gruddiau.

'Na, na, paid, nghariad i,' erfyniai arni wrth roi ei freichiau amdani. 'Maen nhw'n mynd i rywbeth newydd a glanach, a'r Arglwydd sy'n eu harwain nhw.'

Edrychodd i fyw ei llygaid gan apelio arni 'n daer ond yn fud i ddweud mai ef oedd yn iawn. Ond y tro hwn roedd ei hunigrwydd yn ei chau allan. Daeth y geiriau o wewyr ei henaid.

'Mae rhin ein bro ni ar fwrdd y llong yna. Y golled . . . O! Y golled . . .'

Daeth y gwynt o'r môr i gydio yn ei geiriau a'u chwalu nhw ar draws yr harbwr.